集英社オレンジ文庫

ガーデン・オブ・フェアリーテイル

造園家と緑を枯らす少女

東堂　燦

本書は書き下ろしです。

Contents

イラスト／友風子

ガーデン・オブ・フェアリーテイル

造園家と緑を枯らす少女

Prologue

その手は妖精の血に濡《ぬ》れて、花々を枯らす呪いとなった。

あれは撫子《なでしこ》が九歳の頃だったと思う。父に連れられた先で、美しい庭園に出逢《であ》った。

若い造園家が手掛けたその庭は、まばゆい陽《ひ》の光に満ちていた。赤煉瓦《れんが》によって丸く切り抜かれた芝生の舞台。刈り込んだ樹木で兎《うさぎ》や星、馬車などを象《かたど》った造形物《トピアリー》が白亜の噴水を囲い、まるでおもちゃ箱をひっくり返したかのようだ。

庭に忍び込んだ撫子は、紫がかった黒い瞳を瞬《まばた》かせた。

この庭の主《あるじ》は、白雪のような花をつけた薔薇《ばら》の木だった。わたしに触れて、とたくさんの蕾《つぼみ》を綻《ほころ》ばせている。

だから、撫子は薔薇の木に手を伸ばした。

――血に濡れたように赤い、呪われた手を。

瞬間、広がっていくのは朽ちゆく光景だった。

美しい薔薇の木は見る見るうちに枯れて、花弁を散らし、葉を落とす。よろけた撫子が地面に後ろ手をついたとき、芝生は崩れて、刈り込みの兎も灰となる。

緑萌《も》える庭は、撫子の手が触れた途端、変わり果てた不毛な地となった。

震える足で立ちあがった撫子は、噴水まで駆けて、赤い両手を水に沈めた。冷たい水のなかで、皮が擦り切れるほど指をこすりあわせる。

だが、両手を染める血の色が落ちない。水に晒《さら》しても消えない赤に、涙が溢《あふ》れた。

あらゆる命を讃《たた》える太陽の下で、撫子の周りだけが灰の景色となっていた。泣き叫んだところで、朽ちた庭はもとに戻らない。

「泣いているのか？」

突如、頭上に影が落ちる。顔をあげれば、誰かが撫子を見下ろしていた。

「指が、真っ赤なの。とれないの。みんな、撫子のせいで枯れちゃう」

撫子が触れると、痛い痛いと泣きながら、花も草木もすべて枯れてしまう。

「ああ。自分が可哀《かわい》そうで泣いているのか」

泣きじゃくりながら、撫子は首を横に振る。

「可哀そうなのは、みんな。撫子じゃないよ」

いつだって、触れてはいけないと分かっていながら、今度こそと思って手を伸ばす。

花が好きだから、花にも自分を好きになってほしかった。

しかし、こんな真っ赤な指では、綺麗《きれい》な花冠も編めない。痛い、痛いと泣かせてばかりだというのに、どうして草花が撫子を好きになってくれるのだろう。

「あのね。一緒が、いいの。一緒にいたいの」

ただ、ともに生きたいだけなのに、撫子にはそれが赦《ゆる》されない。

「なら、お前に魔法をかけよう」

その人は噴水から撫子の手を掬《すく》いあげると、呪われた指先に口づけた。

見えない糸車から紡《つむ》がれたかのように、黒い糸が撫子の手を包みはじめる。糸が織り成すのは、赤い指や掌《てのひら》を隠し、手首から肘《ひじ》にかけてを覆うレース編みの手袋だった。

「大人になるまで時間をあげる。その間に呪いを解くことができたら、この魔法は本物になって、お前は花々に愛されるだろう」

「呪いが、解けなかったら？」

それは十年も昔のお伽噺《フェアリーテイル》。

顔も思い出せない人が、撫子に魔法をかけてくれた記憶だ。

春を告げる
カーネーション

父が亡くなったのは、撫子《なでしこ》が十九歳のときだった。

優しい春風がアネモネの花を揺らす、穏やかな朝。病室の外で咲いたその花を見ることもなく、彼は死者の国へと旅立った。

数年にもおよぶ苦しい闘病生活が嘘《うそ》のように、死に顔は安らかだった。


「不受理？」

東京都某所。区役所の窓口で、撫子は首を傾《かし》げた。

「申し訳ございません。当区役所では、旧姓での死亡届は受理できません。戸籍に載っている名でお願いします」

窓口に立つ女性は、父の死亡届を突き返してくる。

「旧姓？　父の苗字は辻《つじ》で合っているはずです」

「ええ、辻杏平《きょうへい》さん。間違っているのは、あなたの苗字ですよ、朽野《くだらの》撫子さん。旦那《だんな》様の籍に入っていますので、できれば旧姓ではなく現在の姓を。住所についても、結婚前のものを記入されていませんか？　転出届はもう出ているみたいですけど」

旦那、結婚、まるで心当たりのない単語だった。混乱する撫子を置き去りにして、職員は説明を続ける。

「すべて訂正していただきましたら、火葬の許可証をご用意しますね。火葬場はこちらで間違いないでしょうか？」

喉《のど》がひどく渇いて、撫子は頷《うなず》くだけで精一杯だった。

父が亡くなり、区役所に死亡届を提出することだけは分かっていた。あとの煩雑《はんざつ》な手続きは、生前の父が行政や弁護士等に依頼している。相続する資産はないが、その代わり負債もない。父の願ったとおり遺品はすべて処分したので、二人で暮らしていたアパートも今月末に引き払う予定だ。

撫子は死亡届を提出して、火葬に立ち会うだけと聞いていた。

「お気の毒でしたね、結婚して早々、お父様がお亡くなりになるなんて。もしかして、旦那様の住所に引っ越したのは最近ですか？　新潟県って、また結構な距離ですね。お米とお酒のイメージしかないのですけれど、不便じゃないですか？　こっちに比べて」

「は、はあ」

区役所の職員は気づかわしげに、されど何処《どこ》か不躾《ぶしつけ》に撫子を見ていた。

日本人らしからぬ灰色の髪や紫がかった黒目もあいまって、何処ぞの不良娘と思われているのかもしれない。格好とて、丸襟《えり》のブラウスはともかく、レース編みの黒い手袋は悪目立ちする。

「お若いから、慣れない手続きでたいへんでしょう？　でも、姓と住所を訂正していただきましたら、お父様の死亡届も受理しますから」

「分かりました。ええと、くだらの、くだらの。すみません、字がよく分かっていなくて……。その、結婚したばかりなので、住所もちゃんと憶《おぼ》えていないんです」

撫子はしどろもどろに嘘をついた。ひとまず手続きを進めて、父を弔《とむら》わなければならない。身に覚えのない結婚については、父の火葬が済んでから考えよう。

「旦那様の苗字なのに書けないんですか？　まあ、珍しい読み方ですけれど」

職員は近くのメモに朽野と記す。漢字は難しくないが、初見ではまず正しく読むことができないだろう。その隣に、彼女は新潟の住所も書き写してくれた。

撫子は新しい記入用紙を貰《もら》って、一度も書いたことのない姓と住所を記した。

「ありがとうございます」

父の死亡届が受理されると、撫子は火葬の許可証をとって、近くのビジネスホテルに宿泊した。

それが、今から三日前のことだ。

火葬を終えた撫子は、骨壺《こつつぼ》を持って十畳一間のアパートに戻る。

生前の父が用意した、彼の死後に関する書類を上から下までひっくり返して、ようやく見つけたのは婚姻届受理証明書だった。

夫の欄には見覚えのない名がある。

「朽野花織《かおる》」

やたら綺麗《きれい》な響きをした名前の男だった。苗字も含めて、作り物みたいである。

生年月日を見るに、いまは二十九歳だろうか。偶然にも、撫子と同じくハロウィン――十月三十一日生まれだ。

婚姻日は父が亡くなる一カ月以上前のことだった。ちょうど、最後の入院の準備をしていた頃である。

「この人、誰なの？　杏平くんのバカ、ろくでなし、女たらし」

亡くなった父を罵《ののし》りながら、撫子は不貞腐《ふてくさ》れる。撫子には結婚した覚えがない。婚姻届にサインした記憶もなければ、この花織という男に会ったこともない。

ただ、父が亡くなる前、様々な書類にサインした。父の死後に関する書類だったので、まともに内容を確認することもなかった。困ったように笑う父の前で、泣きながらペンをとったことだけ憶えている。

そこに婚姻届がまぎれていたとして、果たして気づくことができたのか。

あの父のことだから、撫子を騙《だま》してサインさせることも簡単だったはずだ。未成年の結婚には保護者の同意が必要だが、その保護者が企《たくら》んだならば、相手の男――朽野花織の了承さえあれば、無理なく受理されただろう。

スマートフォンのロックを解除し、区役所で知った住所を地図アプリに打ち込む。

新潟県加茂《かも》市。ここからだと、新幹線と電車を乗り継いで四時間といったところだ。

撫子は使い古したナイロンリュックに、財布、通帳、実印、いくらかの着替えを詰め込む。畳に置いていた骨壺は、台所にあった百貨店の紙袋に入れた。

少ない荷物だった。思い出の品は遺言どおりすべて処分した。かたちとして残っているのは、スマートフォンの画像くらいだろう。

「呆気《あっけ》ないね、杏平くん。……お父さん」

生きている間、父とは呼ばせてくれない人だった。自分は撫子の父であると同時に、母であり、兄姉や弟妹でもある、というのが杏平の理屈だ。二人だけの家族だったからこそ、彼は撫子の父だけでなく、存在しない家族の役割も担ってくれた。

喪服《もふく》のワンピースのままアパートを出ると、二〇五号室の郵便受けには、白い封筒が溢《あふ》れていた。そこには撫子の写真がぎっしり詰まっているので、郵便受けは開けない。

最寄り駅に向かう前、一度だけアパートを振り返った。

十九年間を過ごしたアパートのベランダに、今も父がいる気がした。煙草《たばこ》を肴《さかな》にビール缶を傾ける彼を、部屋にいる撫子は窓ガラス越しに見ている。夜空を眺める彼は、時折、撫子に笑いかけるのだ。

身体《からだ》に悪いことが大好きだったが、撫子には身体に悪いことをさせなかった。外界に溢れる楽しいことに背を向けて、会社が休みの日はいつも傍《そば》にいてくれた。

世間一般の語る良い親だったのかは知らない。だが、どんなことがあっても撫子のために生きてくれた人を、世界でいちばん素敵な父と信じている。

「ありがと」

撫子は祈りを捧《ささ》げるように、父の骨壺に触れた。

今から向かう先で、顔も知らぬ夫に会えば、父を知ることができるだろうか。撫子は知りたい、父の遺志を。

最後の最期《さいご》で、どうして撫子を結婚させたのか。

△▼　▲▽　△▼　▲▽

春先の新潟は、想像していたよりも寒かった。

冬の名残を感じさせる空気が、息をするほどに深く、肺の奥までしみわたる。乗客もまばらな電車から降りると、喪服のワンピースの裾《すそ》を風が攫《さら》っていく。

夫が住まう新潟県加茂市は、田舎というには人気《ひとけ》があり、されど都会と呼ぶには喧騒《けんそう》が足りない。東京よりも緑が濃く、マンホールの蓋《ふた》には市の花である雪椿《ゆきつばき》があった。駅の近くには、雪椿が群生する山もあるらしい。

撫子は地図アプリを起動させて、あらかじめ入力していた住所に向かう。広く整備された川沿いを一時間ほど歩けば、民家の少ない場所に辿《たど》りつく。

地図アプリが終了したとき、撫子の前には平屋があった。年季の入った瓦《かわら》屋根に木造の壁、いまどきあまり見かけない造りだ。

「朽野じゃないの？」

表札は辻であり、夫の苗字である朽野ではなかった。偶然の一致かもしれないが、辻は撫子の旧姓でもある。

あたりの様子を探っていたとき、突如、つむじ風が吹いた。平屋のすぐ隣から、風は吹いている。まるで撫子を誘うかのように。

気づけば、撫子の足は風の吹く方へと向かっていた。

白塗りの高い塀に沿って、十数本もの金木犀《きんもくせい》が植えられていた。塀の中心には蔦《つた》の巻きついた鉄製の門があり、怪しげな看板が掲げられている。

——庭と妖精のこと、承ります。有限会社常若《とこわか》の国《くに》。

有限会社ということは、塀の奥にあるのは企業なのだろう。しかし、奇妙なことに呼び鈴はなく、看板にも問い合わせ先が載っていない。

鍵がなかったのか、門は簡単に開いた。その先にある光景に、撫子は言葉を失《な》くす。

そこは花と緑に囲まれた、美しい庭園だった。

なだらかな丘を四つに分けて、それぞれに趣《おもむき》の異なる庭があった。丘の中心に設けられた園路《えんろ》は、頂上にある赤銅《しゃくどう》色の洋館へと続いている。

お伽噺《とぎばなし》のなかに迷い込んだかのようだった。そよ風に緑と花の香《か》が宿り、おいで、と撫子を手招きしている。

誘われるがまま、撫子は園路を歩きはじめた。

天に向かって枝葉を伸ばす木々、鮮やかな花々が、きらきらとした光を放っていた。限りある命を誇るように、一瞬、一瞬の命を輝かせている。

あまりにも綺麗で、現実味がなかった。もし、お伽噺の妖精が踊り、神々の暮らす国があるのならば、きっとこのような景色だろう。

此《こ》の世の何処にもなく、それ故《ゆえ》に最も美しい花園だ。

庭に魅入られていた撫子は、ふと血のような赤を目に留める。

群れなす赤いアネモネに囚《とら》われて、ひとりの青年が眠っていた。

澄《す》んだ白雪の肌、花弁を食《は》んだような可憐《かれん》な唇、頰《ほお》に憂《うれ》いを落とす睫毛《まつげ》。とても淡い色をした赤毛は白髪にも見えて、光の加減で濃淡を変える。

「綺麗」

撫子はアネモネをかき分けて、青年のもとに近寄った。

薄い胸が上下し、唇からは吐息が洩《も》れているのに、同じ人間とは思えなかった。お伽噺で眠るいばら姫、あるいは美術館に飾られている絵画を眺めているような気分だ。

膝《ひざ》をついた撫子は、恐る恐る彼に手を伸ばす。

「おはようございます」

瞬間、青年の瞼《まぶた》が開いて、大きな紫の瞳があらわになった。

「……もうすぐ、夕方だけど」

心臓が早鐘《はやがね》を打っていた。彼は手の甲《こう》を唇にあて、ゆっくりと首を傾げる。

「もうそんな時間ですか。蓮之助《れんのすけ》に怒られてしまいますね。それで？　こんな辺鄙《へんぴ》な場所に何の御用ですか、可愛《かわい》い泥棒さん」

「ど、泥棒じゃない！　わたし、は」

声は尻すぼみになった。許可もなく余所《よそ》の家に入ったのは撫子だ。春風に誘われたなど、言い訳にすらならない。

「冗談ですよ、わたしの名前」

「どうして、撫子」

撫子の頬に触れたのは、ぞっとするほど冷たい青年の掌《てのひら》だった。撫子の輪郭《りんかく》を確かめるように、彼は頬から頤《おとがい》をなぞっていく。

どうしてだろうか。撫子には、彼の手を拒むことができなかった。

「父親とそっくり。花織を裏切ったろくでなしと同じ顔。君が来たということは、杏平は死んだのでしょう？」

春風が吹き抜けて、ただ静かに赤いアネモネが揺れていた。

庭の東屋《ガゼボ》に、白いクロスの掛けられたテーブルがあった。ジャムを載せたクッキーや花柄のティーポットがあり、今にもお茶会がはじまりそうだ。

「あなたが、朽野花織さん？」

さきほどの発言から、父の知り合いであることは分かった。この青年が撫子の夫かもしれない。

「僕はアドニスと申します」

やんわりと否定するように、彼は名乗った。髪や目の色、彫りの深い顔立ちを思えば、明らかに異国人だ。朽野花織という名前とは結びつかない。

「ごめんなさい。朽野花織さんを探していて」

「なら、ここに来たのは正解です。桂花館《けいかかん》は花織の家ですから。僕は彼に雇われている管理人です」

「桂花館。金木犀がたくさん咲くから？」

桂花とは、秋に咲く金木犀の別名だ。正確には木犀の別名だが、日本で最も身近なのは金木犀だろう。この館の門前には、十数本もの金木犀が立ち並んでいた。

「はい。秋になると金木犀がたくさん咲くので桂花館です。――ねえ、撫子は紅茶に砂糖を入れますか？　僕は三つ入れるのが好きなんです」

アドニスはテーブルに両肘《ひじ》をついた。微笑《ほほえ》むだけで動こうとしない彼の代わりに、撫子はポットから紅茶を注いで、彼のカップに砂糖を三つほど入れた。

「可愛い砂糖」

陶器のシュガーポットには、淡い紫の砂糖が詰められていた。

「すみれの砂糖漬けですよ。花織が作ったものです」

「花織さんが？」

「さん、なんて他人行儀ですね。あなたの夫でしょう？」

「だって、花織さん……」

「花織」

間髪を容《い》れず訂正されて、撫子は眉をひそめた。

「花織とは、いつのまにか結婚していたの。会ったこともないのに」

父の死亡届を出して初めて、結婚の事実を知った。正直なところ混乱している。

「ああ。杏平は何も言わなかったのですね」

「杏平くんは、どうしようもないところもあったけど、わたしのためにならないことはしない。だから、この結婚の意味が知りたいの。花織に会いたい、話が聞きたい」

父はこの結婚について、何ひとつ語ることなく死んだ。だが、意味もなく娘を結婚させるような人ではない。

「残念ですけど、花織は君と会うつもりはありませんよ」

「どうして！」

　思わず立ちあがった撫子を宥《なだ》めるよう、アドニスは首を横に振った。

「君との結婚は、杏平の遺志だから引き受けた。自分が死んだあと、娘のことが心配だったのでしょうね。結婚して保護者になってほしい、と頼まれたのですよ」

「保護者？　知らない人の世話になんてなれないよ」

「夫婦として過ごせ、と言っているわけではありません。君は君で好きにしなさい、同居する必要もない。花織は金だけは有り余っていますから、不自由はさせないでしょう」

「そういうことじゃなくて。花織がそんなこと引き受ける意味も分からないし、杏平くんと仲良かったなら、わたしが花織のことを知らないのはおかしいよ。……それに、わたしに結婚したい人ができたら、どうするの？」

「君と結婚したい人などいるのですか？　花織だって、杏平の頼みでなければ断っていましたよ」

　アドニスの目は、撫子の両手を捉《とら》えている。黒いレース編みの手袋に覆われた手を、撫子は胸元に引き寄せた。

「……知って、いるの？」

「花織はね、君をこの館に、自分の造った庭にだけは招きたくなかった」

　この美しい庭を手掛けたのが花織ならば、彼はきっと緑に愛されている。

──朽野花織は、撫子とは真逆の緑に愛された人なのだ。

撫子にはよく分かる。真珠《しんじゅ》を塗《まぶ》したような光が、この庭には瞬《またた》いている。ここに根づいた植物は、皆、花織を慕っている。彼に応《こた》えるために、美しく在《あ》ろうとしている。

「ここは花織のための庭です。だから、それを壊す人は要りません。そんな真っ赤な手をした娘を、誰が大事な庭に招きたいと思いますか」

やはり、撫子の手が呪われていることを、アドニスは知っているのだ。

「ねえ、アドニス。異国の童話では、植物を上手に育てる人を《みどりの指》を持っていると言うの。この庭を造った花織みたいな人のこと」

モーリス・ドリュオン作、みどりのゆび。植物を育てることが上手なチト少年は、みどりの指を持っていた。

アドニスは撫子の両手に触れて、手袋を引き抜いた。

「なら、君の指は逆ですね。赤い指とでも呼びましょうか？」

撫子の両手は、絵の具でも垂らしたかのように、指先から掌にかけてまだらに赤い。何度洗っても落ちることはない、生まれたときから変わらない色だ。

「花を枯らし、緑を絶えさせる呪われた指」

撫子は呪われている。その手は生まれたときから、触れた植物を枯らすのだ。

瞼の裏に、繰り返しよみがえる光景がある。幼い日、秘密の庭に迷い込んだ撫子は、白薔薇《ばら》の木を、可愛い造形物《トピアリー》や豊かな芝生を、すべて灰に変えてしまった。

「小さい頃、杏平くんは妖精の呪いだって教えてくれたの」

「信じるのですか？　妖精なんて非現実的なものを」

「だって、それ以外に理由がないから」

　この不可思議な手は、触れた植物を枯らす。科学がすべてを否定しても、撫子の現実は変わらなかった。

　この指があったから、撫子は隠れるように暮らすしかなかった。

　こんな指を持つ娘のために、杏平は不自由を強《し》いられた。あの人は笑って否定するだろうが、撫子こそ父の人生の枷《かせ》であり重荷だった。

「あなたも信じてくれる？　妖精の呪いを」

「ええ。君のような妖精憑《ようせいつ》きを――妖精に呪われたモノを、僕はよく知っていますから」

　アドニスが微笑んだ、そのときだった。

「おい！　いつまで庭で油売っているつもりだ!?」

　突如、生垣から大柄な男が現れる。

　年の頃は二十代の半ばだろう。額《ひたい》に青筋を浮かべた彼は、黒髪に細いフレームの眼鏡をかけており、荒っぽい口調に反して理知的な印象を受ける。

「蓮之助」

「お前、昼過ぎには郵便物取りに来るって言ったくせに。もう夕方だぞ、こんなところで何して……。ああ？　誰だ、この女」

　蓮之助と呼ばれた男は、ようやく撫子に気づいたらしい。

「杏平の娘ですよ」

「あのろくでなしの娘が、今さら何の用だよ。くたばったんじゃねえのか」

「花織に会いに来たそうです。彼女、花織の奥さんになったので」

「は？」

「妻。伴侶《はんりょ》。家内。呼び方は何でも構いませんけれど」

「はあ!?　杏平の娘ってことは、こいつ妖精憑きだろ。なんで、そんな女と結婚なんて。お前、この前会ったとき何も言わなかっただろ！」

「蓮之助には関係ないでしょう？　撫子は花織に会いたいそうです。あいにくと花織は引きこもって、会うつもりはないようですが」

「なんだ、そういうことかよ。そりゃあ、そうだよな。杏平の娘なんて、喜んで迎える相手じゃない。俺はこの女を追い出せば良いんだな？」

　蓮之助は片手を振って、撫子を追い払うような仕草をする。

「待って！　わたし花織に会うまで、ここにいる」

「ふざけんな。杏平の娘ってだけでも腹立たしいのに。さっさと消えろ」

「どうして、あなたにそんなこと言われなくちゃいけないの！　他人のくせに」

「他人じゃねえよ。何も聞いてねえのか？　俺は、お前の従兄《いとこ》。俺の母親が杏平の姉」

「でも！　杏平くんに親戚はいないって」

「勘当したからな。二度と家の敷居をまたぐなって」

撫子はうつむく。思い返してみると、この洋館の隣にある家は、辻の表札を掲げていた。あの平屋こそ、父が生まれ育った家なのかもしれない。

「もしかして、お墓あるの？」

撫子は紙袋から骨壺を取り出した。

「おい、なんで、そんなもん持ってきてんだよ。杏平の骨なんて見たくもねえよ！　東京にも墓くらいあるだろ！」

「こっちにお墓があるなら、話は別！　杏平くん、ここが出身地なんだよね？　辻家のお墓があるなら、そこに入れてよ」

父である杏平は、たまに故郷の話をしてくれた。親戚はいないと語っていたが、勘当されていただけで、こうして血縁者がいた。

叶《かな》うならば、東京の集団墓地より、血縁のある場所に埋めてあげたい。故郷の土で眠る方が、杏平も幸せだろう。

「なんで、勘当した人間を墓に入れてやらなきゃなんねえんだよ！　お前、図々《ずうずう》しいな。

さすが杏平の娘」

「ありがと。杏平くん、俺にそっくりって、いつも言っていたから！」

尤《もっと》も、性格ではなく、顔が似ているという意味だ。俺に似て美人というのは、自分のことが大好きな杏平の口癖だった。

「花織に会えるまで、わたしここにいる。聞きたいこともたくさんあるし、杏平くんのこともお墓に入れてあげたい。わたしが花織の奥さんなら、ここに住む権利あるよね？」

東京の区役所で発覚したとおり、撫子の住民票はすでに加茂市に移されていた。ここに住むのは問題ないというより、ここに住むべきだ。

「おい、どうするんだ！　本当に図々しいぞ、こいつ」

「好きにさせましょう。幸い、桂花館には部屋も余っています。このあたりには宿泊できる施設も少ないですし、野宿させるわけにもいかないでしょう？」

クッキーをつまみながら、アドニスはどうでも良さそうに答えた。

「花織は会わないだろ」

「ええ。だから、好きにさせろ、と。無駄ですからね」

撫子は喪服のワンピースの裾を摑《つか》んだ。優しげに笑っているが、アドニスのまなざしは氷のように冷たかった。

「分かった、好きにしろ。明日の約束は忘れていないよな？」

「はい。花織に代わって、アドニスがお引き受けしますよ。お客人の到着は？」

「朝には連れてくる。じゃあ、俺はもう行く。……夕飯はあとで冷蔵庫に入れてやるから、勝手に食べろ。うちには来るなよ、俺はこの女と飯を食うのは嫌だ」

子どものような物言いで、撫子の従兄だという男は去った。ひとまず追い返されなかったことに、撫子は胸をなでおろす。

「良いの？　花織に会うまで、本当に出て行かないよ」

「出て行きますよ、君は。きっと、ね」

まるで預言者のように、アドニスはつぶやいた。

△▼　▲▽　△▼　▲▽

仄《ほの》かに漂う、煙草の香りが嫌いではなかった。彼が死んでからも、その匂いは脳内にこびりついたかのように残っている。

きっと、撫子は夢を見ている。骨を拾ったばかりの人が、死んでしまった父がいる。

「撫子は可愛いな、俺に似て。将来は美人になる」

父は少年のように笑った。仕事に行くときは固めている髪も、風呂あがりなので、撫子と同じくせ毛になっていた。外向きの姿より、アパートにいるときの何処か少年めいた父の方が、撫子はずっと好きだった。

「お姉さんたちみたいに、美人さんになれる？」

ごく稀《まれ》に、夜に連れて行ってくれる店には、綺麗な女性がいる。彼女たちは撫子に菓子を与えて、それから杏平の頰にキスをした。撫子が真似《まね》をしてキスをすると、優しく抱きしめてくれるので、夜の外出は好きだった。

「あいつらより綺麗になる。俺の娘は世界でいちばん可愛い。……だから、お前は何も悪くない。悪いのは妖精だから」

「妖精さん？　絵本にいっぱい出てくる。撫子、妖精さん大好き」

植物を枯らす手を持ち、滅多に家から出られない撫子にとって、妖精は身近な存在だった。父が読み聞かせてくれた絵本や、誰かが語ってくれたお伽噺に現れては、撫子の寂しさを埋めてくれた。

「止《や》めろ。あいつら、最悪なんだから。撫子の手は妖精が呪ったんだぞ」

「呪われちゃったの？」

杏平は顔をしかめて、撫子の小さな手に触れた。黒いレース編みの手袋に包まれた、まだ杏平の半分にも満たない手に。

「遠い、遠いご先祖様が妖精を殺したせいで、呪われちまった。だけど、そんなん知るかよ。昔のことをいつまでも引きずりやがって。陰険な奴らだろ？」

「可哀《かわい》そう」

「ああ？」

「痛かったよね、妖精さんたち。だって、死んじゃったんだよ」

撫子の手は呪われているから、植物に痛い想いをさせて殺してしまう。同じ痛みを、遠い先祖が妖精に与えたならば、それは先祖の犯した罪だった。

「妖精を殺したのは、お前じゃない。――なあ、本当は小学校も行きたかったよな。ランドセルだって買ってやりたかったよ。こんなところに閉じ込めて、ほとんど通わせてやれないなんて、そんな人生、お前には歩ませたくなかった」

ごめんな、と杏平が謝る度に、撫子は胸が苦しくなった。彼のせいではない、と伝えたかったが、きっと撫子の言葉は届かない。怖い大人たちが杏平を責め立てたことだって、今まで何度もあった。

「あのね。撫子、魔法をかけてもらったの」

父の膝に乗って、撫子は両手を翳《かざ》した。まだらに赤く染まった手は、今は真っ黒な手袋に覆われている。

枯れ果てた庭で、泣いている撫子の手に口づけた人は、優しい魔法をかけてくれた。

「この手袋、あいつに貰ったの？」

杏平の言うあいつは、庭で出逢《であ》った人のことだろう。つい先日、杏平と一緒にしばらく遠出したときの話だが、不思議なことに、もう顔を思い出すことができなかった。

「うん。もうね、お花に触ってもみんな痛くないの」

この魔法の手袋がある限り、撫子の手は草花を枯らさない。手袋越しにならば、触れても一緒に生きていける。毎日は難しくても、以前より学校にも行くことができるだろう。これからは、外出だってずっと楽になる。

「撫子、お庭を造る人になりたいの。なれるかな？」

夢のように美しい庭。白薔薇の木が微笑んだ、撫子が枯らしてしまった庭のような場所を造りたい。

——魔法をかけてくれたあの人のために、美しい庭を造ってあげたい。

父は撫子の手を握って、苦く笑んだ。

△▼　▲▽　△▼　▲▽

新潟県加茂市を訪れた翌朝。

桂花館の客間に泊めてもらった撫子は、リュックを漁《あさ》って、ハーフパンツとTシャツ、薄手のパーカーに着替える。スマートフォンからは、朝のラジオ体操が流れていた。

アナウンサーの声で身体を動かしながら、昨日のことを振り返る。

あのあと、花織と会うことはできなかった。桂花館の管理人だというアドニスも、撫子を案内したあと姿を消した。

「花織って。杏平くんとは、どういう知り合いなのかな？」

朽野花織は、二十九歳の男である。

撫子の父は三十九歳で死んだので、歳《とし》の差は十歳。また、父は撫子が生まれた頃から東京暮らしのため、彼らに接点があったとしたら、花織が十歳にもならない頃だ。

手紙や電話、メールなどで交流を続けていた可能性は、十分あり得る。

だが、どのような関係性だったとしても、死に際に頼まれたからといって、娘と結婚するだろうか。まして、花織は撫子に金銭的な援助をするつもりだと聞く。

撫子とて、結婚したことにより戸籍に記録が残ったが、それは花織も同じだ。これから結婚したい相手ができるかもしれないのに、わざわざ籍まで入れる必要はあるのか。

考えれば考えるほど、花織には利益のない結婚なのだ。

ラジオ体操がニュース番組に替わって、撫子は釈然としないまま玄関に向かう。

「朝早いんですね」

アドニスが廊下に顔を出していた。彼がいるのは台所が併設された広間で、古びたオルガン、瀟洒《しょうしゃ》なオイルランプなどが飾られていた。ガラス張りの棚に仕舞われた食器やカトラリーは、見るからに高そうである。

「おはよう。最近は控えていたんだけど、昔から、朝はアパートの周りを走っていたの。せっかくだから、このあたりでランニングしてこようかと思って」

早朝のランニングは撫子の日課で、杏平が元気なときはよく一緒に走っていた。

「似合わないですね」

「それ、杏平くんにも言われた。でも、庭仕事には体力が要るでしょ？　少しでも身体をつくっておきたくて。造園家が夢なの。独学だけど勉強中で……」

アドニスは目を白黒させたあと、大口を開けて笑う。

「造園家？　植物を枯らす呪いなんて持っているくせに。そ、そんなバカげた夢を」

「直接触《さわ》れなくても、できることはあるよ。笑っても良いけど邪魔しないで」

「すみません。でも、花織だって驚くと思いますよ」

アドニスはテーブルに散らばったスケッチブックを片づける。広間に入った撫子は、それが鉛筆で描かれた庭の図面だと気づく。隅《すみ》にあるクリアファイルには、土地や街並みの様子、気候や排水条件などが記された資料もあった。

「もしかして、花織って」

「本業は造園家です。主な仕事は設計ですけれど、細々と依頼を受けていますよ」

一瞬にして、撫子の怒りは消えてしまった。

「だから、あんなに綺麗な庭が造れるの？　わたし、今まで見てきたどんなお庭より、花織の庭が好きだな、って思ったの。きらきらしていて、夢みたいに美しくて」

この十九年間で足を運んだ庭、写真や設計図等で触れた庭園、すべて趣があって、好きな点をあげることはできる。だが、花織の造った桂花館の庭こそ、最も輝いていた。

「花織は、人間嫌いの植物好きです。だから、庭を造るのも上手なんですよ」

「植物が好きっていうのは分かる。好きじゃないと、あんな綺麗な庭は造れないから。その、花織は何処に？」

まだ見ぬ撫子の夫、朽野花織という男の姿は、アドニスの隣にない。桂花館にいるのだろうが、昨日から影も形もつかめなかった。

「部屋にこもっています。会いたいなら引きずり出してください。しばらくは蓮之助の前にも顔を出さないと思いますけれど」

「蓮之助さんって、昨日の？　わたしの従兄なんだよね、たしか」

黒髪に眼鏡をかけた大柄な青年だ。落ちついた外見に反して、荒っぽい態度だった。

「辻蓮之助。隣の辻家で、子ども相手に習字教室と学習塾をしています。年はあなたより少し上で、いまは二十五歳だったはず」

「あんな口が悪いのに、先生なの」

「あれでも子どもには人気ですよ。嫌でも顔を合わせることになりますから、仲良くしてくださいね。……ああ、そうだ、忘れるところでした。君に手紙が届いていましたよ」

「わたしに？」

アドニスは白い封筒を掲げる。新潟県加茂市、桂花館の住所、朽野撫子の文字が綺麗に印刷されていた。

封を切った撫子は、次の瞬間、手紙を床に落としてしまった。

封筒から零《こぼ》れたのは、大量のカミソリの刃だった。じゃらじゃらと床に散らばった刃にまぎれて、一枚のメッセージカードがある。

拾いあげたカードには、びっしり赤い文字が刻まれていた。筆跡を特定させないためか、パソコンで打ち込んである。

――**朽野花織と離婚しろ。**

たったこれだけの文字が延々《えんえん》と繰り返される。余白を残さぬほどの文字は気味が悪く、どこか病的でもあった。

「怪我《けが》はありませんか？」

散らばるカミソリの刃に、撫子はぞっとした。いつも嵌《は》めている手袋のおかげで無傷だが、素手で触っていたら無事ではいられなかった。

「暇なのかな？　付き合ってられない」

撫子はメッセージカードを破り捨てた。近くにあったゴミ箱に入れると、アドニスが面白そうにこちらを見ている。

「泣いて怖がると思いました。案外、図太いんですか？」

「……慣れだよ、ただの。カミソリは初めてだけど、変な手紙なら貰っていたから。わたしの写真がぎっしり詰まっているの」

東京にいた頃、アパートの郵便受けに白い封筒が届くことがあった。ここ数年、不定期に送られてきたその写真には、病院や図書館にいる撫子が写されていた。

「盗撮写真？　ストーカーですか」

「たぶん。でも、ここの住所は知らないはずだから、同じ人ではないと思う」

撫子とて、新潟県加茂市の住所を知ったのは区役所であり、つい先日のことだ。東京にいたストーカーが、こんなにも早く新潟の住所を入手したとは考えづらい。

「警察には？」

「言っていないよ、面倒なことになると困るから。杏平くんが入院しているときは、病室やビジネスホテルに泊まることも多かったし、写真だけで実害はなかったの。このカミソリ入りの手紙も警察には言わない」

妖精憑き、とアドニスが語ったように、撫子には触れた植物を枯らす呪いがある。警察を頼れば、それだけ呪いが露見する危険性も高まった。

「事情は分かりますけれど、楽観的に考えるのは危険ですよ。君は小さな女の子なのですから」

「もう小さな女の子って歳じゃないよ。わたし、今年で成人だよ？　通信の高校だって卒業しているし、就職だってするつもりなのに」

卒業後の一年間――十八歳から十九歳になるまでは、杏平の病状が悪化したので、短期のアルバイトや内職をするだけだった。あの頃は杏平の貯蓄もあったが、これからはそうはいかない。

造園家になる夢は捨てられないが、花織から結婚の事情を聞いたあと、まずは仕事を探さなければならない。当面のお金を工面しながら勉強を続けたい。

そのとき、玄関が開く音がした。

「お客人が到着したようですね。撫子、よろしければ同席してください。あなたのような妖精憑きは、他の妖精憑きについても知っておいた方が良い」

昨日の蓮之助との遣《や》り取りを思い出す。そういえば、朝から客が来る予定だった。

桂花館を訪れた蓮之助は、撫子を見て顔をしかめた。

「なんで、この女もいるんだ」

「僕の助手ということで」

「役立たずの助手なんて要らないだろうが。……こっちが依頼人。大学の後輩な」

蓮之助の背後から、ひとりの青年が現れる。背の高い蓮之助と並ぶと、かなり小柄な印象を受ける。一六〇センチもないかもしれない。

その顔は死人のようで、目の下には黒ずんだ隈《くま》があった。

「大和《やまと》って言います。今は大学院に進んでいるんですけど、学部時代、蓮先輩にはサークルでお世話になりました。……あの、ここに来たら、変なことがぜんぶ解決するって」

蓮之助の後輩なら二十代前半だろうが、いくらか老けて見える。はっきりとした二重の可愛らしい顔立ちも、ぱさついた茶髪や青ざめた肌のせいで若々しさが感じられない。

大和はさりげなく蓮之助に視線を遣った。年若い異国人といった風貌《ふうぼう》のアドニスに、不安を感じているようだ。

「相談事は、その鞄《かばん》の中身ですね」

大和は目を見張った。

「分かるんですか」

「厄介なものに憑かれましたね。あなたが優しいから、彼女はあなたを気に入って、持ち主に選んだのでしょう。夢を見るにはふさわしい相手だと」

「えっと……」

「アドニス、と。敬語も不要です。僕はあくまで花織の耳。彼に代わって、あなたの依頼を聞き届けるだけですから」

「ぜんぶ、お見通し？　この絵が何なのか」

大和が鞄から取り出したのは、古い額縁に入った絵だった。A4のサイズほどで、さほど大きな絵ではない。

まず目に飛び込んできたのは、画布《カンヴァス》に飛び散った血痕《けっこん》だ。絵の具をまき散らしたかのように、画面全体にぽつりぽつりと赤黒いシミが落ちている。

描かれているもの自体は、恐ろしいものではない。

中央にはピンク色の花――カーネーションの蕾《つぼみ》がある。それに寄り添うようにして、美しい女性が描かれていた。

幾重にも花弁を重ねたようなドレスを纏《まと》い、彼女は目を閉じていた。白金の髪、透き通るような肌を血まみれにした彼女の背には、半透明の翅《はね》が広げられている。

「妖精？」

可憐な彼女は、まさしく花の妖精のようだった。

「そう。この絵は妖精に呪われているって、うちのゼミの教授は話していた。持ち主を呪って、ひどい悪夢を見せて、その心を殺してきたって。俺はそういうオカルトは信じないし、興味もなかったんだけど。今なら、教授の言った呪いの意味が分かるんだ」

はじまりは、西洋美術史を専攻している大和のゼミの教授だったという。

「星名《ほしな》教授はさ、研究のためにしょっちゅう海外に渡る人だったんだけど。一年前に帰国してから、少しずつ様子がおかしくなったんだ。たぶん、悪夢のせいで追いつめられていたんだろうね。心が不安定になって、最後は病院に強制入院。今はもう、何を言っても応えてくれない。身体は健康そのものなのに、心だけ殺されたみたいに」

「一年前、教授はこの絵を持ち帰ってきたのですね？」

「いつのまにか荷物にまぎれていたらしくて。前の持ち主は死んでいるし、結局、教授が引き取ることになったんだけど」

「勝手に荷物にまぎれたのは、本当ですよ。この絵は持ち主を選びますから」

絵に意志がある。一気にうさんくさくなった話に、大和は肩を落とした。

「この絵、教授の見舞いに行ったとき、勝手に俺の鞄にまぎれていたんだ。教授の自宅にあるはずなのに。奥さんに聞いても、引き取ってほしい、としか言わないし」

「星名教授に憑いたように、あなたにも自分から憑いていったのでしょう」

青ざめた大和は、吐き気を堪えるように口元を手で覆った。

「その、憑いていったって、さっきから何？　幽霊に憑かれるとか、そんな感じ？」

「そういう理解でも構いません。僕たちは妖精憑きと呼んでいます。妖精に呪われたモノのこと。この絵とか、そこにいる女の子とか」

話を振られて、撫子は姿勢を正した。妖精憑き。妖精に呪われたモノという意味では、大和の持ち込んだ絵と撫子は仲間だった。

「……まあ、細かいことは、どうでも良いや。俺、教授と同じになりたくない。あんな空っぽになって、病院でずっと過ごすなんて嫌だ。教授にも、もっと研究を見てもらいたかったから、このままだと納得もできない」

「この絵は、お預かりします。四月ですから、大学はもう始まっていますよね？　しばらく滞在していただきたいのですが、可能でしょうか」

「二週間くらいなら。あの、解決するなら、お金は必ず払うよ。だから……」

「お金は要りません。僕たちが求めているのは妖精憑きの情報です。あなたの問題が解決したあと、妖精について知ることがあれば教えてください」

「そんなので良いの？　情報が入ったら教えるだけなんて」

「ええ。一度妖精と関わった人間の周りには、妖精の情報が集まるのです。縁があるから」

アドニスは微笑んだ。安心して気が抜けたのか、大和は長い溜息《ためいき》をつく。

「蓮先輩、先に戻って良いですか？　なんだか疲れて」

「ああ、家で待っていろ。腹減ったら、冷蔵庫の中身とか勝手に食って良いから」

大和はよろけながら、桂花館をあとにした。

「十字架と聖書を枕元に置いてあげてください。妖精除けになります。あなたの御父上のものがあるでしょう？」

残された蓮之助に、アドニスはささやく。

「了解。なんとかなるのか？」

「一時しのぎですが、悪夢を見たことを忘れられます。ただ、妖精の呪いを解かなければ、大和さんに待つのは教授と同じ運命でしょうね」

「頼む。東京にいたとき世話になった後輩だ」

「幸い、まだ時間はあります。焦る段階ではない。あなたがはやく気づいたおかげで」

蓮之助は頷いて、大和を追うように出て行った。

撫子は大和が持ってきた絵を覗《のぞ》き込む。血まみれのカーネーションの蕾と妖精は、ただ痛ましいばかりだった。

「持ち主に悪夢を見せるって、なんだかありがちだね。怪談とか都市伝説で」

「珍しいものではありませんね。――撫子は、妖精のことを何だと思いますか？」

質問の意図が分からず、撫子は首を傾げる。

「人間じゃないもの？」

たとえば、自然に宿る霊的なモノや、古代の神々が姿を変えたモノ。神話や民話に登場する不可思議なモノたちを、人間は妖精と呼び、自分たちとは異なる存在として語り継いできたのではないか。

「そう。だから、人間は勝手に名前をつけてきた。古今東西で語られる妖精に、本来、名はありません。人間がつけた名は、彼らの一面に名を与えたに過ぎない」

「ええと、もっと分かりやすく言って？」

「僕は、科学では証明できない不思議なモノを妖精と認識しています。そして、神話や民話に現れる妖精たちの名は、人間が勝手につけたものでしかない、と」

「……そんな本当の名前も分からないモノの呪いを、どうやって解くの？」

人間が勝手に名付けたならば、それは不思議なモノたちの本質ではない。名前も正体も分からないモノの呪いを、どうやって解くつもりなのだろうか。

「未練を晴らすこと」

アドニスはつまらなそうに、絵の額縁を指で叩いた。

「未練？」

「妖精の呪いとは、妖精の未練。無念、あるいは願いと言い換えても良いでしょう。彼らは望み叶わず、故に呪う」

「絵に憑いた妖精の望みを叶えろってこと？」

「はい。望みが叶えば、彼女は此の世を去るでしょう」

「その望みって、何なの」

「さあ？　それを読み解くのは花織の仕事です。彼の本業は造園家ですけれど、昔から妖精憑きの厄介事を解決しているので」

ますます朽野花織という男が分からなくなった。造園家で、世間からはオカルトと一《いっ》蹴《しゅう》される仕事をしている男など、会ってみなければ分からない。

「花織って、やっぱりわたしと会うつもりないの？」

「言ったでしょう？　植物好きの人間嫌い、と。君のことも嫌いですよ」

「納得できない。だって、旦那さんなんだよ」

「形だけの結婚です。会いたいなら引きずり出してください。無理だと思いますけど」

「アドニスにそんなこと言われたくない。花織じゃないもの」

「僕は花織のいちばんの理解者です。花織のことなら何でも知っていますよ」

はじめから、撫子の願いを聞き入れるつもりはないらしい。だが、ここで引くことはできなかった。花織に会うために、どうにかして糸口を探さなければならない。

撫子の目に留まったのは、広間にあるゴミ箱だった。

「あっ、……手紙！」

さきほどゴミ箱に破り捨てた手紙から、撫子はひらめく。どうして、こんな簡単な手段に気づかなかったのだろう。

「花織に手紙を書くから、渡してくれる？　会いたい、ってお願いするの」

「……さっきの脅迫状から思いついたなら、君、本当に図太いですね」

アドニスは頬をひきつらせた。

「うん。図太くて図々しいのが取り柄なの。杏平くんと一緒でしょ？　花織が会いたくなくても、もう夫婦になったんだし、いつかは会わないと。杏平くんとの遣り取りも知りたいの。このままだと先のことも考えられないから」

「めげないですね。花織は手紙など送っても捨てるだけですよ」

「捨てられても良いの、何度でも手紙を出すから。……あのね、勝手に結婚していたこと、すごく驚いたけれど、嫌だったわけじゃないの。杏平くんが用意してくれた縁だもの。こんな手をしているから、もともと結婚なんて無理だと思っていたしね」

　世の中には見合いで結婚する夫婦もいる。よく知らない相手との結婚とて、珍しくとも奇妙なことではない。杏平が繋《つな》いでくれた縁だと思えば、悪い気もしなかった。

「君、夫婦と同居人を勘違いしていませんか？　恋すらしたことない娘が、誰かと夫婦になれるはずがない」

「家族にはなれるよ。だって、相手を大事にしてあげれば良いんだもの。杏平くんがわたしにそうしてくれたように」

　恋を知らないと言われたら、否定はできない。だが、家族への愛ならば、痛いほど知っている。父に愛されていたこと、父を愛していたことは撫子の真実だった。

「バカですね。相手への特別な想いがないのに、どうして相手のことを大事にしてあげられるのですか。君にとって、夫は花織である必要はない。誰でも良いのでしょう？　君のことを養って、君と結婚してくれる人なら。不誠実です」

「……なら、わたしが花織に恋をすれば良いの？　どうやったら恋ができるの」

「恋は理屈ではありません。理屈を探そうとするのは、君が恋をしたことがないから」

撫子はむっとして、唇を尖《とが》らせた。

「あなたは違うの？　アドニスは恋をしたことがあるんだ」

アドニスは敬虔《けいけん》な信徒のように、胸に手をあてた。

「僕の初恋は、泣いている女の子でした。一目見たとき、この子が欲しいと思った。自分以外のために泣くことができる彼女が、僕はとても気になりました。――ああ、もっとこの子のことを泣かせてやりたい、と」

撫子は顔をしかめた。いかにも良い話のように語っているが、中身はえげつない。

「泣かないようにじゃなくて、泣かせてやりたい？」

「そう、僕を想って、僕だけのために泣けば良いのに、って」

目を伏せたアドニスは、背筋が凍るほど美しかった。もともと造作の整った青年ではあるが、どこか愁《うれ》いを帯びた顔をしていると、此の世のものとは思えない。お伽噺から飛び出してきた姫君のような、そんな浮世離れした雰囲気があった。

「歪《ゆが》んでいる」

「だって、泣き顔がいちばん可愛い子なんです」

温厚そうな外見に反して、一筋縄ではいかない性格をしているようだ。朽野花織も同じような性格だったら、と撫子は不安になった。

アドニスに預けた手紙に、返事が来ることはなかった。花織に無視されたまま、撫子の桂花館での生活は始まった。

△▼　▲▽　△▼　▲▽

雲間から覗く太陽が、清々《すがすが》しい朝を告げる。

庭の園路にあるベンチで、アドニスが舟を漕《こ》いでいた。撫子に気づいて、彼は幼い子どものように目をこする。

「また花織への手紙ですか？　返事もないのに、よくやりますね」

「良いの、返事が来るまで出し続けるから」

「ストーカー。気持ち悪いですね」

笑顔で告げられた罵倒《ばとう》を、撫子は甘んじて受け入れる。

「今なら、ちょっとだけストーカーの気持ちが分かるかも」

アパートに送られてきた盗撮写真の数々も、撫子が好きで、撫子の気を引きたい誰かの仕業だったのかもしれない。決して受け入れることのできない好意だったが。

「手紙には何を書いているんですか？」

「花織の好きなこととか、趣味とか、そういうのたくさん尋ねるの。あと、自分のことも書いているよ」

「くだらない。花織のことなら、僕が代わりに答えますよ」

「止めておく。花織のことは花織から聞きたいから。アドニスから聞いたって、それは本当のことじゃないと思うの」

誰かの語る花織ではなく、花織自身の言葉で、彼のことを教えてほしい。

「本当、めげない子ですね。杏平とそっくり」

「ありがと、似ているって言われると嬉《うれ》しいの。ねえ、朝ごはんは食べた？　アドニスって、いつもふらふらして、なかなか捕まらないから。たまには一緒に食べようよ」

「なら、蓮之助のところに行きましょうか。料理上手なんですよ、あの子」

当たり前のように、アドニスは撫子の右手をとる。まるで何かを確かめるように。

「アドニス？」

「呪われている手なのに、温かいんですね。手袋をしているのに分かります」

「そっちは氷みたいに冷たい。こんな寒いところで居眠りしているからだよ、もう」

アドニスに手を引かれて、隣にある辻家に向かう。いきなり手を握られたことは驚いたが、不快感はなかった。思いのほか、大きな掌である。骨ばった手は男の人のもので、花織の掌も同じくらい大きいのかと想像する。

「やっぱり、朝はまだ寒いね」

早朝の風は冷たく、肌が粟立《あわ》つほどだった。

「梅が散る頃ですから、まだ冬の名残が強いのでしょう。春になったばかりなのですよ。梅の異名は知っていますか？」

「春告草《はるつげぐさ》！　春を告げる頃に咲くから」

冬の終わりから咲きはじめる花は、撫子も大好きだった。

「梅はとても風情のある花ですよね。梅に限らず、花が咲くと季節の移り変わりを感じます。日本は四季がはっきりしていて、季節ごとにいろんな顔を見せてくれる。花暦《はなごよみ》を作ったら、これほど面白い場所もないと思います」

「アドニスの故郷は違うの？」

「さあ？　こんな外見していますけれど、僕は日本で生まれ育ったようなものなので。日本語も上手でしょう？」

アドニスの日本語には訛《なま》りや発音の癖がない。言葉遣いも丁寧で、撫子よりよほど流暢《りゅうちょう》に話していた。

「そっか。外見で人を判断するのは良くないね」

「でも、心など分からないのだから、外見で判断するしかありません。ちなみに、僕、いくつに見えますか？　これでも花織と同い年なのですが」

「うそ。もうちょっと若いと思っていた」

二十代半ばの蓮之助と同じくらいか、少し年下を想像していた。

「よく言われますけど、この秋で三十になります」

「アドニスも秋生まれなんだね。わたしも秋なの。撫子は秋の七草だから」

厳密にいえば今の秋とは時期が異なるのだが、撫子といったら秋の七草である。

「君も十月三十一日生まれでしたね、花織と同じ。……でも、君の名前は、秋の撫子が由来ではないと思います。杏平が好きなのは、春の撫子だったので」

「春の、撫子？」

「だから、君は名前のとおりに育ったのでしょう。古代より、真の名はそのものの本質を示す、と言います。名付けられることによって運命が決まる。西洋では、まだ洗礼を受けておらず、名付けられる前の子どもは、妖精や精霊に攫われることがありました」

「ええと、七つまでは神のうち、みたいな？」

名前をつけられることによって、はじめて人間として生きることを赦《ゆる》される、人間として確立される。七歳までの子が、彼《あ》の世と此の世の境にいて、まだ完全には此の世に属していないという考えのように。

「似たようなものかもしれませんね。今よりずっと昔。名前を持たない子は、どうしてもあちら側に持っていかれやすかった」

アドニスは辻家の呼び鈴を鳴らす。平屋から出てきた蓮之助は、早朝にもかかわらず身《み》嗜《だしな》みを完璧に整えていた。寝ぐせもなければ、髭《ひげ》も生えていない。

「蓮之助、おはようございます」

「うちの呼び鈴、無駄にでかいんだから鳴らすな。いい加減メールくらい覚えろよ、来るなら連絡しろ」

「そういうの苦手なので。良いでしょう？　近所迷惑になるわけでもありませんし」

辻家と桂花館の周囲には、ほとんど民家がない。加茂市の駅からここまで歩いてきたとき、人気《ひとけ》がないと感じたものだ。

「近所がいねえのは、ここらの土地ぜんぶ、花織が買い占めてるからだろうが。……ああ、なっちゃんまでいるのかよ。朝から最悪だな」

「なっちゃん？」

耳慣れない愛称だった。

「撫子だから、なっちゃん。昔はそう呼んでいましたからね、蓮之助も百合香《ゆりか》さんも。懐かしいです」

百合香というのは、おそらく蓮之助の母――撫子の伯母にあたる女性のことだ。

「もしかして、わたし、ここ来たことあるの？」

記憶にはない。だが、幼い日のことなど、鮮明に憶えている人間の方が珍しい。

「十年前、一度だけ杏平が帰ってきたことがあります。君は忘れてしまったのですね」

勝手知ったる様子で、アドニスは辻家にあがった。その背中が寂しげに見えたのは、撫子の気のせいだろうか。

「飯、食いに来たんだろ。座敷で待っていろ」

古めかしい座敷には傷だらけの卓袱台《ちゃぶだい》があり、三人分の朝食が並べられる。艶々《つやつや》の白米から湯気が立ち、豆腐と油揚げの味噌汁《みそしる》が食欲をそそる。おかずは大根おろしを載せた焼き鮭、ほうれん草のおひたし、ふっくらした出汁《だし》巻き卵だった。

「旬じゃないと、鮭は脂《あぶら》が足りないですよね。春ですから、鰆《さわら》とかメバル。ああ、のどぐろも捨てがたい」

「のどぐろみたいな高級魚、朝から出せるか。文句言うなら食べに来んなよ」

「旬じゃなくても美味《おい》しいよ、すごく。お味噌汁もちょうど良いし、出汁巻き卵もふわふわで。蓮さんって料理上手なんだね」

「まあ、母さんは忙しい人だったし、一人暮らしも長かったからな。アドニス、おかわりは自分で取りに行けよ」

茶碗《ちゃわん》を空にしたアドニスに対して、蓮之助は台所を指差した。

「アドニスの箸《はし》使い、綺麗だね。やっぱり日本育ちだから？」

「そ。外見詐欺《さぎ》だな、詐欺」

「聞こえていますよ、蓮之助。――そういえば、大和さんは？　朝食ついでに話を聞こうと思っていたのですが」

「まだ寝かせている。ここ一カ月、ろくに眠れなかったらしい。一時しのぎでも、悪夢を忘れられるなら、いまのうちに休んでおくべきだろ」

蓮之助の後輩である大和は、一枚の絵を持ってきた。持ち主に悪夢を見せるという、妖精憑きの絵である。

「そうだ。妖精憑きの絵もなんとかしてもらわねえと困るけど、本業も忘れんなよって花織に伝えておけ」

蓮之助は桐《きり》たんすから封筒の束を出す。宛名《あて》はすべて《有限会社常若の国》だ。

「桂花館にある看板と同じ？」

――庭と妖精のこと、承ります。有限会社常若《とこわか》の国《くに》。

桂花館の門には、いかにも怪しげな看板がある。

「造園の依頼ですよ。花織の会社宛《あ》ての郵便物は、辻家に届くので」

「いまどき手紙？　珍しいね」

「細々としか仕事をしませんので、電話やメール、インターネットからの依頼は受けません。花織は携帯電話もまともにあつかえませんし、庭を設計するときも手書きです。だいぶ遅れている人なんですよ」

筋金入りの機械音痴らしい。撫子ですら、独学で設計の勉強をしていたときは、杏平のパソコンを借りていたというのに。

「それで食べていけるの？」

「花織の造園業は、金にならなくて良い仕事だからな。ここだけじゃなくてあちこちに土地持っているし、適当に土地転がして親の遺産持っていれば、金には困らないんだと。アドニスみたいなの雇っている時点で、財布に余裕があるんだよ」

撫子にはまったく想像できない生活だった。杏平が普通の会社員だったように、花織もそんな風に生きているのだと思っていた。

「蓮之助、庭の様子を見ても？」

「食器片づけたんなら、好きにしろ。なっちゃんも見ていくか？　うちの庭。花織が道楽で造ったわりには立派だぞ」

座敷から臨む庭は、見事なまでの池庭だった。

楕円《だえん》の池には蓮《はす》の葉が浮かんで、時折、宝石のような鯉《こい》が跳ねる。築山《つきやま》は苔《こけ》むして、白梅《しらうめ》や雪椿がいくつも植えられていた。雪を被った山を借景《しゃっけい》としているためか、小さくとも奥行きが感じられる庭だ。

「これも花織が造ったの？」

「突然思いついたように造ったらしい。それなりに形になるんだから腹立つよな。あいつの得意分野は日本庭園じゃねえのに」

「桂花館の庭は、西洋風だもんね。……いろんなとこをごちゃまぜにしているけど」

桂花館は瀟洒な洋館ということもあり、庭も西洋風である。

だが、よくよく見ると何々式と口にするのもばからしくなる有様で、いろんな庭園の好きな要素を好きなだけ取り入れているのだ。

丘という傾斜地に造られているのは、イタリアのテラス式を思わせる。しかし、園路によって四つに分けられた丘は、それぞれに趣の異なる庭を置いているため、時代背景や主だった要素が嚙《か》み合わない。

刺繡花壇《パルテール》を備えるなど幾何学《きかがく》的で整形された庭もあれば、自然美の強い長閑《のどか》な庭もある。生垣で造った迷路《メイズ》に花時計、庭の端を流れる水路《カナール》、たくさんの花に囲われた東屋《ガゼボ》なども含めて、要素だけ並べるとちぐはぐな印象を受けてもおかしくない。

それでも調和がとれているのだから、花織は腕の良い造園家なのだろう。

庭に出たアドニスを追って、撫子も下駄を引っかける。彼は鼻歌を歌いながら、木の幹や苔に触れていた。

「アドニスも庭が好きなの？」

「はい。だから、花織のところにいます。緑は良いものですよ、心が穏やかになるでしょう？　古くから、緑に触れることは精神不安の治療につながるとされてきました。土いじりや庭園の散歩は、昔からずっと大事にされてきたんです」

「分かる気がする。花織も、そうなのかな？」

花織は人間嫌いの植物好き。緑を愛しているだけでなく、緑に触れることで心を保っている人でもあるのかもしれない。

「花織は緑としか生きられない人です。彼はいつも庭の声に耳を澄ませている。あの子たちは何が欲しいのか、何を与えたら喜んでくれるのか、話を聞くために。当たり前のことだけれど、いちばん大事なこと」

桂花館にある庭は、楽園のように美しい。此の世ではない何処かに、妖精が舞い踊り、神々が暮らす場所があるとしたら、きっとあの庭のような場所だ。

此の世の何処にだって緑はあり、花は咲くかもしれない。だが、それらの景色はあの庭ほど輝いてはいないだろう。

庭園の中心で目を閉じ、耳を澄ます青年を想像する。

後ろ姿すら見たことがないのに、彼は微笑んでいると思った。言葉がなくとも、花織は緑に寄り添うのだ。緑を愛した分だけ、緑に愛されている。

「わたし、誤解していたかも。あんなに綺麗な庭を造ることができるのは、花織に不思議な力があるからだって思っていたの」

「不思議な力？」

「うん。魔法みたいな」

十年前、朽ちた白薔薇の庭で、撫子の指に魔法をかけてくれた人がいた。

あの人は、撫子に魔法の手袋を与えてくれたのだ。撫子の成長に合わせて大きくなった奇妙な手袋は、赤い指の呪いを和《やわ》らげる。ずっと家から出られなかった撫子が、わずかでも自由を得られたのは手袋のおかげだ。

だから、桂花館の庭も同じだと感じた。撫子に魔法をかけてくれた人のように、花織には特別な力がある、と。

「だめですよ、魔法など。桃栗《ももくり》三年柿《かき》八年と言うでしょう？　物事には、それにふさわしい年月が必要です。辛抱強く、根気強く向き合っていかなければ」

「ズルはだめってこと？」

「そういうことです。だからね、撫子。あなたは賢かった。花織にいちばん効果的なのは、地道な攻撃です。――あなたが待っていた返事ですよ」

アドニスは一通の手紙を差し出してきた。

『杏平の娘へ
しつこい手紙をありがとう。字が汚くて、最初、ぜんぜん読めなかった。

俺はお前に会いたくないが、お前が俺に会いたいのなら、仕方がない。遠いところから来た娘を、何も譲歩せず追い返すのも気が引ける。

――妖精の呪いを解け。

お前に絵の呪いを解くことができたなら、俺はお前と会おう』

撫子は弾《はじ》かれたように顔をあげる。アドニスは手紙の中身を知っていたのか、さして驚いた様子はなかった。

「良いの？　大事な依頼なのに。失敗したら、大和さんが……」

「幸いなことに猶予《ゆうよ》はあります。君にできないなら、花織がどうにかしますよ。いずれにせよ、桂花館で暮らすなら、妖精憑きのひとつやふたつ解決できなければ困ります。あそこは妖精憑きのものがあちこちに転がっているので」

「え!?　そんなの聞いていない」

「嫌なら東京に帰ったらどうですか？　君に絵の呪いが解けるとは思えません」

これは花織の仕掛けてきた勝負だ。彼は最初から撫子に期待していない。呪いなど解けないと決めつけて、無理難題を吹っかけたつもりなのだ。

「帰らない。こういうの逆効果だよ。絵の呪いを解いたら会ってくれるんでしょ？　手紙に返事が来なかったときより、ずっと良い」

手紙を引き寄せて、撫子は笑ってみせる。

△▼　▲▽　△▼　▲▽

――好きな色は？　食べ物は？

『赤が嫌い。菜食主義ではないけど肉も嫌い』

捻《ひね》くれている。好きなものを尋ねているのに、嫌いなものを答えている。

――杏平くんのこと、嫌い？

『昔は仲良かったな。撫子が生まれる前までは、いつも一緒にいた』

少しずつ、花織と杏平の関係も見えてきた。昔は仲が良かったからこそ、杏平の最期の頼みを無下《むげ》にできなかった。人間嫌いのわりに、花織はお人好《よ》しで優しいのだろう。

――どんな花が好き？

『みんな好き。愛した分だけ、愛してくれるから。愛した分だけ美しく在ろうとするなら、人間なんかよりずっと優しいだろう』

彼はあらゆる緑を愛しているのだろう。そして、植物を枯らす指を持った撫子と違って、緑からも愛されているのだ。

――どんな庭を、今まで造ってきたの？

客間の本棚には園芸関係の書籍が並んでいる。壁に飾られている庭の図面は、過去に花織が設計したものなのか、朽野花織のサインがあった。

思い返せば、広間のテーブルにも図面が散らばっていた。桂花館のあらゆるところに、花織が仕事をしていた形跡があり、造園家として歩んできた道が刻まれていた。

『まどろっこしい。俺のことなんて聞いてどうする？　本当に聞きたいのは別のことだろうに。お前が知りたいのは、あの絵のことだ。あの絵が何なのか、見当もつかない』

図星だった。花織を知りたいのは本当だが、絵について何も分からないことも真実だ。血に濡《ぬ》れた画布《カンヴァス》、カーネーションの蕾と妖精。あの絵は何を意味するのだろうか。

『可哀そうだから、ヒントを出そうか。

カーネーションの語源を知っているか？

一説によると肉の色に似ているから。

ラテン語で肉はcaro。そこから、carnationは肉の色を示す言葉だったことがある。

蕾のまま咲かない肉の花は、潰《つい》えた命、朽ちゆく肉だ。血まみれの妖精は永遠に目覚めない。あれは妖精の死体を描いた絵だよ。あるいは、最期の瞬間』

「そう、花織は手紙に書いていたんだけど」

地元の会社が販売しているかりんとうをつまんで、アドニスは気だるげに顔をあげた。

淹《い》れたばかりの緑茶を出せば、ソファに寝そべったまま、渋い、と文句をつけた。

「カーネーションの由来が肉というのは、わりと有名な説ですよ。他の説だと、花で作った冠――コロネーションが崩れて、カーネーションになった、とか」

「肉なんて、ちょっと物騒だよね。母の日のイメージが強いから意外だったの」

撫子に母はいないが、毎年、杏平にカーネーションを贈っていた。感謝を伝える花のイメージが強く、肉の色など想像したことすらない。

「伝統行事みたいな印象ありますけど、母の日の始まりは一九〇〇年代のアメリカです」

「うそ。結構、近いんだね」

「この絵がいつ描かれたのか分かりませんけれど、一九〇〇年代より昔でしょう。花織は、庭と妖精のことは間違えません。これは妖精の死体、彼女の最期を描いた絵です」

「なら、この妖精は死んだとき、とても強い心残りがあったのかな」

とうの昔に、画布《カンヴァス》の妖精が死んでいるならば、彼女はいったい何が心残りで、持ち主に悪夢を見せるのか。

「死ぬときに未練を残さない者などいません。杏平だって、あなたが気がかりで仕方なかった。花織に頼るくらいなのですから」

「それなんだけど。杏平くんと花織って、どんな関係だったか知っている？」

「親友ですよ。二十年近く前に絶縁していますから、親友だったが正しいですね」

「絶縁って……。杏平くん、一度は里帰りしているのに」

記憶にはないが、撫子がまだ小さかった頃、辻家を訪れたことがある。

「そのときも、花織とは会っていませんよ。だから、花織は驚いていました。撫子と結婚してほしい、なんて杏平から連絡が来た日には」

「でも、引き受けたんだ。優しいね」

絶縁していた親友の娘など、赤の他人以上に厄介だったはずだ。だが、花織は撫子と結婚した。未成年である撫子の保護者となり、金銭的な援助までするつもりだという。

「おめでたい子ですね。優しさからではありません、すべて無意味になると知っていたからですよ。花織の話も良いですけれど、どうするつもりですか？　この絵」

「今日は大和さんの話を聞きに行こうと思って」

「なら、昼間にした方が良いでしょう。夕方になると塾の生徒が集まってきますから。学校帰りのおチビさんたちに絡まれると大変です」

暦のうえでは、もう四月の中旬である。子どもたちの春休みはとっくに終わっており、放課後になれば蓮之助の塾に集まってくるのも頷けた。

「アドニスも一緒に行く？」

「遠慮します、花織の世話があるので。朝からろくに食べていないはずです」

「それは管理人の仕事なの？」

アドニスは桂花館の管理人だ。彼の仕事は建物を保つことで、家主の面倒まで見る必要はあるのか。まして、朽野花織はこの秋で三十歳になる男で、自分の世話もできない幼子《おさなご》ではない。

「あんなのでも雇い主ですから」

アドニスの目は、もう撫子を映していなかった。この館の何処かにいる男を想像して、撫子は苦笑いするしかなかった。

辻家の座敷には、すでに大和の姿があった。

「隣の洋館にいた子だよね？　蓮先輩の従妹《いとこ》。俺に聞きたいことがあるんだっけ」

初対面のとき名乗りもしなかったことを思い出して、撫子は頭を下げる。

「辻……じゃなくて、朽野撫子です。あの絵のこと、詳しく聞かせてほしくて」

妖精が呪うのは、未練――叶わなかった願いがあるからだ。今までの持ち主は、妖精画に憑いた彼女の願いを叶えることができず、悪夢に囚われて、心を壊した。

蓮之助が撫子たちの前に茶器を置く。緑茶かと思えば、カモミールのようだ。

「大和、なっちゃんに話せば、アドニスが花織に伝えてくれる。顔も出さない男のことは信用ならねえかもしれないけど」

「いえ、先輩の紹介ですから」

撫子は卓袱台に絵を載せる。血に濡れた画布《カンヴァス》で、カーネーションの蕾に寄り添いながら、妖精は哀《かな》しげに目を閉じていた。

「前の持ち主は、俺のゼミの教授。専門は西洋美術史で、講義だとよく絵の解釈をしていた。絵には、いろんな意図が隠されている。持物《アトリビュート》なんて聞いたことないかな？」

「少しだけ。描かれた人物を特定したりするとき、手掛かりとなるものですよね」

たとえば、聖母マリアの持物《アトリビュート》ならば、白百合、薔薇、天使ガブリエル、青い衣などが挙げられる。それらが描かれていたら、女性はマリアであることが多い。

「この絵画の解釈についても、ゼミで議題にあがったことがあるんだ。花と血って、神話とか宗教ではたまに見られる組み合わせなんだよ。ちょうど同じ名前の人もいることだし、アドニスの話は知っている？」

絶世の美少年アドニスは、ローマ神話の女神ウェヌス――ギリシア神話のアフロディテと同一視される女神の恋人だった。ある日、狩りに出た彼は、イノシシに突き殺されてしまう。

「アドニスの血で染まった地面から、アネモネの花が咲くんですよね？」

「うん。似たような話はキリスト教にもあって、赤い薔薇は殉教《じゅんきょう》者の血、あるいは磔刑《たっけい》にされたキリストの血から咲いた花なんて言われることもある」

「磔刑。そういえば、カーネーションも磔刑に関係あるんでしたっけ？　キリストが磔刑にされたとき聖母マリアが流した涙が、カーネーションになった。キリストの血から咲いたのが、赤い薔薇じゃなくてカーネーションって話もありませんでした？」

うろ覚えの知識で答えると、大和の顔が輝く。

「だから、俺はこの絵はキリストの磔刑の場面を示しているって、言ったんだけど。解釈が突飛すぎるって、散々だったんだよね」

「宗教画とは限らないですもんね」

そもそも、妖精が登場している時点で、キリスト教にまつわるものとは考えにくい。妖精の嫌うものとして、十字架や聖書、聖水などが挙げられる。妖精とは、キリスト教とは根本的に相いれない土着の信仰のひとつだったはずだ。形を変えてキリスト教に吸収されてしまったか、あるいは迫害されたか。

「そうだね。主題がキリスト教に関係するのかも、誰が描いたのかも、年代さえ分からない。でも、悲しそうな顔をしているから、磔刑の場面と重なるって思ったんだ」

「ゼミでは、結局どんな結論に？」

「まとまらなかったよ、答えがないから。教授も絵の来歴を分かっていなくて、前の持ち主の名前を知っているくらいだった。自称ドイツだったかイギリスの貴族の末裔《まつえい》っていう、うさんくさい人。ピエタ・なんたらって名前だったかなあ。変な名前でしょ？　教授、このあたりも気になって、絵について調べていたのかもね」

「ピエタ？」

「イタリア語で慈悲とか哀悼《あいとう》だね。聖母子の絵で、磔刑から降ろされたキリストを抱く聖母マリアを描いたものを、そう呼ぶんだよ。見たことない？」

いつだったか、杏平に連れられた美術館で、その場面を主題にした絵を見たことがあった。我が子の亡骸《なきがら》を抱く聖母の傍《かたわ》らには、たしか花が咲いていた。今となっては確かめようもないが、あの花がカーネーションということはあるのだろうか。

「なんだか、この絵にぴったりの名前ですね。ピエタって」

「でしょ？　こんな悲しい絵の持ち主が、そんなたいそうな名前を持っているわけだから、教授も興味を惹《ひ》かれたみたい。興味を惹かれたくらいであんな目に遭っているんじゃ、割に合わないけれど」

大和のまなざしは、病院にいる教授に向けられていた。話しかけても応えない、生きながらに死んでしまった恩師の姿に、大和はどれだけ胸を痛めただろう。

その姿が自分の未来だと察したとき、彼は何を思ったのか。

「気の良い人だったよ、星名教授は。何も悪いことなんかしていない。……だから、こんな絵は消えてしまえ、と。そう思えたら良かったのに。どうしてかな、ゼミで取り上げたときから、俺、この絵が嫌いになれないんだ」

「大和さん」

「可哀そうだろう？　こんなに傷ついて。彼女、殺されたんだ。俺はそれを知っているから、どうしても嫌いになれない」

「優しいんですね、とても」

絵の呪いを知る前も、知ったあとも、大和は画布《カンヴァス》で死にゆく妖精に同情していた。

「教授だって、おんなじこと言うよ、きっと。あの人、気味の悪い絵だって話しながらも、すごく気に入っていたんだよ、この絵のこと」

「穏やかで優しそうな教授ですよね。その、気になって調べたんですけど」

大和が桂花館を訪れた日、インターネットで検索をかけた。珍しい苗字であり、専門も分かっていたので、すぐに該当者は見つかった。

星名慈《しげる》。東京都の私立大学で教授をしており、専門は西洋美術史。ホームページの教員紹介には、にっこり笑う初老の男性が載っていた。

「話は終わったか？　そろそろ良い時間だ」

話を遮《さえぎ》るように、蓮之助が座敷に現れる。時計は夕方の四時をまわっていた。

「なっちゃん、今日はもう帰れ。そろそろ生徒が来る。大和は俺の手伝いな」

「先輩、俺の字が汚いの知っているでしょ？　習字なんて教えられませんよ」

「月曜は学習塾の日だから良いんだよ。お前、塾でバイトしているんだろうが」

蓮之助はいささか乱暴に大和の頭を叩くと、そのまま台所に消えていった。

「仲良いですね」

「そう？　撫子ちゃんも先輩と仲良しじゃない。蓮先輩は身内に甘い人だから、困ったことあるなら頼れば良いよ。あの人は一度でも懐《ふところ》に入れたら、ずっと守ってくれる。――俺のよく分からない悪夢だってさ、本当は笑われると思ったのに」

桂花館を訪れたときの大和は、青ざめた肌をして、目の下に濃い隈をつくっていた。今にも死にそうな様子で、あと一歩で壊れそうな脆《もろ》さがあった。

いまの大和は血色が良くなって、あのときの印象より四、五歳ほど若返っている。

悪夢に苛《さいな》まれていた大和は、ずっと不安だったはずだ。オカルト染みた現象を誰にも相談できず苦しんで、限界になって、ようやく信頼する先輩に打ち明けることができた。

呪われている撫子は、科学では証明できない不可思議なものへの耐性があった。

だが、大和は違う。彼はごく普通の人生を、普通に歩むことを許された人だ。

大和の絵の呪いを解きたいのは、花織と会いたいからだ。だが、話を聞いて、大和のためにも絵の呪いを解いてあげたいと感じた。

辻家を出ると、ランドセルを担《かつ》いだ子どもたちとすれ違う。彼らは大きな瞳に撫子を映してから、「蓮先生、彼女？　彼女！」と辻家に駆け込んでいった。

そういえば、撫子は一度もランドセルを背負ったことがない。

だが、他の子どもたちに対して、羨《うらや》みや妬《ねた》みが芽生えることはなかった。杏平が申し訳なさそうに謝ることの方が、ずっと心が痛かった。


その夜、撫子は夢を見た。

噎《む》せかえるほどの甘い香りがして、撫子はいつのまにか鮮やかな花園にいた。

春風が吹いている。髪を押さえようと手を伸ばすが、その手の感覚がない。空気に溶けてしまったかのように、身体が景色と一体化し、意識だけが漂っていた。

「大和さん？」

前方に人影があった。昼間に会ったばかりの大和は、虚《うつ》ろな顔で宙を見上げる。やがて、指先から解けるように、彼の輪郭が揺らいで、姿かたちが塗り替えられていく。

揺らぎが治まった頃、大和の姿は可憐な妖精に生まれ変わっていた。

あの絵に描かれた妖精だ。白金の髪を揺らして、彼女は軽やかに花園を舞っている。透けた翅は星明かりを纏って、きらきらと輝いていた。

――次の瞬間、彼女の胸を貫いたのは黒い剣だった。

悲鳴をあげることすらできなかった。串刺しにされた妖精が、襤褸《ぼろ》切れのように放り投げられる。花園に落ちた妖精からは、おびただしいほどの赤い血が流れる。

妖精の血に触れた途端、そこから腐り落ちるようにして、花々は黒ずんでいく。夢のように美しかった花園は、見る見るうちに朽ち果てた。

今にも息絶えそうな妖精は、宝石のような紫の瞳を涙でいっぱいにしていた。死にゆく彼女は、すがるように、祈るように手を伸ばしている。

青紫になった唇で、彼女は何かをささやくが、その声が届くことはなかった。

ひどく寂しげな顔をして、彼女は力尽きた。物言わぬ骸《むくろ》となり、灰の花園に転がる妖精は、あまりにも憐《あわ》れで、胸を引き裂かれるような痛みがあった。

あれは持ち主に悪夢を見せて、廃人にする妖精画。持ち主を夢のなかで何度も殺す。否《いな》、持ち主に自分の最期を追体験させる絵なのだ。

呆然《ぼうぜん》とする撫子を包むよう、大きなつむじ風が起こった。

気づけば、撫子は夢のはじまりにいた。花園のなかで、妖精は舞い踊る。そして、また黒い剣に貫かれた。血に濡れた花園は、命の芽吹かぬ灰色の世界になった。

繰り返し、妖精は殺された。最期に寂しげな顔をして、息絶える。

大和はずっと妖精の死を追体験していたのだ。何度も殺される夢は、人の心を壊すには十分すぎるだろう。

アドニスは言った。今だけは、夢を見たことを忘れさせる、と。辻家にいる大和は、目が覚めたとき、殺される夢など憶えてはいない。

だが、それは永久に続くことではない。

呪いを解かなければ、今度こそ大和の精神は壊れてしまう。

△▼　▲▽　△▼　▲▽

玉ねぎをみじん切りにして、ベーコンと炒める。塩コショウを振りかけてから、小麦粉などを混ぜて型に流し込み、予熱を終えたオーブンに入れた。

玉ねぎたっぷりのパイは、香ばしい匂いを漂わせる。オーブンから洩れる明かりに向かって、撫子は手をかざす。

アドニスが赤い指と呼んだ、植物を枯らす呪いの手。しかし、素手で触ったところで、食べ物としての植物を枯らしたことはない。

この呪いは、生きている植物に害をなす。

おそらく、食べものとしての草花は死んでいる、と呪いは解釈している。はじめて杏平と台所に立ったとき、安心のあまり泣き出してしまった彼を憶えている。

手袋を嵌めながら、撫子は壁に飾られた妖精画を見る。

決して花開くことのないカーネーションの蕾と、目を閉じた妖精。殺された彼女は二度と目覚めることなく、呪われた絵は誕生した。

この妖精は、いったい幾人の運命をくるわせてきたのだろうか。

妖精画に憑いた彼女は、夢と同じ最期を遂げた。刺し殺された彼女の血が染みて、花園は何も芽吹かぬ灰の大地となった。

だが、撫子はどうしても腑《ふ》に落ちない。

「人が憎いから、人を呪うの？　でも」

命尽きるとき、妖精は寂しそうにしていた。何かに気づいてほしいかのように。

殺された復讐《ふくしゅう》を遂げるためならば、何故《なぜ》、あのような顔をするのか。憎しみに染まって、誰かを恨んでいる顔ではなかった。

——絵に憑いた妖精は、いったい何を未練としているのか。

オーブンの音が鳴る。撫子は焼きたてのパイと妖精画を抱えて、庭園に繰り出した。

桂花館の庭園は、今日も変わらず美しい。この庭を造った花織を心から尊敬する。

庭とは、何も造って終わりではない。芽吹いた命がやがて枯れゆくように、植物たちは一瞬たりとも同じ顔を見せることはない。枝葉を揃《そろ》え、病気や害虫を防ぎ、肥料を与えるなど、世話を続けなければ庭は荒れてしまう。

花織の庭が荒れていないのは、それだけ彼が心を砕いている証《あかし》だった。

園路にあるベンチに座ると、横に妖精の絵を、膝上にパイを置く。

「良い天気ですね、とても」

絵の妖精が返事をすることはないが、撫子は語りかけた。

花織は、愛を注げば注いだ分だけ、植物は応えてくれると教えてくれた。妖精も同じかもしれない。愛情をもって語りかけることで、彼女の未練を知るきっかけとしたい。妖精がすでに殺されているとしても、この絵には彼女の思念が残っているのではないか。

撫子は玉ねぎのパイを手にとる。まだ温かくて、香ばしい匂いがした。

「庭での飲食は禁止ですよ」

撫子は竦《すく》みあがった。いつのまにか、背後にはアドニスが立っていた。

「園路だから、今日だけは許してあげます。庭で食べていたら、すぐにでも花織に追い出されていたと思いますよ」

「ご、ごめん」

「もう、絶対にしない！　だから」

撫子が青くなっていると、アドニスは声をあげて笑う。

「冗談ですよ。君が桂花館に帰ってきた日も、庭でお茶をしたでしょう？」

からかわれたと気づいて、撫子の頬が赤く染まる。

悪戯《いたずら》が成功した子どものように笑うアドニスからは、甘い花の香りがした。使っている洗剤か、あるいは庭から移ったのか知らないが、撫子にも馴染《なじ》みのある匂いだ。

花織からの手紙も、花の香がする。撫子はそれが好きだった。

香りだけではない。生き生きとした庭を造る手、大切なことを教えてくれる唇、花織を形成する様々なものを想像しては、撫子の鼓動は早鐘を打った。一度も会ったことがない男が、どうしようもないほどに気にかかる。

緑と一緒に生きられない撫子は、緑を愛し、緑と生きる人に心惹かれてしまう。

「アドニスは、花織と似ているね。同じ香りがするし、二人ともちょっとだけ意地悪」

虚《きょ》をつかれたように、アドニスは目を丸くした。

「似ているなんて、はじめて言われました。昔から一緒にいますから、そんなこともあるのかもしれませんね」

「ずっと一緒なの？」

「ええ。僕は花織から離れられないんです」

そう言ったアドニスの横顔は、ひどく寂しげだった。こんなにも美しい庭園、優しい景色に包まれていながら、彼だけが不幸せのように感じられた。

ためらいがちに、撫子はまだ口をつけていないパイを差し出す。

「……元気がないみたいだから、半分こしてあげる」

彼は困ったように、パイと撫子を交互に見た。

「突然、何を言い出すかと思えば」

「分け合うことは幸せなの、独りじゃできないことだから。アドニスにも幸せの御裾分け。いつも杏平くんとそうしていたんだよ」

誰かが傍にいてくれることは、それだけで奇跡のように幸福なことだ。

撫子に母はいない。杏平は未婚の父であり、死別か離別か、生みの親の影すら感じたことはない。だが、母がいなくとも撫子は幸せだった。

喜びや楽しさだけでなく、寂しさや哀しみさえも、杏平が分かち合ってくれたからだ。独りきりで抱えることがなかったからこそ、呪われている身でも幸福でいられた。

アドニスは奇妙なものに出くわしたように、渋い顔になった。

「おかしなことを言いますね、分け合うことが幸せなんて。独り占めしたいと思わないんですか？　僕に分けなければ、君は全部食べられる。独り占めの利益です」

「でも、一緒が良いよ。その方が寂しくないから」

もう一度、アドニスにパイを差し出す。しかし、彼が口をつけることはなかった。

「ねえ、撫子。どんなにつらく苦しいときも、君は分け与えることができるのですか？　世界にこのパイしか残っていなくても、分け合うことは幸せだと笑って、僕に与えてくれるんですか」

アドニスの雰囲気が変わる。紫の瞳を向けられたとき、背筋を這《は》い上がったのは、恐怖にも似た困惑だった。

「分け合うよ、きっと」

世界にたったひとつのパイしか残っていなかったとしたら、飢《う》えて、ひもじい気持ちになるだろう。だが、独り占めしようとは思えなかった。

「なんて綺麗な優しさ。吐き気がします。君のそういうところ、僕は嫌いです」

撫子は唇を開いて、やがて閉じてしまう。かける言葉が見つからなかった。嫌い、と口にした彼の方が、言われた撫子よりも傷ついているようだった。


客間のベッドで横になって、撫子は白い封筒を開いた。花織との文通は、すでに何往復も繰り返していた。

――たとえば、ここにパイがひとつあるの。世界にこのパイしか残っていなかったとして、誰かに分けることはできる？

あの日のアドニスが気がかりで、撫子がした質問。その答えを指でなぞって、撫子は枕に突っ伏した。

『できない。世界にたったひとつしか残っていないならば、独り占めするべきだ。

もし、お前が分け合うことができると言うなら、どうかしてる。

本当に追いつめられたとき、そんなことできる奴はいない。誰だって自分が大事で、自分が助かるためなら、奪い合うだろう。

どんなに綺麗な言葉を並べたって、人の本質なんて泥みたいに濁《にご》っている。そんな綺麗事を言う奴に限って、最後の最後で裏切る。

お前も変わらないはずだ、撫子』

花織に質問したのは、分け合うことは幸福だ、と花織に肯定《こうてい》してほしかったからだ。杏平がそうしてくれたように、撫子の喜びも哀しみも分かち合ってほしかった。

少し手紙を交わしたくらいで、花織を知った気になっていた。花織のことなど本当は何も知らない。

杏平の遺志で、彼は撫子と結婚した。緑を枯らす指を持つ撫子は、彼の庭を壊してしまうかもしれない侵略者で、死んだ杏平を理由に居座っているだけの余所者だった。

「でも。花織の言うような一面があっても、悪いところばかりじゃないよ」

極限まで追いつめられたとき、人は花織の言うとおりの行動をとるかもしれない。

だが、それはその人の本質ではない。人はある一面だけで作られているわけではないのだ。良いところだけが真実ではないように、悪いところだけが真実でもない。

『お前は何も知らない、ばかな雛《ひな》鳥みたいな娘。

ずっと杏平に守られてきたから、本当に裏切られたことがないから、世界は綺麗なものでできていると信じて疑わない。

お前みたいなのが、いちばん嫌い』

「なら、あなたは何かに裏切られたの？」

つぶやきは、夜の静けさに攫われてしまった。近づいたと思っていた花織との距離は、今もまだ遠く離れている。

「呪いを解かなくちゃ」

妖精画の呪いを解いて、花織と会いたい。こんなところで挫《くじ》けている場合ではない。

ベッドから起き上がって、撫子は手紙の返事を認《したた》めようとする。しかし、文字はひとつも浮かばなかった。

△▼　▲▽　△▼　▲▽

夕焼けの空を薄雲が流れている。

桂花館の郵便受けを開いて、撫子は息をつく。郵便受けは空だった。花織と離婚しろという手紙も、あのとき以来届いていない。

「撫子ちゃん」

辻家の前で、大和が茶封筒を抱えていた。

「大和さんも郵便の確認ですか？」

「うん。大学からの書類、こっちに送ってもらったんだ。履修の関係で、提出しなくちゃいけない書類があって」

撫子は目を白黒させた。彼の持っている茶封筒には、大和泪と印字されている。

「大和って、苗字だったんですね」

「言ってなかったっけ？　ごめん。よく女の人に間違われるから、苗字しか名乗らない癖がついちゃって」

「なんて読むんですか？」

「泪《るい》。さんずいに目だから、涙だね。姉が四人もいるから、次も女の子だと思って考えていた名前なんだって。誰かのために泣けるような優しい子になってほしいって、願いらしいけど。何もこんな哀しい字を使わなくてもね？」

「でも、綺麗な名前だと思います。由来も含めて」

周りに願われたとおり、大和は優しい人に育った。同年代の男性とあまり接したことのない撫子でも、大和とは話しやすい。彼が合わせてくれるからだ。

「ありがと。撫子ちゃんも綺麗な名前だよね。何か由来があるの？」

頭を過《よぎ》ったのは、いつぞやのアドニスとの会話だった。

「春の撫子、って聞きました。亡くなった父がつけてくれた名前なんですけど。おかしいですよね、撫子は秋の七草なのに」

大和はしばらく黙ったあと、軽く手を叩いた。

「ええと、西洋美術の事典によって、ナデシコって引くとカーネーションに誘導されるんだ。いろんな意味で有名な絵に《カーネーションの聖母》というのがあるけど、あれも《ナデシコの聖母》なんて呼ぶ人もいる。春の撫子って、カーネーションじゃないかな？」

頭のなかで、杏平の笑顔がよみがえった。母の日にカーネーションを贈ると、彼はいつも喜んでくれた。大事に花瓶に生けて、枯れるまで眺めていた。

「カーネーションの花言葉は、愛にまつわるものが多いよね。赤は愛、ピンクは温かな愛情、白は純粋な愛だったかな？　母の日のはじまりは、アメリカ南北戦争の頃。愛情深い娘が、亡くなった母親に白いカーネーションを捧げたことからだって聞いたことがある。

誰かを愛することのできる、そんな子に育ってほしいって願いだったんじゃない？」

誰かを愛する。撫子にとって、その誰かは父である杏平だった。

父は死んだ。火葬場で骨を拾った日から、撫子の愛すべき人は永久の眠りについた。父の亡骸を想う度、膿《う》んだ傷のように心が痛む。

だが、撫子は絶望することなく、今も息をしている。明日を生きようとしている。

それはきっと、花織と結婚したからだった。父が遺してくれた縁があったからこそ、撫子は独りきりにならずに済んだ。

「わたし、花織を愛してみたかったんだ」

新しい家族として、花織を大事にしてあげたかった。

花織に会いたかったのも、花織に信じてもらえなくて哀しかったのも、家族になりたかったからだ。


桂花館に戻った撫子は、丘の上から庭園を見下ろす。

誰も信用しない花織にとって、信じるものとは、この庭であり溢れる緑だった。彼にとって他者とは不要なものであり、庭を荒らす侵略者に過ぎない。

この美しい庭で、死ぬまで、ただ独りきり過ごすつもりなのだろうか。俗世から隔《へだ》てた庭に痛みはないかもしれないが、花織にとって本当に良いことなのか分からない。

花織は人間を嫌っている。しかし、人と関わらなければ人は生きていけない。

「郵便は空でしたか？」

振り返ると、アドニスが館から出てくるところだった。

「うん。脅迫状もなかったよ」

「それは残念です。また離婚しろという手紙が来たら、君は帰りましたか？　東京に」

撫子は逡巡《しゅんじゅん》してから、ゆっくりと首を横に振った。どれだけ脅《おど》されたとしても、桂花館を去る理由にはならない。

「……東京に帰っても、何もないから。杏平くんが死んだとき、家財も思い出の品も、ほとんど処分しちゃったの。それが杏平くんの願いだったから」

手元に残っているのは、スマートフォンに保存された写真くらいなものだ。

東京は撫子の育った場所だ。しかし、撫子にとっての故郷ではなかった。

「わたしね、自分の帰る場所が分からないの。だから、行きたいところに行こうと思った。会いたい人に、会いに行こうって思ったの」

新幹線に飛び乗り、新潟を目指したとき、不思議なほどためらわなかった。ただ会いたかったのだ。杏平が遺してくれた人に、撫子の新しい家族に。

「花織が君と会わないのは、君を想ってのことです。朽野花織は妖精に呪われているから」

弾かれたように、撫子は顔をあげた。

「わたしと、同じなの？」

妖精憑きは、物に限った話ではない。撫子が呪われているように、同じように妖精憑きとなった人間がいても奇妙な話ではない。

だが、花織には、どのような呪いが遺されているのだろうか。

「花織の血筋は、代々、妖精憑きです。皆、同じ呪いによって死にました。花織の父もそうだった。――三十歳になった夜、死に絶える。そういう呪いです」

撫子は絶句した。たしか花織は二十九歳だったはずだ。

「この秋、花織は死にます」

二人の間を、冷たい風が吹き抜けた。残酷な事実だけを語るアドニスの顔からは、一切の表情がそぎ落とされていた。

「死ぬ？　……っ、なら、どうして？　わたしと結婚なんて」

「遺産分けのためです。配偶者なら、花織の遺産は君に渡る。彼には他に親族はいません。君は花織の死によって、一生困ることのない金を手に入れる」

「わたし、そんなの望んでいない！」

「望んでいない？　そんなことないでしょう。呪われている君が、どうして普通に生きていけるのですか。誰かに守ってもらう必要がある。それが望めないなら金が要る」

「花織の命と引き換えに、お金なんて貰いたくない！」

「君はただ、花織が死ぬのを待つだけで良いのです。気にしないでください、罪悪感も必要ありません。花織はずっと死にたかったのだから」

瞬間、撫子は手を振りあげた。気づけば、アドニスの頰を叩いていた。

「死にたいのは、花織の勝手！　でも、わたしは嫌。死んでほしいなんて思っていない」

「どうして？　君にとって、花織は赤の他人だ。……杏平もそうだった。あの人は花織を選ばなかった。君を愛しているからこそ、杏平は花織を捨てたのです。故郷と一緒に」

遠雷の音がする。空が暗くなり、大粒の雨が降りはじめた。

頰を腫《は》らしたアドニスの、傷ついたような表情は、撫子を責めていた。

△▼　▲▽　△▼　▲▽

桂花館のいたるところに、花織の気配はあった。

廊下に飾られた庭の写真は、彼が手掛けたものだろう。広間のスケッチブックに描かれた図面は、世界の何処かで、美しい庭となっているはずだ。

宿泊している客間に戻れば、机上に白い封筒がたくさん並んでいる。言葉は素っ気なくとも、いつだって花織からの手紙は優しかった。

優しいのに誰かを遠ざけて、ただ庭に閉じこもることを選んだ。それは、彼の身に宿る呪いが原因なのか。

いつか死ぬならば、すべては無意味になる。彼はそう思って、美しい庭で独りきりでいることを選んだ。

亡くなった父は花織の親友だった。どんな思いでその背中を見つめて、どんな想いで花織と縁を切ったのか。

撫子を結婚させたのは、撫子のためだけではなかったのかもしれない。

杏平は死にゆく親友を想って、撫子に託した。病室で力尽きた父の心残りは、撫子のことだけではなかった。縁を切ってしまった親友のことも、大きな未練だった。

「杏平くん。どうして、わたしに大事なものを、大切な人を遺したの？」

思い出のなかで笑う父は、答えをくれなかった。

アドニスに忠告されたとおり、ここを去るべきなのだろうか。ぜんぶ忘れて、何食わぬ顔で生きていけば、いつか胸の痛みも消えるのだろうか。

心惹かれた花織は、家族になりたいと思った人は死ぬ。その死を受け入れて、すべてなかったことにして――。

そこまで考えて、撫子はぞっとした。

この地を訪れたことも、花織に会うと決めたのも、撫子の意志だ。きっかけは杏平だとしても、どうしようもなく憧れる心を止められなかった。

花織が緑を愛するように、撫子も彼を愛してみたい。

諦《あきら》めたくない。まだ何もしていない。はじまってすらいなかった。

息を吐いて、ためらいを捨てる。広間の妖精画を抱えて、撫子は庭に飛び出した。

夜も更《ふ》けて、夕方の雨はすっかり止んでいた。

足下には、桂花館を訪れた日に咲いていたアネモネがある。激しい雨に打たれて傷《いた》んだアネモネは、画布《カンヴァス》に描かれたカーネーションのように、もう二度と咲かないだろう。

カーネーションの蕾に寄り添う妖精は、今日も寂しそうにしていた。目を瞑《つむ》れば、あの夢を思い出す。美しい花園で舞い踊る妖精は、黒い剣に刺されて息絶える。

彼女の血潮《ちしお》は呪いのように、花園を灰色に染めていった。

独りきりで死ぬことは、寂しかっただろう。死んだ妖精の姿が、花織と重なりゆく。

誰にも看取《みと》られることのないまま、この庭で最期を迎えることが、本当に花織の幸せなのだろうか。花織が死を望んでいるとしても、撫子は彼を死なせたくなかった。

「呪いを解かなくちゃ」

大和や死を繰り返す妖精のためにも、――何よりも花織のために、撫子はこの絵の呪いを解きたい。

「あなたは人間が憎いの？　復讐したい？　なら、どうして哀しそうな顔をするの」

冷たい風が吹いて身を震わせると、柔らかな何かが肩に触れた。

「風邪を引きますよ」

薄手のストールだった。甘い花の香りがするのは、アドニスか、もしかしたら花織の持ち物だからかもしれない。

目の奥が熱くなって、撫子は自《みずか》らを抱きしめた。

「アドニスには関係ない」

「関係あります。花織の庭に死体が転がっていたら困りますから。こんなに寒いのに、そんな薄着で外に出るなんて。絵の呪いは解けましたか？」

「……解くよ、必ず」

「解けません。妖精に呪われた君に——妖精に憎まれた君に、どうして妖精の気持ちが分かるのですか。全部忘れた方が良い。君のいるべき場所は花織の庭ではなかった。花織の庭に、君は要らなかった」

「でも、わたしはここにいたい」

「どうして？　花織は君を幸せにできない。だから、お金だけ持って、もっと幸せになれる場所を探せば良い。呪われた男なんて、赤の他人なんて忘れて……」

「他人なんかじゃない！　杏平くんが遺してくれた、わたしの家族。死んでほしくない」

アドニスは屈《かが》みこんで、群生するアネモネに触れた。雨に蹂躙《じゅうりん》された花々は、ただ朽ちるのを待つばかりである。

「花はいつか枯れます。咲かずに散ることもあれば、実を結ばぬこともある。理不尽に踏み躙《にじ》られることだって。そんなの運命として受け入れるしかないでしょう？　花織の命も同じです。どうせ死ぬのなら、生きていても意味などない」

「アドニスは哀しくないの？　わたしなんかよりずっと一緒だったのに」

「哀しくありません。穏やかな死こそ、花織の望みだから……。いつか別れる運命にあるならば、誰も大切にしたくない。孤独に気づかなければ、寂しいなんて思いません。いくらあがいても救われないなら、そんな命に何の意味があるのですか」

枯れる運命にあるならば仕方ない。結末を受け入れて、そこに至るまでの過程を切り捨てる。それが花織の生き方なのだ、とアドニスは妖精画の額縁を撫ぜた。

「この絵は花織の未来でもあります。誰にも看取られることのないまま、花織は独りきりで死ぬ。彼の人生も、彼の生きてきた道も、すべて無意味だ」

撫子は唇を噛む。血が滲《にじ》むほどの痛みに心を奮い立たせ、アドニスの胸倉を摑んだ。

「いつか枯れるとしても。咲かずに、何の実も結ばないとしても。踏み躙られても！　咲こうとしたことに意味はあるよ。……っ、たとえ終わりがあるとしても。あがくことに意味がないなんて、そんなことない！　まだ、花織には時間がある。まだ幸せになれる！　幸せにしてあげたいって思うことの、何がいけないの」

交わした手紙は少しだけ意地悪だったが、撫子への優しさが詰まっていた。撫子と会わずにいたのも、撫子を想ってのことだ。

幸せな花嫁にできないから、情は移さない。

拒む理由さえ不器用な人だった。自分のためではなく、誰かのために心を砕く人だ。

花織は妖精の呪いを理由にすべて諦めて、この庭で一生を終える。そんな結末、撫子にはとうてい認めることができない。

「恋なんて分からない。でも、近くにいる誰かを幸せにすることくらい、こんなわたしにも、きっとできる」

誰かを想うくるおしい気持ちがなくとも、誰かを大切にしてあげることはできる。

自分でもどうしようもできない恋心など知らない。それでも、花織を家族として愛していくことはできるはずだ。呪われているこの手にだって、救えるものはある。

「寂しいだけの人生も、独りきりの終わりも嫌。この絵の呪いが解けたら、花織もきっと生きようとしてくれる。咲かない花にも、終わってしまう命にも、幸せだって笑ってほしいよ。——ううん、違うの。終わらないように、花織と生きてみたい」

巡る季節を共にしながら、少しずつ二人で未来を紡《つむ》ぎたい。先に待つのは冷たい死ではなく、あたたかな光に満ちた場所なのだと信じてほしい。

「花織の呪いを解いてあげたい」

涙ぐむ撫子の前で、アドニスは溜息をついた。それから、花が綻《ほころ》ぶように笑う。

「僕の、負けかな。花はいつか枯れる。命はいつか消えます。けれども、悲しい最期であろうとも。寄り添ってくれる人がいたならば、救われるものはあるのかな。君は、そう思いたいのですね。最期まで、君はあがくの?」

アドニスは手を伸ばして、撫子のまなじりに触れた。指で掬《すく》いあげた透明な涙を、彼は妖精憑きの絵に落とす。

瞬間、淡い光が生まれて、描かれたカーネーションの蕾を包む。

「君が泣いてくれたことが嬉しいのですね。ばかな子」

星々のように瞬く光が、カーネーションの蕾で弾けた。それはきっと、この絵に憑いていた妖精が、最期の力を振り絞って発露させた感情だった。

かたく閉ざされていた蕾が、いま花開く。

まるで嘘のような、もしかしたら撫子の願望が映した幻なのかもしれない。それでも、撫子はあたたかな光を信じていたかった。

ああ、そうか。そうだったのだ。

――死にゆく自分のために泣いてほしい。

それが、この絵に憑いた妖精の未練。花園で散った儚《はかな》い命が、死後もずっと望んでいたことだったのだ。

折れそうなほどか弱い佇《たたず》まいで、アドニスは自嘲《じちょう》する。

「撫子。君が、僕の呪いを解いてくれるの？」

撫子は口元を掌で覆った。ともに過ごしていながら、まるで彼の正体に気づくことができなかった。

「花織？」

撫子の会いたかった男は、最初からこの庭にいた。

「もっと呼んで。君が名前を呼んでくれたら、僕は花織になれる気がするから」

妖精に呪われて死にゆく男ではなく、花織という一人の男になれる気がする、と彼は言う。堪《たま》らなくなって、撫子は彼の名を繰り返す。

「そうしたら、寂しくない？　もう」

孤独で寂しい人。呪いを理由にすべてを遠ざけてきた人の傍にいたい。

分け合うことは幸せだと、杏平は教えてくれた。撫子もまた、花織に教えてあげたい。彼の痛みも孤独も分け合って、その身に巣食う呪いを解いてあげたい。

「本当に、僕で良いの？　幸せになんてしてあげられません」

撫子は肩に掛けられていたストールをとって、花織の頭に被せた。まるで花嫁のヴェールのように。

背伸びをして、頭ひとつ分高い花織の頬に口づける。

「なら、わたしがあなたを幸せにしてあげる。花嫁さん」

花織は、ただ幸せになるのを待つ花嫁になっていれば良い。撫子が花織の手をとって、彼を幸いなる場所まで連れて行く王子になろう。

「いばら姫の眠りは、王子様の口づけで解けるんだよ。あなたの呪いも、きっと」

桂花館を訪れた日、赤いアネモネと眠っていた花織は、お伽噺に閉じ込められた姫君のようだった。糸車に刺されて眠りについたいばら姫が、王子の口づけで目覚めるように、花織の呪いを解いてあげたい。

「君は能天気な子ですね」

それだけが、撫子の取り柄だった。図太くて図々しくて、諦めが悪いので、花織のことも諦めたくない。緑を枯らし、花を絶えさせる呪われた手で、ただひとつ救いあげることのできるものがあるならば、それは花織が良い。

「愛してなんて言わないから。あなたを大事にさせて」

「……本当、ばかな子」

花織はヴェールをあげると、そっと撫子の額に口づけた。

柔らかな唇が額に触れたとき、撫子は永遠など要らないから、花織と生きる未来がほしいと思った。

この緑あふれる庭で、この人と家族になりたい。幸せになれる場所を探したい。

撫子は信じている。二人いるからこそ、分け合うことができる。この胸を満たす想いを、いつの日か分かち合うことができる、と。

春風に包まれながら、撫子は花織の肩に顔を埋《うず》めた。

△▼　▲▽　△▼　▲▽

辻家の縁側に、柔らかな日が差している。先日の雨が嘘のような晴天だった。

「星名教授、容体が良くなったんだって。復帰にはしばらくかかるし、たいへんなことに変わりはないけれど」

スマートフォンを片手に、大和が現れる。教授の身内から連絡があったらしい。

「そう、なんですね」

手放しに喜ぶことはできなかった。心を壊していたときに失ったものは簡単には取り戻せない。長い時間をかけて、悪夢の記憶とも向き合わなくてはいけない。

大和は縁側に置かれた絵を覗き込んだ。画布《カンヴァス》に血痕はなく、透明な翅をもつ妖精も姿を消していた。

代わりに、カーネーションの花が咲き誇っている。

未練が晴れて、この絵に憑いていた妖精は遠い場所に旅立った。

「この絵に憑いていた妖精は、きっといろんな人生をダメにしたんだろうけど。やっぱり、恨むことができないんだ」

妖精の未練が晴れて良かった、と大和は笑う。

「歴代の持ち主は、みんな大和さんみたいだったのかも」

「俺みたい？」

「哀しい人に、寄り添える名前の人。妖精にとっての名前は意味のあるものだって、花織が言っていたから」

大和の名前が涙を意味するように、星名教授の慈という名も同じことだ。歴代の持ち主も変わらなかったはずだ。

古代より、真の名はそのものの本質を内在させている。西洋では、まだ洗礼を受けておらず、名付けられていない子どもは、妖精に攫われる危険があったという。

名付けとは、その子の運命を決めるものだった。

妖精は名前を頼りに、自分のために泣いてくれる人を探していたのかもしれない。

「大学、そろそろ行かないとまずいですよね？　星名教授のことも気がかりですけど、大和さん、自分のこともちゃんとしないと」

「明日には東京に戻るよ。撫子ちゃんこそ、まだ新潟にいるの？　大学生だよね？　春休みなんてとっくに終わっているし、一緒に戻る？　蓮先輩からは、東京で暮らしているって聞いていたんだけど……」

「大和、止めとけ。なっちゃん学生じゃないから」

座敷で本を読んでいた蓮之助が、呆《あき》れたようにこちらを見る。頭痛でもするのか、彼は目頭を押さえながら縁側に出てきた。

「働いているの？　偉いね」

いつのまにか、大和に手をとられていた。あまりにも自然だったので、拒むことすらできなかった。

「手を放せ、バカ。人妻だから、ちょっかい出すなってことだ。花織は独占欲が強いから、呪われるぞ」

「ひどい。花織はそんなことしないよ」

「わかんないぞ。あいつ性格悪いからな。あのお綺麗な顔に騙される奴が多すぎる」

しばらく黙っていた大和は、気まずそうに頬をかいた。

「あー、苗字、そういえば辻じゃなかったね。朽野って、花織さんの苗字かあ。残念。お会いできなかったけど、花織さんにもありがとうって伝えてくれる？」

撫子は慌てて頷いた。アドニスが花織であることを、大和は知らない。

「あと、俺の連絡先。困ったことあったら言って、きっと力になるから。撫子ちゃんの呪いも解けますように」

「ありがとうございます」

大和たちと別れて、撫子は桂花館の門を開いた。洋館へと続く園路から、可愛らしい東屋《ガゼボ》に手を振る。

「花織！　大和さん、明日には東京に帰るんだって。もうすっかり元気だったよ」

スケッチブックを抱えた花織は、一心不乱に鉛筆を動かしていた。

「一緒に帰っても良かったんですよ？　東京に」

「いじわる。ここにいるよ」

撫子は東屋に駆け寄った。ようやく顔をあげた彼は、困ったように眉を下げた。

「ここにいるなら、約束してくださいね」

「約束？」

「いっぱい学んで、いっぱい愛してあげて、この子たちのことを。呪われた君が、それでも緑と生きると言うのなら、僕が君の夢を叶えてあげる」

撫子の夢は、造園家になることだ。幼い頃に枯らしてしまった白薔薇の庭、あの庭のような美しい場所を造りたかった。

あの日、魔法をかけてくれた誰かを、撫子は思い出せない。だが、この胸には、あのとき芽吹いた想いがあった。

撫子は嬉しさのあまり、花織の腕に抱きつく。

——春とは、こんなにも優しい季節なのだ。

穏やかな風に吹かれながら、撫子は柔らかに笑った。

△▼　▲▽　△▼　▲▽

広間のソファで、猫のように身体を丸めた少女が眠っている。白いワンピース姿の少女は、可愛らしい花嫁を思わせた。

古来、花嫁とは生贄《いけにえ》を意味したという。人ならざるものへの供物であり、境界をまたいでしまった花嫁は異界のものとなる。未来のない男に花嫁《いけにえ》は似合いかもしれない。

「花織」

優しく名を呼ばれると、胸の奥が疼《うず》くようだった。

撫子はどんな夢を見ているのか。微笑んでいるならば、きっと悪いものではない。

いつだって、彼女は優しいものだけを信じようとする。どうしようもなく惨《みじ》めで、何処にも帰ることのできない花織ですら、彼女の目には優しいものとして映っている。

世界は綺麗なもので溢れていると信じてやまない、愚《おろ》かな女の子。綺麗なものだけを信じていたい、雛鳥のような娘だった。

「ごめんね。やっぱり、僕は君を幸せにはできない」

春風にアネモネの花が綻んだ日、撫子は花織の前に現れた。誰よりも妖精に憎まれた少女は、春を告げるように笑ったのだ。

美しい、命に満ちた笑顔だった。その手はあらゆる植物を枯らすというのに、彼女は瑞々《みずみず》しいまでの生命の輝きを宿していた。

ずっと昔から憎らしくて、ずっと昔からその笑顔を壊したかった。

花織はひざまずいて、眠る少女の手袋をはずす。

赤い指。文字どおり、その指は赤く、人ならざる妖精の血に濡れている。はるか昔、彼女の祖先が犯した罪の代償である。

「妖精は呪いをかけた。永久《とわ》に解けぬ、呪いを」

あらゆる緑を、花を枯らすその指に残された呪いの元凶を、きっと撫子は知らない。真実はお伽噺に隠されて、ただ呪いだけが遺されたのだから。

「撫子。ずっと君の泣き顔が見たかった」

紫の瞳を揺らして、花織は少女の指先に口づけた。

思い出は
夏薔薇の
庭に眠る

蟬《せみ》の鳴き声と、めまいのするほどの蒸し暑さ。うだるような夏の日のことだった。

「君は、この薔薇《ばら》とよく似ているね」

辻百合香《つじゆりか》は、夫のつぶやきに首を傾《かし》げた。

平屋の奥に隠された中庭は、いつのまにか洋風の薔薇園に様変わりしていた。まだ蕾《つぼみ》の状態だが、赤、白、黄、たくさんの色が楽しそうに弾《はじ》けている。

出張から戻ったとき、すでに薔薇園は造られたあとだった。百合香は何も言わない。中庭くらいは、病にかかり、不自由を強《し》いられている夫の好きにさせてあげたかった。

「薔薇なんて似合わないでしょ」

薔薇のように華やかな容姿ではない。親子並みに年の離れた弟の方が、よほど華のある顔をしていた。

「百合の名を持つ君は、薔薇も似合いだと思ったんだ。君はまるで聖母のようだから」

何度も耳にしたことのある褒め言葉だった。しかし、夫から贈られるその賛辞が、百合香は好きではなかった。

「ふざけたこと言わないで。それなら、蓮之助《れんのすけ》はあなたの子じゃなくなるわ」

聖母マリアが産んだのは、神の子イエスである。夫たるヨセフは養父であっても、その身を創《つく》りだした父ではない。

「うん。あの子の父親は俺ではない。君が産んだのは俺の子ではなかった。その方が良いだろう？」

百合香は絶句した。彼が何を言っているのか、まるで理解できなかった。

薔薇園の中心に立って、夫は蕾を指でつつく。

「この薔薇園、アドニスさんから買ったんだ」

「まさか、妖精憑《ようせいつ》きの薔薇園？　止《や》めてよ。どうしたの、最近おかしいわ」

「おかしくないよ、俺はずっと君のことだけを考えている。ねえ、憶《おぼ》えている？　薔薇は夏の終わりを告げる花なんだよ」

あれは四季咲きの薔薇が咲きはじめる、夏の終わりのことだった。

医師となってしばらくした頃、どうしても断れなかった気の進まない見合いの席。はじめて会った百合香に対して、彼は結婚してほしい、と告げた。ホテルの庭に咲いていた薔薇を指差して、何度季節が巡っても、一緒に夏薔薇を眺めてみたいと言った。

百合香は呆気《あっけ》にとられて、それから笑ったのだ。変わった人だと思った。だが、この人とならば、叶《かな》わぬ恋を捨てて、幸せな家庭を築ける気がした。

「憶えているわ。だから、今年も薔薇を……」

「でも、俺は死ぬ。夏の終わり、きっと薔薇が咲く頃に」

「止めてって言っているでしょ！　大丈夫。きっと良くなるわ」

夫は屈《かが》みこんで、薔薇を一輪、手折った。彼の手は細く、血管や骨が浮き出ていた。入退院を繰り返すうちに瘦《や》せた身体《からだ》には、元気だった頃の面影がない。

「自分の身体のことは、自分がいちばんよく知っている。だから、お願い」

「お願いなんて、あとでたくさん聞いてあげるから！」

手折ったばかりの薔薇を、彼は差し出してきた。震える百合香の手に、そっと蕾が押しつけられたとき、あちこちで淡い光が弾ける。

「どうか、俺のことは――」

切なそうに口にした夫の顔は、どうしてだろうか。真っ黒な絵の具で塗り潰《つぶ》されたように、今となってはもう思い出せないのだ。

まるで、薔薇が記憶を食べてしまったかのように。

忘れてしまった夫の顔を、百合香は今も探している。

△▼▲▽　△▼▲▽

七月の終わりまで降り続いていた雨が止んだ。

夏も盛りを迎えて、明け方にもかかわらず、すでに汗ばむほどの暑さである。

新潟の夏は涼しいものと思い込んでいたが、湿気が多く、日によっては気温も四〇度近くになる。東京も熱帯夜や猛暑日が多かったが、ぴったり肌に纏《まと》わりつくような新潟の暑さとはまた種類が違った。

「良い天気」

撫子《なでしこ》が大きく背伸びをすると、結わえた髪が風に揺れる。

新潟県加茂《かも》市での日々は流れて、季節は春から夏へと変わった。桂花館《けいかかん》の庭は緑が濃くなり、爽《さわ》やかな匂いがする。春の庭も好きだったが、瑞々《みずみず》しい夏の庭も素敵だった。

園路《えんろ》をくだって、撫子は呼び鈴も鍵もない門を開いた。金木犀《きんもくせい》が立ち並ぶ門前には、古びた郵便受けがある。中身が入っていることは稀《まれ》だが、珍しいことに封筒があった。

白い封筒には新潟県加茂市の住所と、朽野《くだらの》撫子と印字されている。

「い、嫌な予感がする」

撫子は道路に落ちていた小枝を拾って、手紙を突《つつ》いてみる。じゃりじゃりと金属の擦れる音がして、嫌な予感は増していく。

封筒の口を切れば、案の定、大量のカミソリの刃があった。刃の下敷きになったメッセージカードには、朽野花織《かおる》と離婚しろ、と赤い文字が並んでいる。

「また脅迫状？　やっぱり暇なのかな。東京にいたときとは別の人なんだろうけど……」

春にも同じ脅迫状が届いたので、東京にいたストーカーと同一人物の可能性は低い。撫子ですら、花織との結婚を知ったのは区役所で父の死亡届を出したときだ。盗撮写真を送りつけてきたストーカーが、春の時点で新潟の住所を知っていたとは考えづらい。

「なっちゃん？　朝から何してんだよ」

「蓮さん！　おはよう」

下駄をひっかけた蓮之助が、平屋の軒《のき》先で水を撒《ま》いていた。

今日も清潔感のある格好をしており、白いシャツは襟《えり》までアイロンがかけられている。無頓着《むとんちゃく》な花織と違って、蓮之助はいつも身嗜《みだしな》みを整えていた。学習塾と習字教室を営んでいるため、生徒や保護者に悪い印象を与えないよう気を遣っているのだろう。

「早起きだな、まだ六時にもなってないだろ。そんな格好までして、何するんだ？」

黒地に白いラインの入ったジャージ、履き慣れたスニーカー、灰色の長い髪は結わえている。今から運動します、と言わんばかりの服装だった。

「朝はいつも走っているの」

「この暑いなかよくやる。若いと元気なんだな。新潟での生活は慣れたか？　花織に意地悪されたら、すぐ言えよ。あいつ性根がねじ曲がっているから」

「花織はちょっとだけ意地悪だけど。でも、優しいの。いろんなことを教えてくれる」

少々毒舌で素っ気ないところはあるが、基本的には穏やかで優しい人だ。赤の他人だったことが嘘《うそ》のように、花織との生活は自然に流れていく。

夫婦と言われると首を傾げるが、家族として、撫子は彼のことが好きだった。あれほど緑に愛された人を嫌うなど、もとより撫子には無理な話だ。

また、同じように妖精に呪われた存在であるからこそ、惹《ひ》かれる部分もあった。

「優しい、ね。昔からなっちゃんにだけは甘かったからな。花織は庭の世話か？」

「たぶん。昨日の夜、薔薇の世話をするって言っていたから。何処《どこ》に薔薇が咲いているのかは教えてもらっていないんだけどね。わたしより早起きだったみたい。元気だよね、夜中まで一緒にＤＶＤで映画見ていたのに」

それも途中で眠気に負けた撫子と違い、彼は最後まで起きていたようだった。下手したら、二、三時間も寝ていないはずだ。

「年寄りだから朝が早いんだろ」

「ひどい。花織、まだ二十九歳なのに……あれ？　蓮さん、髪の毛染めたの？」

蓮之助の髪は、毛先が茶色くなっていた。黒髪の印象が強いので違和感がある。

「あー、黒染めが落ちてきたんだろ。昔は明るい色にしていたから、黒くしてもすぐ落ちるんだよな。傷《いた》んでいるから、なおさら色が入らねえ」

「染めていたの？　黒髪、格好良いのに」

撫子の髪は灰を被ったような色をしているので、黒髪に憧れがある。

「大和《やまと》なんて、俺とはじめて会ったとき、危ない先輩だから近づかないようにしようって思ったんだと。すげえ派手な金髪だったから」

金髪は、東京ではそう珍しいものではない。街中だけでなく、杏平《きょうへい》の入院していた病院でも見かけたくらいだったが、初対面だと身構えてしまう人もいるだろう。

「美容院に行く暇ないなら、黒染め手伝ってあげようか？　杏平くんの髪も染めていたから、意外と上手なんだよ」

「止めとく。花織に殺される」

「そんなことじゃ怒らないと思うけど」

「いいや、怒るだろ。あいつ分かりにくいだけで短気なんだよ。我慢するのが苦手。アドニスもそうだったたって、母さん言っていたし」

アドニス。それは、春に花織が使っていた偽名である。

「アドニスって実在する人だったの？　花織が適当に使った名前じゃなくて」

「花織の父親だ、戸籍上の。桂花館に暮らしていたんだよ。すげえろくでなしだったから、良い父親ではなかったんだろうが」

花織の父親ということは、すでに鬼籍に入っているのだろう。

「亡くなった理由は、花織と同じ？」

朽野花織の血筋は妖精に呪われている。三十歳になった日の夜、彼らは死に絶える。

「ああ、三十歳で死んだ。墓は外国だから、正直、俺とは縁がないんだけどな。なっちゃん、何も聞いていないんだよな？　花織は教えるの嫌がるだろうし。アドニスは花織と同じ仕事だった。造園業じゃなくて、もうひとつの方な」

「妖精憑きの方？」

――**庭と妖精のこと、承ります。有限会社常若《とこわか》の国《くに》。**

桂花館の門には、怪しげな看板がある。妖精憑きとは、妖精に呪われたモノ。此《こ》の世に遺された人ならざるものの呪いを解くことも、花織の生業《なりわい》のひとつだ。

「そ。ま、アドニスは妖精憑きの厄介事を解決していたっていうより、コレクターだな。桂花館にある妖精憑きのモノ、大半はアドニスが集めたものだから」

「コレクター？　変なの。妖精憑きって、人間にとっては悪いモノなんじゃないの？　大和さんの絵みたいに。どうして集めたりするの？」

春先、蓮之助の後輩である大和が持ってきたのは、持ち主に悪夢を見せる妖精憑きの絵だった。何人もの運命をくるわせて、心を壊してきた曰《いわ》くつきの絵である。

「自分の呪いを解くため以外、理由があるか？」

「なら、アドニスは呪いを解く手がかりを摑《つか》んでいたのかな」

春から、撫子は妖精憑きについて調べている。

花織の呪いを解くためには、花織に呪いをかけた妖精の未練を知らなければならない。だが、片端からひっくり返した妖精の逸話は繫《つな》がらず、お手上げ状態になっていた。

いまは八月の頭で、花織に残された時間は三カ月もない。

「なっちゃん、ランニング終わったら朝飯の手伝いしてくれるか？　食べていけよ。見せたいものがあるんだ」

ランニングを終えた撫子は、身支度を整えて辻家に向かった。

通されたのは、池庭に面したいつもの座敷ではなかった。奥まったところにあり、撫子が一度も入ったことのない部屋だ。

撫子と蓮之助は、組み立て式のテーブルの前で両手を合わせる。

枝豆と鮭の混ぜ御飯、茄子《なす》の味噌汁《みそしる》。おかずには胡瓜《きゅうり》の漬物、半熟の目玉焼き、たっぷりのキャベツに載せた豚の生姜《しょうが》焼き。そして、分厚い油揚げを炙《あぶ》って、鰹節《かつおぶし》と葱《ねぎ》、刻み生姜を添えたものが並んでいた。

「この油揚げ好き」

油揚げを醤油《しょうゆ》につけて、ひとくち齧《かじ》ると、香ばしい匂いでいっぱいになる。

「東京では売ってねえもんな、栃尾《とちお》の油揚げ。醤油も良いけど、ひきわり納豆を挟んで焼いても美味《うま》いんだよなあ。酒が進む。居酒屋とか行くと、ぜったい誰か頼むしな」

撫子の知っている油揚げは薄いものだが、蓮之助が出してくれる油揚げは分厚い。栃尾という場所の特産品らしいが、東京にいた頃は見かけたことがなかった。

「言われてみれば、おつまみにぴったりかも。杏平くんも好きな味だったと思うな。あの人、あんまりお酒強くなかったけど」

亡き父は缶ビール一本で赤くなる人だった。

「辻家の人間は、みんな酒に弱いからな」

「勿体《もったい》ないね。新潟って、お酒が有名なんじゃないの？　酒蔵いっぱいあるよね」

「酒蔵なら市内にもあるな。まあ、余所《よそ》からのイメージだと、だいたい米とか酒になるよな。俺も父さんに似ていたら、もう少し飲めたんだろうが」

「蓮さんのお父様……。そういえば、ご両親は？」

この平屋に暮らしているのは、蓮之助だけだ。撫子の伯母にあたる女性もいなければ、彼女の夫にあたる人も見かけたことはない。

「母親は医者で、いまは海外暮らし。父さんは俺が小さい頃に病気で死んだ、あれが遺影な。この部屋、いちおう仏間なんだよ」

「仏間？」

たしかに古めかしい仏壇がある。しかし、納められているのは位牌《いはい》や本尊、燭台《しょくだい》などではなかった。

聖母像に十字架、聖書、そして一枚の絵である。

「辻家はいちおう仏教で、市内の寺に墓もある。ただ、婿《むこ》入りした父さんはキリスト教徒だったんだよ。カトリックだったか、プロテスタントだったかさえ知らねえけど」

「だから、飾ってあるのが聖母像とか十字架なんだね。でも、この絵は？」

仏壇の中央にある、画布《カンヴァス》いっぱいに花の咲いた絵。ごく淡い色彩で描かれており、ひとつひとつの花の色が白けているため、仄暗《ほのぐら》い雰囲気だ。

「父さんが病室で描いた絵だな」

「鈴蘭《すずらん》、薔薇、スミレ……。閉ざされた庭？」

絵の片隅《かたすみ》に《閉ざされた庭》と書かれている。手本のように綺麗《きれい》な字だった。

「聖母マリアの花だから、だと」

「そっか。マリアの持物《アトリビュート》の花だから、閉ざされた庭」

絵画に描かれた人物を特定する際、手がかりとなるものがある。聖母マリアであるならば、白百合、薔薇、天使ガブリエル、青い衣などが例として挙げられる。

閉ざされた庭とは、そのなかのひとつだったはずだ。

「よく知ってんだな。俺は大和に教えてもらうまで、何のことだかさっぱり。でも、いっこだけ間違いな。マリアなら、この白い花は鈴蘭ではないだろ」

「白百合？」

「正解。父さん、聖母が好きだったらしいから、こんな絵を描いたんだろ」

「見せたいものって、この絵のこと？」

「違う違う。見せたかったのは薔薇園。父さんがアドニスから買い取ったやつ」

立ちあがった蓮之助が、障子戸《しょうじ》を開いた。

中庭にあたる場所に、平屋にそぐわない薔薇園があった。赤、白、黄など色とりどりの薔薇は、花開くときを待ち望んで、いまはかたく蕾を閉ざしている。

平屋の奥に隠されているため、外からは薔薇園があるなんて思いもしなかった。

「アドニスからってことは」

撫子は生姜焼きに伸ばしていた箸《はし》を止めた。

「妖精憑きの薔薇園だな。俺の父さんが、母さんのために遺したもの。薔薇が咲いたら、花織を呼んで花見でもするか？　世話もしてねえのに毎年綺麗に咲くから」

「良いね。綺麗な薔薇に、おいしい紅茶と甘いもの。お茶会したいな」

「なっちゃん、そういうの好きそうだもんな。まあ、遠目からにしておけよ？　間違っても薔薇に触るな、大切なものを忘れたくないなら」

「忘れるって？」

「妖精憑きの薔薇園って言っただろ。触った人間の記憶を忘れさせる薔薇園だ」

「……蓮さんのお父様が、お母様のために遺した薔薇園なんだよね？　記憶を忘れさせるって。なんで、そんなものを形見にするの」

「さあ。ただ、なっちゃんがアドニスのことを知りたいなら、見せてやらないと、って思った。花織はアドニスを嫌っている。自分の呪いを解く手がかりなのに、アドニスについて調べようともしない。桂花館に妖精憑きの品が転がってんのも、そのせいだ」

「アドニスが嫌いだから、アドニスが集めたものを放置するんだね」

以前から、疑問だった。花織は妖精憑きの厄介事を解決しており、外部の依頼に応じている。しかし、桂花館にある妖精憑きは例外で、積極的に呪いを解こうとしない。

そのとき、廊下から足音が聞こえてくる。

「蓮！　ここにいたの？　玄関に可愛《かわい》い靴があったんだけど、あなた、また女の子連れ込んだんじゃないでしょうね!?　誰に似たの。杏平？　杏平のせいなの？」

現れたのは、五十代くらいの女性だった。あまり化粧気はないが、切れ長の目をした綺麗な人である。ブラウスに黒のパンツスタイルで、服装にも清潔感があった。

彼女の顔立ちは、蓮之助とそっくりだった。

「……おい、日本に戻るの来週じゃなかったか？」

「仕事がはやく片づいたから、予定を早めたのよ。……杏平？」

撫子に気づいた途端、女性は目を丸くする。

「朽野撫子です。旧姓は辻で、杏平くんの」

「もしかして、なっちゃん？」

女性が零《こぼ》したのは、撫子が小さいとき、辻家の人間が呼んでいた愛称である。

「辻百合香。さっき話した、海外にいる俺の母親な」

戸惑う撫子に、蓮之助が助け船を出す。

「どういうことなの。どうして、なっちゃんが新潟に？　杏平が帰って来ているの？　でも、あの子となんて、ずっと連絡とっていないのよ。何も聞いていないわ」

「春から桂花館にいるぞ。いま花織の奥さん」

百合香は頭痛でもするかのように額《ひたい》に手をあてた。

「待って。私が日本にいないうちに何があったの？　可愛い姪《めい》っ子が、どうして花織みたいなろくでなしの嫁に」

「母さん、とりあえず落ちつけよ。朝飯は？　帰国早々、混乱してるんだろうけど」

「……ご飯は要らないから、お茶をちょうだい」

青ざめた彼女は、咽喉《のど》から絞り出すように言った。


池庭に面した、いつもの座敷。

あらかたの事情を話すと、撫子の伯母にあたる女性はうつむいた。

「そう。杏平は死んだのね。娘を遺して逝《い》くなんて、無念だったでしょう」

「でも、最期《さいご》は笑っていたの。お医者様も、こんな綺麗な死に顔は初めてだって」

「あの子らしい。ごめんなさいね、すぐに駆けつけてあげられなくて。知らなかったなんて言い訳にもならないわ。苦労したでしょう？」

百合香の言葉に嘘は感じられず、撫子は不思議な気持ちになった。

杏平は辻家を勘当された身なので、その娘である撫子も悪感情を持たれていると思っていた。しかし、百合香は撫子を嫌っているわけではないらしい。

「苦労はしていないの。花織がいたから」

父が死んで撫子の日々は一変したが、花織という新しい家族を得た。

「相手が花織というのが、安心できないのよ。だって、アドニスがまともじゃなかったのよ。こんなこと言いたくないけれど、花織だってろくでなしよ」

撫子はワンピースの胸元を握りしめた。自分のことよりも、花織を悪し様《あ》に言われる方が嫌だった。

「花織は優しいよ。まともな人。百合香さんはアドニスと知り合いだったの？」

「隣の家だったから、付き合いがあったの。もうずいぶん昔のことだけれど」

「わたし、アドニスのことが知りたいの。花織の呪いを解くために。教えてくれる？」

蓮之助はアドニスとの関わりが薄かったようなので、彼から情報を集めるのは難しい。

だが、生前のアドニスと面識のある百合香ならば、話は別だろう。

「可愛い姪のお願いだから、叶えてあげたい気持ちはあるけれど。……そうね、なら、こうしましょう。私のお願いを叶えてくれたら、なっちゃんのお願いも叶えてあげる」

「本当？　私にできることなら」

「あの薔薇園を枯らしてほしいの」

あの薔薇園とは、妖精憑きの薔薇園のことだろう。今は亡き百合香の夫が、アドニスから買い取ったものである。

「枯らす？　でも」

「あの薔薇園は枯れないの、妖精が憑いているから。嘘だと思うなら、火でもつけてみると良いわ。燃えることはないもの」

常識的に考えれば、火をつけても燃えない薔薇園などありえない。

だが、撫子は知っていた。緑を枯らす呪われた指のように、科学では証明できない不可思議なモノにこそ、妖精は憑いている。

百合香は嘘をついているのではなく、事実を述べているだけだ。

「呪われた手を持つあなたなら、妖精憑きの薔薇園だって枯らせるはずよ」

咽喉がからからに渇いていく。撫子は二度と草花を枯らしたくない。幼い日に殺してしまった、白薔薇の庭。また、あのときの痛みを繰り返したくない。

「それができないなら、アドニスのことは教えられないわ」

百合香は寂しそうに微笑《ほほえ》んだ。

△▼　▲▽　△▼　▲▽

桂花館の台所で、撫子はフライパンを揺する。ふっくらしたパンケーキは、ひっくり返すときつね色の焼き目がついていた。

「百合香さん、日本に帰ってきたのですか？」

撫子は飛びあがった。振り返れば、フライパンを覗《のぞ》き込む花織がいる。

「いきなり現れないでよ、びっくりするから。旦那《だんな》さんの命日が近いから、この時期になると帰国するんだって」

「ああ。夏の終わりの薔薇が咲く頃、亡くなりましたからね」

「どんな人だったの？　亡くなった旦那さん。絵描きさんとか？」

「いえ、職業は蓮之助と同じで、絵は趣味ですよ。あの人の絵は、ほとんど遺っていませんけどね。思い切りが良い人で、遺品はほとんどご自身で処分したはずです」

「じゃあ、遺っているのはあの一枚だけかな？　辻家の仏間にあったの」

花織は顎《あご》に指をあてる。それから、思いついたように唇を開いた。

「《閉ざされた庭》という題名ですか？　あれだけは百合香さんが死守したようです」

「わたし、あの絵に描かれている白い花、鈴蘭と勘違いしちゃって」

「間違えるのも無理ありません、鈴蘭《谷間の百合》だってマリアと縁の深い花ですから。それに、花の姿が百合と似ているでしょう？　lily of the valley なんて呼ばれることもありますし、名前は鈴蘭なのにユリ科ですから」

「信心深い人だったんだね、蓮さんのお父様」

「信心深いというか、聖母が好きだったというか。よく百合香さんのことを聖母みたいだって褒めてましたよ」

「それは褒めているの？」

「そんなことより、お腹《なか》が空きました。まだですか？」

妻に贈る賛辞としてふさわしいのか、疑問だった。

「そんなことって……。もうすぐできるから、冷蔵庫のサラダ出してくれる？　昨日の残りが入っているから」

「トマト追加してください、トマト」

撫子は苦笑して、トマトを輪切りにする。昨日の残りのサラダに足すと、花織は白い平皿に盛りつける。

「デザートはヨーグルトでも良い？　昨日、蓮さんと買ってきたから。何か混ぜたいなら、ジャムは冷蔵庫だし、ザクロのドライフルーツもあるよ。蓮さんから貰《もら》ったの」

蓮之助と買い出しに行ったとき、渡されたのは輸入物のドライフルーツだった。知人から送られてきたものを、桂花館にも分けてくれたのだ。

「蓮之助もあいかわらずマメですね。この前、梅を貰ったばかりなのに」

辻家の池庭にはいくつもの白梅《しらうめ》の木があり、季節になるとたくさん実をつける。譲ってもらった実を使って、梅シロップを漬けたのは記憶に新しい。

「梅シロップ、どれくらいで完成するかな？」

「あと少しですね。できあがったら、ソーダで割ってあげます。梅は夏バテ予防にもなりますし、疲れもとれますから。新潟の夏は、意外と厳しいでしょう？」

「うん。想像していたより暑くてびっくりした。花織はどうするの？　お酒で割る？」

花織は毎日晩酌《ばんしゃく》をするため、桂花館の台所には途切れることなく酒瓶があった。未成年の撫子に酒の銘柄は分からないが、彼が酒豪であることは分かった。

「それも良いですけど、君がシロップを作っているのとは別に漬けた梅酒がありますから。僕一人では飲み切れないでしょうし、秋になったら君にあげます」

撫子が二十歳《はたち》になり、飲酒を許されるのは秋のことだ。十月三十一日、花織が三十歳を迎える日でもある。妖精の呪いが解けなければ、撫子が成人する日に花織は死ぬ。

「……ねえ、パンケーキ、蜂蜜とバターどっちが良い？」

撫子はそれとなく話題を変えて、サラダの横にパンケーキを重ねた。花織は蜂蜜の瓶を指で突く。蜂蜜を垂らしてあげると、彼はパンケーキにフォークを刺そうとする。

「つまみ食いはダメ」

「けち。味見ですよ、味見」

台所を片して、撫子たちはテーブルに料理を運ぶ。

甘いパンケーキとサラダ、野菜たっぷりのコンソメスープ。添え物のカボチャは、潰してクリームチーズと胡椒《こしょう》であえた。蓮之助から貰ったドライフルーツ入りのヨーグルトに、コーヒーでも淹《い》れたら、ランチの完成である。

「いただきます」

撫子が両手を合わせると、花織も真似《まね》するように手を合わせた。

「おいしいですね」

「良かった。おかわりもあるから、足りなかったら言ってね」

花織がテレビの電源を入れると、ちょうど昼のニュースの時間だった。朝のドラマの再放送を見るために、いつも撫子がつけているチャンネルだ。

『……続いて、県内ニュースになります。昨日、午後九時頃、燕三条《つばめさんじょう》駅の付近にて女子高校生が不審な人物に追いかけられました。高校生に怪我《けが》はありませんでしたが、付近では少女を狙った同様の被害があることから、県警は……』

燕三条駅は、加茂市の近隣都市にある大きな駅だ。新幹線の停車駅にもなっており、自動車なら三十分ほどで着くだろう。

「この暑い時期に不審者なんて、よっぽど暇なんでしょうか。撫子、しばらく朝のランニングは控えてくださいね」

「心配してくれるの？」

「警察沙汰《ざた》は困りますから。僕も静かに暮らしたいんです。ただでさえ、君が来てから騒がしいのに」

捻《ひね》くれた答えだった。花織は、あえて人の神経を逆撫《さかな》でしようとする節がある。穏やかで優しそうな見た目、丁寧な言葉遣いのわりに、他人を寄せつけない男だった。

「素直じゃないね。蓮さんを見習いなよ」

「あの子を素直なんて言うの、君くらいですよ。嘘つきですよ、嘘つき。蓮之助は元気にしていましたか？　昔はいつも夏バテしていたのですが」

「元気だよ。生徒たちが夏休みに入ったから、学習塾も習字教室も忙しそうだけれど。気になるなら、自分で確認してきなよ」

「百合香さんがいるので、遠慮しておきます。母と息子に割って入るのも気が引けますし、僕は辻家の人間ではありませんから」

撫子は思わず溜息《ためいき》をついてしまった。

「そんなこと言ったら、わたしも辻家の人間じゃないよ。花織と結婚したんだから」

「いいえ。この結婚は、君に遺産分けするためのもの。僕に家族はいません」

取りつく島もない拒絶だった。どれほど親しくなったつもりでも、花織にとって、撫子は他人でしかないのだ。

「アドニスは、あなたの家族じゃないの？」

撫子が家族でないならば、花織の家族は、かつて桂花館に暮らしていたアドニスという男なのではないか。

花織は食事の手を止めて、紫の瞳を揺らした。

「アドニスって偽名、意味のないものじゃなかったんだね」

「教えたのは蓮之助か、百合香さんか。……とんでもないろくでなしですよ。あの人のことを考えると苦しくなるので、何も考えたくありません」

「でも、わたしは考えたいよ。アドニスに、あなたの呪いを解くカギがあるなら。言ったよね、花織に死んでほしくないって」

「撫子は勘違いしていませんか？　僕にとって、死は恐ろしいものではありません。それはたぶん、妖精の国に渡るようなものですから」

「妖精の国って。花織の会社みたいな？」

花織の掲げる商号は、有限会社常若の国。看板にある《庭と妖精のこと、承《うけたまわ》ります》という怪しげな謳《うた》い文句も、商号に合わせているのだろう。

常若の国とは、ケルト神話に登場する妖精の国だ。ティル・ナ・ノーグ《常若の国》と呼ばれるその場所は、伝説にある理想郷であり、此の世ではない異界のことである。

フェアリーランド、エルフランド、アザーワールド、似たような異界を意味する言葉は、世界中に山ほどあった。

「妖精の国は、黄泉《よみ》の国と同一視されることもあります。死後の世界とも考えられた。そして、その世界は楽園とも重ね合わされるのです。ここではない何処かは、決して不幸な場所ではないのですよ」

「あいかわらず難しいことばっかり。ここではない何処かなんて、本当にあるの？」

妖精の国、黄泉の国、呼び方は何でも構わないが、要は彼《あ》の世のことだ。彼の世が実在するなど、撫子にはとても信じられない。

「ありますよ。ただ、遠くなってしまっただけです。昔はね、妖精のような不思議なモノは、僕たちの生活に身近な存在でした。でも、現代ではもう妖精は語られなくなった。不思議なモノのほとんどは異界に帰り、再び此の世に渡ってくることもないでしょう」

「たしかに。お伽噺《とぎばなし》も伝説も、ぜんぶ昔のことだもんね」

「此の世には、もう妖精の居場所はありません。もし、このご時世に妖精がいるとしたら、さぞ惨《みじ》めでしょうね。此の世に居場所はなく、されど妖精の国にも帰れず」

「帰れない？」

「はい。冥府《めいふ》に下ったペルセフォネのように」

花織はヨーグルトの器を指差した。蓮之助から貰ったドライフルーツ――ザクロの実が、透明な器から透けていた。

ギリシア神話のペルセフォネ。

冥府の長《おさ》に見初《みそ》められ、攫《さら》われた彼女は、そこで冥府のザクロを食べてしまう。死者の国の食べ物を口にした彼女は、一年の半分を冥府で過ごすしかなくなった。

「ペルセフォネは、死者の国の食べ物を口にしたから帰れなくなった。同じように、人間界に残された妖精だって、もう妖精の国には帰れません」

「なんだか寂しいね、帰る場所がないなんて」

「寂しくはありませんよ。帰る場所がなくても、適当にふらふら流されていれば良いんです。僕のように」

それは、桂花館は自分の家ではない、と言ったも同然だった。

「ここがあなたの帰る場所には、ならないの？」

「桂花館はアドニスのものです。僕のものではない」

「でも、あの庭は、あなたのものだよ」

桂花館の庭は、花織の選んだ終《つい》の棲家《すみか》だった。一人きりで閉じこもって、彼はこの場所で死を待つことを選んだ。

「わたし、花織の庭が大好き。あなたの手は、特別に愛されているものだと思う。花織が愛してあげるから、庭の子たちもあなたが大好きなの。もし、あの庭が帰る場所にならないなら、わたしは……。わたしは、花織の帰る場所に、なれないかな」

「君のそういうところ苦手です。でも、君の面倒を見るのが杏平との約束ですからね」

花織がテーブルに置いたのは、革製のキーケースだった。

「なあに、これ」

「明日、蓮之助のところに行けば分かります」

その意味を知って頰《ほお》をひきつらせるのは、翌日のことである。

△▼　▲▽　△▼　▲▽

辻家の呼び鈴を鳴らした撫子は、裏手にある車庫に案内される。

もともと車二台分のスペースがあったのだが、蓮之助のワゴン車しかなく、もう一台分は空車になっていた。

その空車だったスペースに、傷ひとつない軽自動車がある。

「なっちゃんへのプレゼントだと。いつも俺に合わせて買い物してたら、都合つけるの大変だろ？　ここからだとスーパーもドラッグストアも遠いし、そもそも新潟って車がねえと生活できないからな」

撫子は頰をひきつらせた。桂花館にある食料品や日用品は、蓮之助が車で買い出しにいくとき、一緒に連れていってもらって購入している。不便を感じていたのは事実だが、車が欲しいなどと言ったことはない。

「待って。車っていくら？」

「最近の軽自動車は、下手な小型車より高いからな。いくらだろうな、これ。車体もちょっと珍しいピンクだし。あ、撫子色か。あいつ、本当なっちゃんのこと大好きだな」

「そんな高価なもの受け取れない！　これ新車だよね？　どうするの」

「どうするも何も、普通に使えって。免許とってねえのか？」

「免許は持っているけど、ペーパーだよ!?」

十八歳になったとき、杏平の勧めでAT車の免許はとった。しかし、地下鉄の張り巡らされた東京で車に乗ることはなかった。いつか造園で使うかもしれない、と取得したクレーンの免許と合わせて、残念ながら活躍する機会に恵まれていない。

「しばらく運転してれば、そのうち慣れるだろ。車体ぼこぼこにしたって、花織は怒らねえと思うし。なっちゃんが無事なら」

「あの人の金銭感覚、どうなっているの？」

「バカになっているに決まってんだろ。どうせ金の使いどころもねえんだし、なっちゃんに貢ぐことにしたんだな」

「貢がれても返せない！　普段の生活費だって出してもらっているのに」

「返してるって、十分。あいつの気鬱《きうつ》も、なっちゃんが来てから落ちついている。俺も面倒見なくて良いから気が楽だし」

「わたしが来る前の花織って、どんなだったの」

「しょっちゅう引きこもって、俺の前にもあんまり顔を出さなかったな。あいつが庭以外に興味を示している時点で、奇跡みたいなもんだろ。なっちゃん一緒にDVD見たって言ってたけど、前までの花織ならありえねえからな」

「そうなの？」

「だって、あいつ他人とのコミュニケーションまともにとるつもりがねえから。人と合わせるつもりがないから、人の気持ちにも配慮しない。愛しているのは庭だけ」

否定はできなかった。花織は他人の気持ちに疎《うと》いというより、あえて無視するときがあった。自分がこう考えるからこう、という理屈でものを話すので、人によっては彼のことを苦手にも感じるだろう。

撫子のように怒りが持続しない人間の方が、花織とはうまくやっていける。喧嘩《けんか》したところで、少し時間が経《た》てば、何事もなかったかのようにできるような。

「花織ってさ、たぶん自分以外は別の生き物だと思ってんだよ。同じ存在と思ってない。なっちゃんはさ、どんなに綺麗でも、花とセックスしたいなんて思わないだろ？」

「……蓮さん、セクハラ」

「え？　ああ、セクハラになんのか。あの人からすると、そもそもの種が違う、生物としての造りが違う、そういう意識なんだと。そうじゃなきゃ、なっちゃんと花織を同居させんの反対してたよ」

「蓮先生！　彼女と一緒？」

　車庫にいる撫子たちに声をかけたのは、マウンテンバイクに乗った少年だった。年の頃は、小学校の低学年といったところだろう。

「彼女じゃねえよ」

「うそ！　名前は？」

「撫子っていうの。朝から勉強に来たの？　偉いね」

　少年は大きなリュックを背負っている。夏休みの課題が入っているのかもしれない。

「えらいだろ」

「そうだな。偉いから、さっさと教室に行け。俺もすぐ行くから」

「先生のけち。お姉さんに言いたいことがあるから待って！　あのな、不審者に気をつけてください、って連絡来たんだよ。ママが言っていた」

　よほど誰かに話したかったのか、少年は得意げに教えてくれた。

「不審者？」

「ニュースになっていたやつだな。若い女ばかり狙って、声かけているんだと」

「ありがと。心配してくれたんだね」

「女の子には優しくしなさいって、ママが言っていたから」

男の子はマウンテンバイクをとめると、辻家の玄関に走っていく。

「なっちゃんも気をつけろよ。被害が出てるのは加茂市じゃなくて近隣なんだが、こっちにも来るかもしれない。一部の親御さんも神経質になって……」

「蓮！　朝ごはんは何処にあるの？」

平屋から百合香の声が聞こえて、蓮之助が渋い顔になる。

「たまに帰ってきたと思えば、これだから嫌なんだよ。自分の世話くらい自分でしろよ、向こうでどんな生活送ってるんだか。そこそこ長く暮らしているだろうに」

「百合香さんが日本を出たのって、いつのことなの？」

「俺が十八歳のときだから、もう七年も前だな。まあ、日本にいた頃だって、家には居付かなかったが。医者は忙しいんだと」

蓮之助が家事全般をこなし、身嗜みもしっかりしている理由が分かった。学生の頃から、自分で自分の世話をしなければならない環境にあったのだろう。

「お医者さん、激務だって聞くしね」

「忙しくたって、少し時間を作ることくらいできんだろ。そんな時間をつくる価値さえないって、思われてたんだろうな、きっと。息子のことも家族のことも、母さんにとって、どうでも良いことだったんだろ」

言葉の節々に棘《とげ》がある。仲の良い親子に見えたが、実際は複雑なのだろう。

否《いな》、それは親子に限った話ではない。百合香と蓮之助だけでなく、亡くなった百合香の夫も含めて、彼らの関係は歪《ゆが》んでいるのかもしれない。

あの妖精憑きの薔薇園は、百合香の夫の形見でもある。それを枯らしてほしいなど、まるで思い出を処分したがっているようだ。

どうして薔薇園を枯らしたいのか、まずは百合香の話を聞かなければならない。

薔薇園を枯らしたらアドニスについて教える、と百合香は条件を出した。しかし、撫子は二度と草花を枯らしたくない。

△▼　▲▽　△▼　▲▽

桂花館のサンルームには、極彩色の小花が溢《あふ》れている。鉢植えや吊《つ》り鉢の花々を照らすのは、四方の窓、天井から差し込む太陽の光だった。

なだらかな半球状の天井には、一部ステンドグラスが嵌《は》められていた。藍色を基調とし、赤、白、緑などが散りばめられている。まるで教会のようだ。

サンルームの中央を陣取るのは、大きなイーゼルと画布《カンヴアス》だ。

花織は桂花館のあちこちで仕事をするが、特定の部屋にこもるときもあり、たいていはこのサンルームにいる。資料を読み込み、スケッチブックを開いているときもあれば、今のように図面のイメージを画布《カンヴアス》に描き起こしているときもある。

「刺繍花壇《パルテール》？」

花織の背後に立って、撫子は画布を覗き込む。

刺繍花壇は、フランスの庭園で発展したものだ。幾何学《きかがく》模様の図面に合わせて花を植えることで、刺繍《ししゆう》のように美しい模様を造る。

頷《うなず》いた花織は、鼻歌でも歌いだしそうなほど上機嫌である。彼は庭のことを考えているときが、いちばん幸せそうにしている。

「こっちは庭園洞窟《グロット》」

撫子は床に落ちている図面を拾いあげた。

「庭園洞窟なんて、よく知っていましたね」

「ルネサンスだよね、イタリアの。怪奇趣味を表現したりするやつ。いまの時代に庭園洞窟なんて造る人いるの？」

「一緒に落ちている資料を読むと分かるんですけど、その庭を造る土地は、墓場の近くなんです。夜な夜な鬼火がさまよっているような」

「え」

「妖精になぞらえて、ウィル・オ・ザ・ウィスプとか、イグニス・ファテュウスとでも呼びましょうか？　さまよえる霊魂《れいこん》。一説によると、洞窟は此の世と彼の世を繋《つな》げている、と考えられていたそうです。だから、依頼主の意向で造ることにしました。さまよえる魂が、あるべき場所に還《かえ》れるように」

撫子には読めない外国語の資料は、土地の地質や排水環境、気候なども含めて、庭を設計するために必要な情報をまとめたものらしい。資料には、墓場の近くにあるという、土地の成り立ちも書かれているのだろう。

その土地の歩んできた道を知って、その土地の可能性を活《い》かす。

「なんだっけ、そういうの。ゲニウス……」

「ゲニウス・ロキですね。genius《ゲニウス》は守護神、loci《ロキ》は場所。その土地にはその土地の守護神がいるから、歩んできた道や運命、土地柄を考えて庭を造る、といった感じでしょうか。将来、君がどんな風に庭と関わるとしても、覚えていてほしい考え方です」

「正直、まだよく分からないの。クレーンの免許とったり、造園技能士の勉強もしたり、設計もかじったり。いろいろしていたけれど、自分の将来が想像できなくて」

造園家になって、緑に関わる仕事がしたい。

東京にいたとき、専門書の多い大学図書館も含めて、いくつもの図書館をまわって勉強したり、実際に機械の免許をとったりもした。しかし、具体的な将来像を描くことができなかった。どうすれば一番良いのか、どんな関わり方が正しいのか迷い続けている。

「ご存じのとおり、僕は基本的に設計しかしません。機械もあつかえませんし、実際の造園は業者に任せています。桂花館の庭だけは自分で造りましたけれどね。つまり、現場に出なくても、庭に携《たずさ》わる仕事はあるわけです」

「……うん」

「焦らなくて良いですよ。分からないなら、いろいろ試しても構いません。大事なのは、君が何になりたいのかではなく、どんな庭を造りたいかだと思います。garden《庭》とは、ヘブライ語で囲いを意味するganと、喜びを示すedenの合成語。本来、庭とは楽しい場所なのですよ。楽園と言っても良いかもしれません。僕たちは楽園を造るのです」

「楽園？」

「はい。だから、君の望む楽園を造ることができるなら、どんな関わり方でも良い。設計でも、現場に出て作業をするのでも」

撫子は自分に問いかける。庭が楽園ならば、撫子の造りたい楽園はどんな場所か。

「ありがと」

「どういたしまして」

花織はくすりと笑って、新しい画布《カンヴァス》を張り直した。使い古したパレットにいくつもの色を創《つく》ると、そのまま画布に滑らせる。

色濃い緑を描いたあと、彼はそこに白百合の花を添えていく。可憐《かれん》な白百合が群れを成していた。その風景に、ふと辻家の仏間にある絵を思い出した。

百合香の夫が描いた《閉ざされた庭》という題名の絵。

「白百合かあ。白って綺麗なもののイメージがあるよね。踏み荒らされる前の新雪とか、花嫁さんのドレスとか。白百合の花言葉も純潔だし、マリアの花にぴったり」

聖母の百合《マドンナ・リリー》。白百合は、聖母を象徴する花だ。有名なのは受胎告知《じゅたい》だろうか。マリアに懐胎《かいたい》を告げる天使ガブリエルは、白い百合を彼女に差し出した。

「マリアの花で有名なのは、百合に限った話ではありませんよ。薔薇も同じです。その身の純潔を強調して、マリアは《棘のない薔薇》なんて呼ばれることもありますね」

「棘のない、薔薇」

「棘は原罪です。棘のない薔薇は、原罪に傷つけられることのないマリアそのもの。……僕の考えは少し違いますけどね。いばら棘は、自分が守っている薔薇の花だけは傷つけないでしょう？　棘のない薔薇とは、棘に守られた薔薇という意味ではないか、と」

「また、難しいこと言う」

花織は微笑むだけで、解説してくれるつもりはないらしい。彼は撫子を置き去りにして、話を続ける。

「そう考えると、under the rose という言葉の意味も分かる気がしませんか？　こちらの由来は、天井から薔薇を垂らした部屋で秘密のお喋《しゃべ》りをしていたから、ですけれど」

「薔薇の下《アンダー・ザ・ローズ》？」

「秘密、という意味です。薔薇の花には秘密が隠れています。いばら棘に守られて、誰も花の真実を知らない。――薔薇はね、とてもずるい花です。薔薇の下に秘密が隠されているとしたら、本当に罪はないのでしょうか？　そんなの誰にも分かりません、花弁を散らすまでは」

撫子は目を伏せた。薔薇の下に秘密があるならば、そこには撫子の罪もある。

九歳のとき忍び込んだ庭で、撫子は白薔薇の木を枯らした。枯れてしまった白い薔薇の下には、緑を殺した撫子の罪が隠れている。

同じように、辻家の中庭にある妖精憑きの薔薇園にも秘密がある。きっと、百合香を聖母のようだと讃《たた》えた、彼女の夫が遺した秘密だ。

「花織なら、隠された秘密を暴きたいと思う？」

「いいえ。その秘密が優しいものとは限りませんから」

しかし、撫子は知りたかった。その秘密を知ることができたら、薔薇を枯らすことなく、アドニスについて聞き出すことができる気がした。

自室に戻った撫子は、机上で一冊のノートを開く。桂花館に来てから、日記をつけることにしている。今日感じたこと、想ったこと、出来事を綴《つづ》るものではない。

庭の素敵なところを、一日ひとつ書くのだ。

このノートは、桂花館で暮らすことになったとき、花織から贈られたものだった。日記を綴るように、庭を記録することを勧めてくれたのも花織だ。一年が終わる頃には、きっと立派な花暦《はなごよみ》になっているだろう。

マナーモードにしていたスマートフォンが、着信を知らせる。

「大和さん？」

春先に知り合った蓮之助の後輩だ。たまに連絡はとっていたが、わざわざ音声通話をかけてくるのは珍しい。

「撫子ちゃん、久しぶり。元気にしていた？」

「お久しぶりです、元気にしていますよ。今日はどうしたんですか？」

「あー、ちょっと確認したいことがあって。花織さんと仲良くしているのかなって気になったんだよ。浮気とかしていないよね？」

「浮気って、花織が？」

「撫子ちゃんが」

撫子は思わずスマートフォンを落としそうになった。

「う、浮気なんてしませんし、そもそも相手がいないです」

加茂市で撫子と関わりがあるのは、花織と蓮之助くらいだ。次点は、買い出しにいくスーパーやドラッグストアの店員である。

「仲良いんだね。そっか、じゃあ勘違いなんだろうな。ごめんね、変なこと言って。最近、何か困ったこと起きていない？」

「……困ったこと、というか。あいかわらず妖精憑きのことを少し」

撫子は、触った者の記憶を忘れさせる薔薇園について説明する。

「薔薇園って、先輩の家にある？　《閉ざされた庭》って絵が飾られた仏間の」

春、大和は辻家に滞在していた。薔薇園や仏壇の絵を見たことがあるのだろう。

「あの絵、蓮さんのお父様が、お母様のために描いたものなんです。閉ざされた庭って、何か特別な意味があるんですか？　聖母マリアと関係があるのは分かりますけど」

どうして、聖母を象徴する絵を、自分の妻に贈ったのだろうか。

「閉ざされた庭は、純潔の象徴だね。うーん、撫子ちゃんは、マリアの旦那さん――大工のヨセフは知っているかな？　彼はマリアの夫だけど、キリストの父ではないんだ」

「夫だけど、子どもの父ではない？」

「受胎告知の絵を見たことはある？　天使ガブリエルが白百合をマリアに差し出して、キリストの托身《たくしん》――受肉《じゅにく》を告げる。明け透けに言うのは、ちょっとためらわれるんだけど。キリストって、マリアとヨセフがセックスして生まれた子じゃないってこと」

撫子は一瞬声を詰まらせたが、ようやく大和の言っている意味が理解できた。

聖母の夫ではあるが、キリストの父ではない。つまり、キリストは男女の営みから生まれた子どもではない。

「受胎告知の場面には、マリアの純潔を示すために閉ざされた庭が描かれることもある。だから、変だと思ったんだ。閉ざされた庭なんて絵を描いて、聖母と奥さんを重ねるなんて。蓮先輩のお父さん、まるで先輩が自分の子どもではないって言いたいみたい」

「は？」

「あ。やばい、こんな時間。今からバイトだから切るね。また連絡するよ」

「大和さん待って！」

「さっきのは忘れてくれる？　真実は分からないし、俺の勝手な想像だから、先輩にも内緒にして！」

慌ただしく通話が切られたあと、撫子はうなだれた。

花織は言った。薔薇の下に隠された秘密が、優しいものとは限らない、と。

もしかしたら、あの妖精憑きの薔薇園に隠された秘密は、想像していたよりずっと厳しいものなのかもしれない。

△▼　▲▽　△▼　▲▽

百合香を訪ねたとき、辻家の玄関には子ども用の靴が並んでいた。畳張りの教室からは、蓮之助と子どもたちの元気な声が聞こえる。

「なっちゃん？　蓮之助ならまだ授業中よ」

台所と隣り合った座敷には、扇風機の回る音だけが響いていた。風に当たっていた百合香は、膝《ひざ》上で開いていた本を閉じる。

「今日は百合香さんとお話がしたかったの」

屈みこんで、百合香と目線を合わせる。彼女は驚いたように息を呑《の》んで、似ているのね、とつぶやいた。

「杏平とそっくりなのね。顔もだけど、紫がかった綺麗な目が。杏平もなっちゃんも、ご先祖様の血が強く出たのかしら」

「ご先祖様？」

「ええ。もとを辿《たど》れば、辻家の先祖は異国の生まれらしいの。昔から妖精に呪われていた血筋よ」

「不思議だったんだけど。どうして、わたし以外は呪われていないの？」

辻家の血筋が呪われているならば、撫子だけでなく、辻家に生まれついた全員が呪われていなければおかしい。

「あなたの呪いは、遠い先祖が妖精を殺したせい。でも、遠いって、いつのこと？　もう思い出せないくらい時間が流れたの。呪いは弱まって、血族全員が呪われることもなくなった。なっちゃんは、呪いを先祖返りさせてしまったようなものかしら」

　時の流れによって呪いが弱まったとしたら、その理由はひとつだろう。

「ずっと憎むのも恨むのも、疲れちゃうよね」

「そうね、憎むのも恨むのも気力がいるの。苦しいばかりだわ、きっと。時の流れは、いつか妖精憑きの呪いを解くのかもしれない。お伽噺に語られた妖精たちが、今はもう姿を消したように、すべて忘れられてゆく」

「なら、どうして百合香さんは薔薇園を枯らしたいの？」

　時の流れが妖精憑きの呪いを解くならば、いつか呪いが解ける日を待てばいい。そもそも、あの薔薇園は触れなければ無害なのだ。

「私はね、悪い妻だったの。……なっちゃんは、杏平が病気のとき思わなかった？　この人の願いなら、なんでも叶えてあげたい、と。でも、私は夫の願いを叶えることができなかったのよ。だから、薔薇を枯らしてしまいたい。あの薔薇園がある限り、私はずっと悲しくて、苦しいから」

「でも、百合香さんのために遺した形見なのに」

「あんな薔薇園、欲しくはなかった。だから、夫が亡くなったとき火をつけたのよ」

　撫子は絶句した。百合香は、火を放っても燃えない妖精憑きの薔薇園と教えてくれたが、実際にそれをしたのは彼女自身だったのだ。

「薔薇は燃えなかったの。だけど、私はあの薔薇を枯らしたい」

　百合香は泣きそうな顔を隠すように、座敷から去ってしまった。

「やっぱり、薔薇を枯らさないと、アドニスのことは話してくれないのかな」

　撫子が肩を落とした直後だった。縁側から座敷にかけて、強い風が吹き抜けた。風に誘われるかのように、撫子は庭に視線を遣《や》る。

　庭を包み込むように、つむじ風が起こっていた。その中心である池のほとりに、撫子は青い光を見る。まるで鬼火のように、光の群れは宙で揺れている。

　光の下には男がいた。スケッチブックを片手に鉛筆を動かしている。

「蓮さん？」

　その後ろ姿が従兄《いとこ》と重なったとき、再びつむじ風が吹く。風が止んだとき、池のほとりにいた男は幻のように消えていた。

「どうしたんだ。ぼうっとして」

　塾の休憩時間になったのか、蓮之助が座敷に顔を出す。

「……蓮さん、いま庭にいたりしなかった？」

「そんな暇ねえよ。ぼけっとするのもたいがいにしろ」

「だよね」

　ならば、さきほどの光景は夢だったのか。夢にしては、あまりにも生々しかった。

「今日、すげえ良い天気なんだな。栗ヶ岳《あわがたけ》が綺麗に見える」

辻家の池庭が借景《しやつけい》――庭の背景として取り入れているのは、蓮之助が口にした栗ヶ岳という山だ。今日は雲がないため、はっきりと山を確認することができた。

「栗ヶ岳って、雪椿《ゆきつばき》が群生しているところ？　春にね、加茂駅からここまで来るとき、雪椿がたくさんある山の案内があったの」

「それはたぶん加茂山だな。山っていうより公園か？　春には桜も雪椿も咲いて、秋の紅葉も見もの。おっきい池や杉木立もあって、緑が多いから、晴れた日に出かけるには良いかもしれねえな。公園だけじゃなくて神社とかもあるし。ああ、あと栗鼠《りす》がいる」

「は？」

「栗鼠園があるんだよ、冬眠の時期じゃなければ触れ合える。たまに、小学生とか課外活動で行っているみたいだな。なっちゃんも行ってみれば？　ほとんど庭にこもりっきりだろ、花織と同じで」

外出を控えてしまうのは昔からの癖だ。東京にいた頃も、せいぜい図書館やスーパーくらいで、人が多いレジャー施設等はあまり近寄らなかった。

今も同じだ。花織や蓮之助は呪いのことを知っているので、安心して接することができる。それ以外の人々には、わずかな恐怖心があった。

「蓮さんも加茂山に行ったことあるの？」

「父さんに連れられて、子どもの頃はよく行ったな。あの人、絵を描くのが趣味だったから、加茂山だけじゃなくて自然のあるところによく連れて行ってくれた」

亡くなった父を語る横顔は、ひどく穏やかなものだった。

「お父様のこと好きなんだね」

「好きだったよ。まあ、母さんは違ったんだろうが。うちの両親、見合いだったんだ。当時、母さんには好きな男がいて、その好きな男は隣に住んでいたりしたわけだ。ひでえ話だろ？　しかも、母さん、いまはその男の墓がある街で暮らしている。海外の」

それだけで、百合香が好きだった男が誰なのか察してしまった。

「アドニス？」

かつて桂花館に暮らしていた、朽野花織の父親。妖精憑きのコレクターであり、妖精憑きであるために三十歳で逝去《せいきょ》した人物である。

「俺は十代の頃、本当の父親はアドニスだと思っていた。母さんの片想いだったし、きちんと調べたから、勘違いだってもう分かってるけどな。でも、そんな風に息子が疑うくらいなんだから、母さんがどんだけひどい女だったか分かるだろ」

撫子には、百合香がひどい女だとは思えなかった。

夫を語るとき、百合香は切ない顔をしている。まるで懺悔《ざんげ》するかのように。愛していたからこそ、あれほど悲しそうにしているのではないか。

△▼　▲▽　△▼　▲▽

ホースを片手にした撫子は、生垣に水を撒いていく。

門から向かって右に広がるこの庭園は、生垣で造った小さな迷路《メイズ》が主役だった。迷路の奥には小さな庭が隠れているらしいが、撫子はまだ足を踏み入れたことがない。

「水遣り終わったよ」

近くにいるはずの花織に声をかけるが、いくら待っても返事がない。

もしかしたら、彼は迷路の先にいるのかもしれない。迷路を進んでいくと、しばらくもしないうちに蔦《つた》に覆われたアーチが現れる。

「花織！」

奥の庭に飛び込んで、撫子は息を呑んだ。

赤煉瓦《れんが》の囲いで丸く切り抜かれた芝生に、星や兎《うさぎ》、馬車などを模した造形物《トピアリー》が散らばっている。真中にそびえるは、白い蕾をつけた薔薇の木だ。

十年前と同じ景色が、撫子が灰に変えてしまった庭があった。

白薔薇の木の下で、花織は眠っていた。

背を丸めて眠る姿に、胸が締めつけられる。ここは花織の庭だ。彼にとって最も優しい場所であるはずなのに、身を守るように縮こまってしか眠ることができないのだ。

花織を起こさぬよう近寄って、赤い唇に触れる。彼の唇が紡《つむ》ぐ言葉は、ひどく嘘つきなものだ。撫子が肝心なところに踏み込もうとする度、拒んで遠ざける。

撫子には、本当のことを話せないのだろう。信頼されていないと知っているからこそ、歯がゆくて堪《たま》らなくなった。

花織の心は閉ざされて、鍵がかけられている。撫子はその鍵を見つけられずにいた。

「悪戯《いたずら》が過ぎますよ」

突如、手首を掴まれて、撫子は体勢を崩した。しかし、待ち構えていた衝撃は訪れず、代わりに耳に吐息が触れる。

「起きていたの⁉」

「あんなに大きな声で呼ばれたら、さすがに起きます」

花織は笑って、撫子を腕のなかに閉じこめた。ようやく、撫子は自分が花織の身体に圧《の》しかかっていることに気づく。

静けさに包まれた庭に、鼓動だけが響いていた。花織のものか、撫子のものか、それとも重なり合った二人のものなのか。

熱い。頬も、身体も、何もかも。

甘い花の香りにめまいがした。抗《あらが》いようもなく引き寄せられて、自分が自分でなくなるようで怖い。助けを求めるように、花織の顔を見つめる。

「君が望むなら、好きにしても良いんですよ」

花織の指が、撫子の唇をつつく。気まぐれな猫のように、彼は目を細めていた。

「わたしが、花織を？」

この美しい人を好きにするとは、どういうことなのだろう。

「ええ。誰にどんな風にあつかわれても、僕は何とも思わないので」

冷水を浴びせられたように、熱に浮かされていた頭が冷めていく。

「誰でも良いの？」

「みんな同じですから」

同じだから、撫子でも構わないと花織は言う。

温和な表情に騙《だま》されそうになるが、彼はひどく厭世《えんせい》的で、おそらく自分自身のことが嫌いなのだ。そして、自分のことが嫌いだからこそ、他の人間も嫌っている。

──花織は、庭を愛するようには人を愛さない。

撫子は花織の手に触れ、そっと指を絡めてみた。撫子の大好きなみどりの指。

「それは、とても寂しいね」

今、花織の冷たい指に触れて、熱を分け与えているのは誰でもない撫子だというのに、彼には関係ないことなのだ。きっと顔のない人形を相手にしているのと変わらない。

誰でも良いならば、どれほど触れ合っても孤独と変わらないではないか。

「ばかな子。寂しいのは君でしょう？」

撫子は堪らず、花織の胸にすり寄った。彼の左胸に耳をあてて、心臓の音に耳を澄《す》ませる。どうか撫子の鼓動も、同じように彼に届きますように。

「わたしの好きにして良いんだよね」

好きにして良いならば、抱きしめることで、花織の寂しさがまぎれることを願う。混ざり合う熱のように、彼の孤独を溶かしてしまいたい。

ずっと独りで、ずっと寂しいままにはさせたくなかった。

「こんな子どもみたいな真似をしたの、君がはじめてですよ」

好きにして良いよ、という誘いを、花織は幾度も繰り返したのだろう。そうして、彼を好きなようにあつかった人々を想像して、心臓が焼けつく痛みを感じた。

撫子は知らない。花織がどんな人生を歩み、どんな傷を負ってきたのかを。

「お昼寝していた花織に、子どもみたいなんて言われたくない」

「天気が良かったので、つい寝てしまって。また蓮之助に怒られてしまいますね」

「蓮さんは怒ったりしないよ。あなたが大切だから」

物言いこそ乱暴だが、蓮之助はいつも花織を気にかけている。怒っているような態度をとっているときですら、本気ではない。

「ええ。辻家の人間は、ばかみたいに優しい。……優しいから、切り捨てられない人ばかりです。君も杏平も。蓮之助も、百合香さんも」

百合香の名に、撫子は目を伏せた。

「旦那さんの願いを叶えられなかった。だから、薔薇園を枯らしたい、って百合香さんは言うの。百合香さんと旦那さんは、仲が悪かったの？　お見合いだったんだよね。そのとき百合香さんには好きな人がいたって」

今は亡き花織の父。妖精憑きのアドニスこそ、百合香が恋い慕った人だ。

「さあ？　彼女たちのことは、彼女たちが一番分かっている。彼女が夫を愛していたかどうかも同じことです」

「でも、愛していたと思うの。愛していなかったら、あんな哀《かな》しい顔しないと思うから。なのに、どうして薔薇園を枯らしたいなんて思うのかな。妖精憑きの薔薇園でも、旦那さんが遺してくれたものなのに」

仏間に飾られている絵のように、薔薇園も形見として大事にするべきではないか。

「妖精憑きの薔薇園、ね。何をこそこそ嗅《か》ぎまわっているかと思えば、アドニスが売った薔薇園のことですか。ばからしい、百合香さんの事情など君には関係ないでしょう」

「……約束したの。薔薇園を枯らしたら、アドニスのことを教えてもらうって」

花織の呪いを解くために、どうしてもアドニスのことが知りたかった。彼だけが、いまは唯一の手がかりなのだ。

「でも、君は薔薇を枯らしたくない。赤い指を使いたくないのですね」

花織を救いたい。だが、そのために呪われた指を使うことが恐ろしかった。

もう二度と、悲劇を繰り返したくない。幼い日、この庭を枯らしてしまったときのような想いは味わいたくなかった。

「ならば、アドニスのことは忘れなさい」

「なに、言って」

「言ったでしょう？　僕は死を恐れません。それは妖精の国に渡るようなものだから。僕が死んだら、君には遺産がいきます。仲が良いみたいだから、蓮之助だって君の面倒を見てくれるでしょう。そうですね、僕が死んだら、あの子と再婚したらどうですか？　あれでいて優しい子だから」

「花織！」

「撫子。どんな傷も痛みも、いつかは忘れます。僕のことだって同じだ。だから、君は何も心配しなくて良いのです」

胃の腑《ふ》から喉《のど》にかけて、熱いものが込み上げた。撫子は怒りを抑え込むよう、強く拳《こぶし》を握った。このままでは、ひどい言葉をぶつけてしまう。

「一緒に生きてくれるんじゃないの。わたしが、あなたの呪いを解くって言ったのに」

「僕は嬉《うれ》しかったですよ。そう言ってもらえただけで」

君には何も期待していない、と花織は微笑んだ。

△▼　▲▽　△▼　▲▽

客間の机で、撫子は頭を抱える。

スマートフォンのホーム画面に、トークアプリのポップアップが表示されている。そこには、大和からのメッセージが入っていた。

「薔薇園で思い出したんだけど。春に話したアドニスの神話を憶えている？」

神話の美少年アドニス。女神ウェヌスの恋人だった彼は、狩りに出たところ、イノシシに突き殺されてしまった。

「薔薇はね、彼の恋人である女神ウェヌスの聖花でもあるんだ。後世の絵画では、ウェヌスの持物《アトリビュート》のひとつ」

女神ウェヌスとアドニスは恋人同士だった。偶然か必然か、かつて桂花館にもアドニスの名を持つ男がいた。

百合香の片恋だったと聞くが、蓮之助が自分の出自を疑うくらいの恋心だ。その恋に、百合香の夫が気づいていなかったとは思えない。

どうして、あてつけるように《閉ざされた庭》という絵を描いたのか。

蓮之助が、百合香と夫の息子であることは間違いない。蓮之助の口ぶりから、然《しか》るべき手段で調べたことは明白だ。だからこそ、百合香の夫が、自分の子どもではない、と否定するような絵を描いた意味が分からない。

——百合香の夫は、死の間際に何を願ったのか。

百合香が叶えられなかったという、夫の願いが分からない。

「薔薇を枯らしたら、アドニスについて教えてくれる」

花織の呪いを解く糸口は、いまはアドニスにしかない。そして、故人である彼を知るのは百合香だけだ。

だが、撫子は薔薇園を枯らしたくない。緑を愛する人の傍《そば》で、その緑を殺してしまったら、二度と花織の隣に立てなくなる。

「薔薇を枯らさなくても、教えてもらえるようにするには……」

撫子の視界に入ったのは、クリアケースに入れた手紙の束だ。春、花織と遣り取りしていた手紙である。

春に出逢《であ》ったとき、花織は庭でお茶会を開いてくれた。見知らぬ土地に、見知らぬ夫を探しに来た撫子は、あのとき心細さが和《やわ》らいだ。自分のことを相手に話しても良いような気分になった。

そういえば、妖精憑きの薔薇園を見せてもらったとき、蓮之助とも話した。あの薔薇園を眺めながら、お茶会でもしようか、と。

撫子はレターセットを取り出して、すぐさま手紙を認《したた》めた。車のキーケースを、スカートのポケットに入れる。

桂花館を出て、辻家に向かった。普段は生徒たちで溢れている教室は、今は閑散《かんさん》としている。

教室を照らしているのは蛍光灯《けいこうとう》ではなかった。いくつもの青い鬼火が浮かんでいる。

「蓮さん？」

壁に飾られた書道作品を眺めていたのは、見覚えのある背中だ。しかし、振り返った彼は眼鏡をしておらず、顔立ちは蓮之助とは似ていない。

可愛い足音がして、現れたのは五歳にもなっていない男の子だった。男性に飛びついた子どもの横顔は、何処か蓮之助に似ている。

ならば、愛《いと》おしそうに子どもを抱きあげた、この男性は——。

「なっちゃん？」

撫子は現実に引き戻された。廊下に立つ百合香が、心配そうに撫子を見ている。

さきほどの二人は白昼夢か。それとも、過去にこの場所であった光景なのか。

「蓮之助に用事かしら？　市役所に出かけたから、しばらく戻らないと思うわ」

「ううん。百合香さんに会いに来たの。一緒にドライブしない？」

辻家の車庫には軽自動車がとまっている。可愛らしい軽自動車は、花織が撫子のために用意してくれたものだ。

「なっちゃんが運転してくれるの？」

「行きたいところがあれば、何処でも」

「そう。それなら、本当は蓮之助に頼もうと思っていたんだけど、なっちゃんにお願いするわ。山沿いのお寺まで」

百合香の案内で十分ほど運転すると、目的の寺に着いた。駐車場が狭く、何度もハンドルを切り返してしまったが、無事にとめることはできた。

「墓掃除をしたかったのよ。夫の命日も近いし、綺麗にしてあげたいから」

「……け、結構、登るんだね」

撫子の想像する墓は、平地に墓石が整列していた。しかし、眼前にある墓地はまったく様子が異なる。緩《ゆる》やかな山の斜面に、墓があちこち点在しているのだ。

「辻家の墓は、いちばん上よ」

車から、花、線香とロウソク、掃除用具、ゴミ袋を下ろした。水を注いだ手桶と柄杓《ひしゃく》を持って、撫子たちは不揃《ふぞろ》いな石段を登っていく。なかなかの急こう配だ。

「辻家のお墓って、ここにあったんだね。来るのはじめてなの。杏平くんの納骨《のうこつ》は、蓮さんが手配してくれたから」

慣れない撫子に代わって、手続きを進めてくれたのは蓮之助だった。四十九日に合わせた納骨だったので、蓮之助は法要も提案してくれたが、生前の杏平が葬儀すら望まなかったことを踏まえて、法要は辞退した。

「杏平の骨、こっちにあるの？　きっと他の家族も喜ぶわ。みんな早死にしてしまったのだけれど、杏平のこと気にしていたから。……嫌ね、本当。みんな置いていくんだもの。さっさと海外に逃げた私が言うことじゃないけれど」

蓮之助と百合香を除けば、辻家の人間に会ったことはない。遠方にいるのではなく、本当に存在しないのだろう。

「百合香さんは、どうして日本を出たの？」

「薔薇園から逃げたかったの。蓮之助には悪いことをしたと思っているのだけれど」

「悪いことをしたと思っているのは、海外に渡ったことなの？　それとも、アドニスが好きだったことと？」

百合香は足を止めてしまう。怒られるかと思ったが、彼女は苦く笑うだけで、怒りをあらわにすることはなかった。

「明後日、向こうに戻ろうと思っているの。このまま新潟に残っても、なっちゃんは薔薇を枯らしてくれないんだもの。花織の呪いを解くのよね？　どうして薔薇のひとつふたつ枯らしてくれないの。あなたにとって、花織への想いはその程度なの」

「違う！　花織が好きだから、呪いを使いたくないの。緑に愛された人の傍で、彼の愛する緑を枯らしたくない。そんなことをすれば、もう花織と一緒には生きていけないと思った。

撫子の赤い指は、あらゆる植物を殺す。緑に愛された人の傍で、彼の愛する緑を枯らしたくない。そんなことをすれば、もう花織と一緒には生きていけないと思った。

撫子は鞄《かばん》から手紙を取り出した。

「招待状。そろそろ薔薇が咲く季節だから、明後日、お茶会をしようと思うの。よかったら百合香さんも来て」

「……なっちゃん、私は夫の願いを叶えられなかったの。だから、薔薇には会えない」

百合香は唇を嚙《か》む。彼女の夫が遺した願いは、薔薇園にまつわるものなのだろう。

ならば、百合香は向き合わなければならない。叶えられなかった夫の願いに。

「逃げたくなる気持ちも分かるよ。つらいことも苦しいことも、見ないふりをしたい。でも、いつかは向き合わなくちゃいけない日が来るから」

この呪いは、撫子に厳しい現実を思い知らせてきた。この指が厭《いと》わしくて、こんな呪われた身が恨めしくて、泣きわめいたことだってある。その度に杏平を傷つけた。

だが、そうやって向き合ってきたからこそ、いまの撫子がある。

△▼　▲▽　△▼　▲▽

空はあいにくの曇りだった。今朝方に降った雨が、まだ薔薇を濡《ぬ》らしている。

「百合香さん、来てくれるかな」

午後二時の昼下がり。辻家の仏間にテーブルをセットし、白いクロスを敷いた。午前中に焼きあげたスコーンとクッキーは、蓮之助が持ってきてくれるだろう。

「蓮之助はともかく、どうして僕まで呼んだのですか？　君、怒っていましたよね」

電気ケトルのコンセントを入れながら、花織は呆《あき》れたように零した。

白薔薇の庭で、たしかに撫子は怒っていた。死んでも良い、と自分を蔑《ないがし》ろにする花織が腹立たしかった。

「怒っていたけど、もう良いの。仲直り。花織が勝手に死にたいって思うように、わたしも勝手に花織を生かそうとする。嫌がっても付きまとうから、覚悟して」

春のときも、粘り勝ちで花織と会えたようなものだ。何度拒まれても、花織が心を開いてくれるまで手を伸ばそう。諦《あきら》めない限り、次は受け入れてもらえるかもしれない。

「君は鬱陶《うっとう》しいくらい、僕のことが好きなんですね」

台詞《せりふ》だけ聞くと自惚《うぬぼ》れそのものだったが、花織は事実を述べているだけだった。

「悪いの？」

「君の好意は雛《ひな》鳥みたいだなって思うんです。君と結婚したのが、偶然、僕だった。だから、僕の後ろをぴよぴよ鳴いてついて来るのでは？」

生まれたばかりの雛鳥は、はじめて目にしたものを一心に慕う。要は刷り込みだ。

「もしかして不安なの？　誰でも良いなんて思っていないのに」

「は？」

「花織だから好きなの。死んでほしくない、呪いを解いてあげたいって思うの。他の人なんて知らない。わたしの呪われた手じゃ、摑めるのはきっとひとつだけだから。そのひとつは、花織が良いの」

花織が眉間《みけん》に皺《しわ》を寄せて、何かを言いかけるのと同時、仏間の戸が開かれた。戸口に立った女性に、撫子は目を輝かせた。

「百合香さん！」

「……飛行機のチケット、夜の方が安いことに気づいたの」

嘘だと思ったが、その嘘が嬉しかった。

「来てくれてありがとう！　すぐにお茶を淹れるね。スコーンとかクッキーも焼いてみたの。自信作だから楽しみにして……」

百合香に駆け寄ろうとした撫子は、後ろから襟《えり》首を摑まれる。

「室内では走らない。君は落ちつきがなくて困ります」

抗議するように花織を睨《にら》むと、今度は額を小突かれた。

「久しぶりね。もう二度と会うことはないと思っていたのだけれど。どういう心境の変化なのかしら？」

「春、うるさい娘が現れたからかもしれません」

「そう。なっちゃんのおかげなの。それで？　この薔薇を枯らしてくれるのかしら」

百合香の問いに答えようとしたとき、割って入ったのは別の声だった。

「……俺は、花織となっちゃんしかいねえって聞いていたんだが。なんで、まだ新潟にいるんだ。朝の飛行機で帰るんじゃなかったのかよ」

台所から戻ってきた蓮之助は、百合香を見るなり舌打ちをした。表面的には仲の良い親子だったが、二人の確執は解決されておらず、拗《こじ》れたままなのだ。

「蓮さん、わたしが誘ったんだよ」

「余所者は黙ってろ。薔薇園を枯らしてほしいって頼んだのかよ。父さんの形見なのに」

撫子は冷や汗をかく。百合香はうつむいて、黙り込んでしまった。

「母さんが薔薇を枯らしたいのは、父さんが嫌いだからだろ。いつまで昔好きだった男の面影を追うつもりだ。可哀《かわい》そうだと思わないのかよ、父さんが！　あんなに大事にしてもらったくせに。死んだあとも裏切り続けるなんてよくやる。本当、最低な女」

蓮之助は乱暴な足取りで仏間から去った。追いかけようとした撫子の近くで、膝から崩れるように、百合香がしゃがみ込んだ。

「蓮之助の、言うとおりよ。最低なのは私。あの人のことも、蓮之助のことも傷つけた。こんな薔薇園を、あの人に用意させてしまった」

百合香のまなざしは、中庭の薔薇に向けられていた。火を放っても燃えることのない妖精憑きの薔薇園は、瑞々しい命を謳うよう、鮮やかに花開いていた。

「ごめんなさい。薔薇に会いに来てほしかったの。そうしないと、いつまでも百合香さんが苦しそうだったから」

「そうね。逃げても、苦しいばかりだと分かっていたの。でも、薔薇に会うのが恐ろしくて、ずっと動けなかった。――私は夫を愛していなかった。だから、外国に逃げた、と責められたことがあるの」

責めたのは、おそらく蓮之助だろう。百合香と夫は見合いだったと聞く。当時、百合香には好きな男――妖精憑きのアドニスがいた。

百合香は無理に笑った。潤んだ彼女の瞳に、泣くのを堪えているのだと気づく。

「薔薇は夏の終わりを告げる花。そう、夫は教えてくれたの。あの人は優しかった。ずっと私を大切にしてくれた。毎年、二人で一緒に薔薇を見ましょうと約束したのに」

約束は叶わず、百合香の夫は病に倒れた。彼が亡くなったのは、夏の終わりのことだったのだろう。薔薇が咲いて、やがて散るように彼も儚《はかな》くなった。

「愛して、いたんだね」

ようやく、百合香の心に触れた。彼女は夫を愛し、彼への想いに殉《じゅん》じていた。薔薇園を遠ざけたのも、夫を憎く思っていたからではない。

むしろ、愛していたからこそ、遠ざけてしまったのだろう。

「夏の終わりなんて永遠に来ないでほしかったの。そうしたら、あの人は死なない。ずっと傍にいてくれた。……別れは、いつまでも傷となって残るわ。どうして咲いてしまったの、散ってしまったの、と苦しくて、私は薔薇を遠ざけてしまった」

優しい思い出があるからこそ、百合香はつらかったのだ。幸福が崩れた今だからこそ、昔の幸せが棘となって心に刺さる。

「でも、薔薇は散っても、夏の終わりを告げても。また何度だって咲くよ」

同じ花でなくとも、命は繫がり、夏を迎えれば花は咲く。生きている限り世界は芽吹き、息づいて、同じでなくとも季節は巡る。はじまりは幾度も訪れるのだ。

「傷は、癒《いや》さなくても良いと思うの。幸せだった思い出が心を傷つけるなら、それは過去を愛していた証《あかし》だから。……思い返す度に、傷と一緒に愛してあげるの。そうして前に進む。立ち止まってばかりいたら、あなたを愛した人も悲しいから」

百合香を想って薔薇園を遺した人は、彼女の幸せを願っていただろう。病に侵されながらも、彼女の幸福だけをひたすら祈っていたに違いない。

憂《うれ》いを帯びたまなざしや、哀しい顔をさせたかったわけではない。

「忘れなくても良いの？　でも、忘れろ、とあの人は願ったのよ」

百合香の叶えられなかった、夫の願い。

それは自分を忘れてほしい、という言葉だったのだ。

「忘れてほしいなんて、そんな残酷なことを言わせてしまったのは私よ。自分を忘れて、もう一度アドニスに恋をしてほしい、なんて。私がきちんと想いを伝えられなかったから。だから、そんなことを言わせてしまった」

愛する人に忘れてほしいと告げるとき、どれほど彼は胸を痛めたのだろう。そして、その言葉を受け取った百合香を思うと、撫子は堪らず泣きそうになった。

忘れてほしい。そうして、幸せになってほしい、と彼は伝えたかった。彼女が幸せになれると信じたからこそ、痛みを堪えて告げた願いだった。

「忘れたら、百合香さんが幸せになれると思ったからだよ。だから、間違えないで。忘れることにこだわったんじゃない。あなたの幸せに、彼はこだわったの」

二人が過ごした日々は不幸ではなかった。互いを大事に想うからこそ、少しだけ遠回りをしてしまっただけだ。

「忘れたくないの。悲しくて苦しくても、あの幸せだった日々までは手放せなかった」

はらはらと涙を流しながら、百合香は吐露する。

忘れなくても良い。過去があるからこそ未来に繋がっていくものがある。たとえ同じ幸福に帰ることはできなくとも、その日々があったからこそ、今を歩いていける。

「ずっと、憶えていよう。それがきっと本当の願いだから」

瞬間、薔薇園が輝いた。弾ける光は渦巻いて、やがて鬼火のような青い光となり、薔薇園に降りそそいだ。

溢れる光のなかに、その人は立っていた。彼は泣いている百合香に笑いかける。

百合香の唇が、そっと誰かの名を呼ぶ。

触れたものの記憶を忘却し、欠落させる薔薇園。

そこに憑いた妖精の願いは、忘れてほしいではなかった。科学に追いやられて、現実から遠ざけられてしまった妖精たちにとって、忘却は望みではない。

アンダー・ザ・ローズ。薔薇の下には秘密が眠っている。忘れてほしいという嘘の下に隠されていた秘密は、真逆のことだった。

――わたしを憶えていてほしい。

それがきっと、この妖精の未練であり、百合香の夫の願いでもあったのだ。

△▼　▲▽　△▼　▲▽

平日の夕方となれば、国道はだいぶ混雑していた。

「送るの、燕三条駅で良いの？　新潟空港まで送っても良いのに」

ハンドルをしっかりと握りながら、撫子は助手席に声をかける。

「羽田《はねだ》空港から乗る予定だから、燕三条駅から新幹線で東京に出る方が良いのよ。送ってもらってごめんなさい。疲れているでしょう？　いろいろ気を遣ってくれたから」

「大丈夫。百合香さんこそ疲れていない？」

「体力には自信があるの。……それに、蓮之助には悪いけれど、私の暮らす場所はあそこだから。はやく帰りたい気持ちもあるのよ」

「百合香さんの暮らす町、アドニスの墓があるんだよね？」

「ええ。アドニスの生まれ故郷ではないのだけれど、限りなく近い場所だから、墓もあちらにしたの。緑豊かで綺麗なところよ」

「どうして、そこを選んだの？　蓮さんが誤解しちゃうのも分かるよ」

母親が、昔、恋い慕っていた相手の墓がある場所に移住したのだ。亡くなった父親を憐《あわ》れんで、蓮之助が憤《いきどお》ったのも無理はない。

「アドニスの墓があったから移住したわけではないの。あの場所は辻家の故郷なのよ。なっちゃんは、杏平から呪いについて何処まで聞いているかしら」

「ご先祖様が妖精を殺しちゃったから、呪われたって」

百合香は頷いて、そっと歌いはじめる。

「きみは春のまぼろし　むらさきの星　きらきら光る
きみは花のはらから　しろがねの糸　ふわふわ踊る
きみはまっしろの雪　あねもねの海　しとしと沈む
きみは春のまぼろし　ぼくのみた夢　ぼくの亡くしたらくえん」

遠い昔、どこかで聴いたことのある童謡だった。眠れない夜、子守唄のように歌ってくれた人がいた気がする。だが、誰が歌っていたのか思い出すことができない。

「遠い昔のお伽噺《フェアリーテイル》よ。妖精たちが舞い踊る花園に、ある日、王子が迷い込む。美しい妖精に魅せられた王子は、やがて彼女たちを喰《く》らい尽くした」

王子に食べられてしまった、妖精の話。

童謡の歌詞は、花の妖精の美を謳い、彼女たちの最期を暗喩《あんゆ》する。美しい花の妖精は、赤いアネモネ――血の海に沈められて、二度と還らない。

「わたしの先祖が、その王子様？」

「ええ。そして、王子が妖精を食べたのは、三十歳になった日のことだったの。何処かで聞いたことのある話ではないかしら」

朽野花織に遺された妖精の呪いは、三十歳の夜、死んでしまうことだった。

「わたしも花織も、同じ妖精に呪われているの？」

二人の呪いを辿れば、根源は同じなのかもしれない。

「花織はね、自分も他人も、誰のことも大事にできない人だった。風に舞う花みたいにあっちに流れて、こっちに流れて。意思なんてあったものじゃない。求められたら何だってする。お人形と同じね」

「そんな、モノみたいな言い方」

「花織が一番、自分のことをモノみたいにあつかっていたの。……なっちゃんの好きになった男はろくでなしよ。それでも良い？　つらくなったら、私のところに来ても良いの。あなたは今さらと思うかもしれないけれど、弟の忘れ形見には幸せでいてほしい」

「幸せだよ。わたし、ここにいたいの。花織の隣に」

誰も花織を大事にしないなら、撫子が大事にしてあげたい。

「なら、アドニスの遺言を教えるわ。――桂花の下に、はじまりの記憶を埋めた」

まるで理解できない言葉だった。されど、自《みずか》らの呪いを解こうとし、妖精憑きのコレクターとなった男の遺言だ。

そこには必ず、呪いを解くためのヒントが隠されている。

「意地悪をしたお詫《わ》びに、良いこと教えてあげる。花織はね、杏平に頼まれたから、なっちゃんと結婚したわけじゃないの。あなたを迎えることが、ずっと彼の望みだった」

「そんなこと、花織は」

「お願い、花織を呪いから解放してあげて」

△▼　▲▽　△▼　▲▽

辻家の座敷で、撫子は大きく背伸びをした。

「なんだか夢みたいだったね、いろいろ。鬼火みたいなのも見かけなくなったし」

妖精憑きの薔薇園は普通の庭に戻り、辻家でちらほら見かけた鬼火も消えた。百合香の夫と思《おぼ》しき男の姿も、あれ以来、何処にもなかった。

「撫子にも見えていたのですね。あれは記憶のかけらですよ。薔薇園の妖精は、記憶を忘れさせましたけれど、なかったことにしたわけではない。ただ抱え込んでいただけで」

「じゃあ、あれは百合香さんの記憶だったのかな」

池のほとりで絵を描く男も、微笑みながら蓮之助を抱いた人も、すべては百合香が憶えていたかった夫との思い出なのかもしれない。

「あるいは、辻という苗字が引き起こした奇跡だったのかもしれません。辻という名は、妖精とも縁が深いのですよ」

「辻って、十字路のことだよね。何か関係あるの？」

「古くは、十字路には妖精や霊魂が集まっていました。また、古代ギリシアでは、女神ヘカテー、黄泉の国の魔女を十字路に祀《まつ》っていた。鬼火はイグニス・ファテュウス、墓所に現れる洗礼を受けなかった子どもの霊だとも言います。百合香さんの夫は子どもではありませんけれど、霊魂がさまよっていてもおかしくないでしょう？」

撫子は苦笑した。どちらでも良かった。百合香の記憶であっても、死んだ男の魂のかけらであったとしても、優しい記憶を胸に百合香が歩いてゆけるならば。

きっと、蓮之助との確執をなくすきっかけにもなるだろう。時間がかかったとしても、いつか母と息子、二人で故人の記憶を語り合えると良い。

台所で食器を洗っている蓮之助を見て、撫子は声をあげる。この前まで毛先が明るくなっていた彼の髪は、きっちりと黒に染められていた。

「蓮さん、黒染めしたんだね。やっと美容院行けたのかな？　良いなあ、黒髪」

思わず零すと、縁側で図面を広げていた花織がじっとこちらを見る。

「君の髪の方が綺麗だと思いますよ。僕は好きです、青空みたいで」

「ぜんぜん、青くないけど」

撫子は自らの髪を指に巻きつけた。何処からどう見ても灰色だった。

「新潟の空は、いつもくすんでいるんです。こっちの人が言う青空は、君が想像するよりずっと青くありません。でも、優しい空の色だと思いませんか？」

「慰めてくれるの？」

「僕は本当のことを言っただけですよ。正直者なので」

「嘘つき」

　春、撫子を騙していた人の台詞ではなかった。花織は嘘ばかりだ。彼の真実は、捕まえた途端にすり抜けていくようで、いつも自信を失《な》くしてしまう。

「なっちゃん、母さんからプレゼント」

　台所から戻ってきた蓮之助は、撫子に小包を投げてきた。開いてみると、出てきたのは膝丈の白いドレスだった。ふんわりと裾《すそ》が広がっていて、袖《そで》口や胸元には繊細なレース飾りや刺繡がある。

「可愛い！」

「なっちゃんたち、結婚式をあげたわけでもないし、これからも予定はないだろ。母さん気にしていたみたいだな、花嫁姿くらい見たかったって。写真の一枚でも送ったら、満足するんじゃねえの」

「か、花織！」

　花織は困ったように眉を下げた。

「結婚写真なんて撮っても、意味ないと思います。花嫁姿が見たいなら、撫子の写真だけにしましょうよ」

「お前のためじゃなくて、なっちゃんのための写真だから良いんだよ。花織、着替えてこい。タキシードなんて無理は言わねえから、それなりの格好しろよ」

「……着替えてきます」

花織は立ちあがって、桂花館へと戻っていく。

「花織、嫌がっているかな？　大丈夫？」

「嫌がってはないだろ。あれでいて、なっちゃんのこと大好きだから」

「ほんとう？」

「嘘つかねえよ、こんなことで。昔からそうだった」

十年ほど前、まだ九歳だったとき、撫子は辻家に滞在したことがある。夏薔薇の咲く季節のことだった。

あのときのことは憶えていない。だが、撫子は花織に逢っているはずだ。

一度も本人に確かめたことはない。だが、あの白薔薇の庭で出逢った人、撫子に魔法をかけてくれた人は、きっと――。

「ほら、なっちゃんも着替えてこい」

着替えて座敷に戻ると、ダークグレーのスーツを纏った花織がいた。彼は撫子に向かって、そっと手を伸ばす。

「花嫁にはヴェールが必要でしょう？」

撫子は頭に触れる。薄い紗のようなものが、ヴェールのようにかけられていた。

「必要なのは花織じゃない？」

呪いを解く王子の役目は、撫子のものだ。

「たまには格好つけさせてください。僕だって、君の王子になりたいときがあるんです」

ヴェール越しに、額に口づけられた。頬を赤くした撫子は、花織の胸を叩く。

「いちゃつくなら家に帰れ。庭に出ろ、庭に」

「独り者のひがみは見苦しいですよ。撫子、お手をどうぞ」

苔《こけ》むす庭に白いドレスの少女と美しい男。後ろには、借景となる粟ヶ岳がそびえる。

蓮之助のスマートフォンで、シャッターが切られる。撫子は勇気を出して、花織の腕に抱きついた。


桂花館の夜は長い。花織に合わせて、広間には遅くまで明かりが灯《とも》るのだ。

夜半の暑さにうなだれていた撫子の頬に、冷たいグラスが押しあてられる。花織からグラスを受け取って、撫子は口元を綻《ほころ》ばせた。

「あげます」

「梅の香りがする」

「頃合いだったので、梅シロップをソーダで割ってみました。前にも言いましたけれど、梅酒も漬けましたから、秋が終わったら飲んで良いですよ」

この秋、撫子は二十歳を迎えて、飲酒を許される年齢になる。その日は、花織が三十歳になる日でもあった。

「大人になったら飲めるもんね、花織と一緒に」

「……君は、当たり前のように僕の呪いが解けると信じるのですね。秋を終えてからも、ずっと隣にいる、と」

「わたしだけじゃないよ、みんなが花織の呪いが解けるのを願っている。百合香さんにも、頼まれたよ」

百合香の名に、花織は目を伏せた。

「彼女が、薔薇園と向き合うとは思いませんでした。君のおかげでしょうかね」

「ううん。百合香さんが、勇気を出してくれたからだよ」

「でも、その勇気は君に貰ったものです。君の言葉に彼女は救われました。……忘れなくても良いなんて、僕は言えませんでした。苦しくて堪らないなら、忘れてしまった方が楽でしょう？　抱えて生きていくことがつらいなら、手放してしまった方が良い」

忘れることで彼女の人生が楽になるならば、間違っていない。そう判断して、薔薇園の呪いを解かずにいたのは、実に花織らしい考えだった。

けれども、撫子は思うのだ。

「でも、哀しいばかりの思い出なんてないよ。どんなに哀しい別れでも、その前には優しい思い出がたくさんあるから。苦しいけれど、それはその人を愛した証だから」

亡くなった父を想うとき、撫子は哀しみと一緒に、優しい記憶を抱きしめる。別れがつらく苦しいものであったのは、ともに過ごした日々が幸せだった証でもある。

「撫子は、綺麗なことばかり言いますね」

花織の指が、そっと撫子の髪を梳《す》いた。橙《だいだい》色のオイルランプに照らされた灰色の髪は、血に濡れたようにまばらに赤く染まっていた。一瞬だけ、それが花織の髪色と重なって、撫子は奇妙な不安を覚えた。

花織の髪は、褪《あ》せた赤をしている。ともすれば白髪にも見えかねないその赤毛は、血の色に似ているのかもしれない。溢れ出したばかりの鮮血ではない。染み込んで、何年、何十年と経って淡くなった命の色だ。

「君を見ていると、遠い昔の何かを思い出しそうになるんです。忘れてしまったはずのものがよみがえって、また痛みが戻ってきてしまう」

無理に唇をつり上げて、花織は笑っていた。不格好な笑顔の奥には、撫子の立ち入れない哀しみが秘められている。

痛みが戻ってくる過去とは何なのか。

彼はどのような人生を送り、この庭を終の棲家としたのか。その道程は明るいものではなく、むしろ撫子には想像もつかない、つらいものだったのではないか。

苦しいから忘れてしまったはずの思い出が、今もなお傷となって彼を苛《さいな》んでいる。

――花織は、庭を造ることは、楽園を造ることだと教えてくれた。

白薔薇の下で、花織は身を守るように眠っていた。自らの庭ですら安らぐことのできない彼に、本当の安息を、安らかなる場所を造ってあげたい。

撫子が造りたいのは、花織のための楽園だった。

金木犀は
秋に
実らない

桂花館《けいかかん》の広間にあるオルガンは古びて、誰にも弾かれることはない。それは春に撫子《なでしこ》が新潟を訪れてから、ずっと変わらないことだった。

オルガンの前に男が座っていた。橙《だいだい》色のオイルランプが照らすのは、ともすれば白髪にも見える淡い赤毛だ。

「眠れないのか？」

広間を覗《のぞ》き込んでいた撫子は、彼のもとに駆け寄った。スリッパに包まれた足は、十九歳の撫子よりもずっと小さい。

おそらく、これは忘れてしまった十年前の記憶なのだろう。

彼は白薔薇《ばら》の庭で出逢《であ》った人であり、撫子に魔法の手袋を与えてくれた男だ。撫子はその背中をよく知っていた。

「眠れないの。また、お話ししてくれる？　妖精さんのこと」

「なら、今日は妖精の花嫁の話をしよう」

「花嫁さん？」

「人の男に恋をした妖精の物語は少なくない。アイルランドの英雄オシーンは、白馬に乗った妖精の女王によって、妖精の国に連れ去られてしまう。海の妖精メローは、人間の男に恋をして妻になることもあった。古今東西で語られるように、妖精は人に恋をすることがあった。そういう一面も持っていた」

「一緒にいられるの？　違っても」

撫子は両手を掲げる。手袋の下には、他の人間とは違う赤い手があった。植物を枯らす呪われた手があったとしても、撫子は誰かと生きることができるだろうか。

「もうひとつ、話をしようか。美しい花園にいた妖精の女のことを。ある日、妖精はひとりの少年に恋をする。何処《どこ》かの国の王族だった。あまりにも彼が綺麗《きれい》だったから、妖精は自分のものにすることにした」

「さらっちゃったの？」

「ああ。攫《さら》われた王子はひどく抵抗したが、やがて妖精の女に恋をする。花園で二人は愛し合い、王子は少年から男となる。隣に変わらぬ姿の妖精を置きながら」

花園で暮らす、美しい王子と美しい妖精。まるでお伽噺《とぎばなし》のようだ。

「めでたし、めでたし？」

お伽噺は幸福な結末と決まっている。いばら姫の呪いが王子のキスで解けるように。

「……もう眠った方が良い。夜は妖精の時間だ、攫われたら嫌だろう？」

「王子様みたいに？」

「そう、王子のように。彼はお前の先祖だから、お前だって悪い妖精に攫われてしまう」

彼は大きな掌《てのひら》で、撫子の頭を撫《な》でた。今よりも乱暴で素っ気ない話し方だが、頭を撫でるときの手つきは変わらない。

花織《かおる》が明言したことはない。だが、この男は十年前の花織なのだろう。

彼は鍵盤に指を滑らせる。懐かしい子守唄を耳にしたとき、おぼろげになっていた記憶が鮮やかによみがえる。

「きみは春のまぼろし　むらさきの星　きらきら光る
きみは花のはらから　しろがねの糸　ふわふわ踊る
きみはまっしろの雪　あねもねの海　しとしと沈む
きみは春のまぼろし　ぼくのみた夢　ぼくの亡くしたらくえん」

ふと、冷たい滴《しずく》が雨のように落ちてきた。彼はただ静かに泣いていた。

あいかわらず、その顔は霞《かすみ》がかり、はっきりしない。泣いている顔を想像することもできなかった。撫子は、一度たりとも花織の泣き顔を見たことがないのだ。

「哀《かな》しいの？」

彼の涙を拭《ぬぐ》ってあげたくて、撫子は手を伸ばす。

哀しみも苦しみも、どうか独りで抱えないでほしい。一緒に背負わせてほしかった。そうしたら、彼は撫子と一緒に生きようとしてくれるだろうか。

△▼　▲▽　△▼　▲▽

昼寝から目を覚ましたとき、室内は真っ暗だった。

うたた寝のつもりが、ずいぶん深い眠りに落ちていたらしい。枕元のスマートフォンを摑《つか》んで、撫子は青ざめる。時刻はすでに夜の十時をまわっていた。

「うそ」

撫子は客間のベッドから飛び降りた。夕方から花織と庭仕事をする予定だった。約束していた時刻はとうに過ぎている。

「花織！」

庭園に出ると、花織は園路《えんろ》のベンチで夜空を眺めていた。

「ああ。遅かったですね」

「ごめん！　もう、ぜんぶ終わっちゃった？」

花織は庭を指差した。桂花館から洩《も》れる明かりが、館のすぐ傍《そば》にある土地を照らしている。昨日までは平らだったが、いまは掘り返した形跡があった。

「か、花織……。ごめんね、本当に」

「髪の毛、鳥の巣みたいになっていますよ。昼寝でもしていましたか？　たまの寝坊くらいでは怒りませんよ」

「でも！　刺繡花壇《パルテール》造るの、楽しみだったから」

桂花館の庭には、花織が遊ばせていた一角があった。その四畳ほどの土地を、彼は好きにして良いですよ、と撫子に与えてくれた。

彼が大事にしている庭の一角を任せられて、撫子は飛びあがるほど嬉《うれ》しかった。

花織と相談して、小さな刺繡花壇《パルテール》を造ることにした。幾何学《きかがく》模様の図面も、彼に質問しながら撫子が描いたものだった。

春になったら花々が咲いて、美しい模様を描く花壇となるよう、今日は球根の植え込みをする予定だったのだ。

「植えるだけならば、僕ひとりでも良いと思ったのですが。かえって、悪いことをしましたか？　君の気持ちを想像できませんでした」

「ううん、悪いのはわたしだから」

「起きられなかったのは、悪い夢のせいでしょうか？　涙の痕《あと》がありますよ」

撫子の目元にハンカチがあてられる。鼻先をかすめたのは、甘い花の香りだ。

「金木犀《きんもくせい》の匂いがする」

「門前の金木犀たち、咲きはじめましたから。干しているとき匂いが移ったのかもしれませんね。……金木犀の香りは、心を穏やかにするそうです。夢見が悪かったのなら、門まで散歩はいかがですか？」

果たして、あれは悪い夢だったのだろうか。

広間でオルガンを弾く花織と、彼に懐いた撫子。十年前、撫子が新潟に滞在していたときの記憶なのだろう。忘れていた過去を、今になって夢に見るとは思わなかった。

「悪い夢ではなかったけど、金木犀は見に行きたいな。寝坊したのも、急に寒くなったからかも。身体《からだ》が疲れて起きられなかったんだと思う」

　暦の上では、十月一日になる。先週までは夏の蒸し暑さが残っていたが、ここ数日は朝晩とても冷えるようになった。

　まるで秋を通り越して、一気に冬への階段を駆け下りるかのようだった。

「新潟の秋は、気づいたら季節が変わっているようなものですからね。この土地は夏と冬が長いのですよ、体感的に。特に、冬は晴れの日も少なくなりますから、いっそう長く厳しく感じられます」

「やっぱり、冬になると雪が多いの？　雪なんて滅多に見たことないな」

　東京では、さほど雪が降ることはない。一時的な降雪で交通網が麻痺《まひ》することはあるが、降ったところですぐに融《と》けてしまう。

「加茂《かも》市は真ん中くらいですね、県内では。湯沢《ゆざわ》や津南《つなん》あたりの豪雪地帯に比べたら、まだ暮らしやすい。とはいえ、降るには降りますから、庭の冬囲《ふゆがこ》いは必要です」

「そっか。雪の重みで潰《つぶ》れちゃうんだ」

　東京で育った撫子には、冬囲いという言葉自体、馴染《なじ》みがなかった。雪の重みから植木を守るために、竹などで囲ったり吊《つ》るしたりするのは、降雪地帯ならではの習慣だ。

ないようにしますから」

「辻《つじ》家の冬囲いは業者に頼みましたし、桂花館の方もご心配なく。君には苦労をかけないようにしますから」

僕がいなくなったあとも、と続くような台詞《せりふ》だった。

この頃、花織は終わりを匂わせることが多くなった。自分の死後について、何気ない遣《や》り取りに滲《にじ》ませる。

思えば、撫子の父も同じだった。

昨年の今頃、余命を告げられた父は、死後の準備をはじめた。撫子が余計な苦労をしないよう、様々なものを背負って死んでいった。花織もまた、三十歳で死ぬ呪いを知ったときから、最期《さいご》に備えてきたのだろう。

だが、花織が自分の死後について話す度、胸が引き裂かれそうだった。

「良い香り」

桂花館の門前に立つと、全身が甘い芳香に包まれる。

オレンジ色の花弁が風に舞って、足下にひらりひらり落ちてきた。薬指の一関節ほどもない、小さく細やかで、されど鮮やかな花弁である。

門から塀に沿って植えられた金木犀は、咲きはじめた個体もあるが、まだ花もつけていない木が多い。いずれは咲き誇るのだろうが、花の盛りには遠かった。

満開になったあかつきには、桂花館という名の由来がよく分かるのだろう。

「この金木犀だけ、すごく大きいね」

　立ち並ぶ金木犀は、背が低く、丸く刈っていることもあって、可愛《かわい》らしい印象を受ける。だが、一本だけ樹齢を重ねて、貫禄のある樹があった。

「この子は親です。撫子は東京に住んでいましたよね。東京都の木を知っていますか」

「どうしたの？　突然。イチョウだよね、たしか」

「ある意味、金木犀はイチョウの仲間です」

　金木犀もイチョウも秋こそ主役のイメージだが、共通点と言われると、すぐには出てこない。撫子はしばらく悩んでから、ようやく答えを出した。

「雌雄異株《しゆういしゆ》だから？　もしかして」

　種子植物には、雄しべと雌しべが同じ花のなかに共存せず、それぞれ雌花、雄花と分かれたものがある。そして、雌花しか持たない個体、雄花しか持たない個体という風に、雌花と雄花が別々の個体につくものを雌雄異株と呼ぶのだ。

　代表的な植物は、イチョウやソテツである。金木犀がそうであることを知ったのは、撫子もつい最近のことだった。

「正解です」

「ちっちゃい頃、不思議だったの。どうして、金木犀には実がならないんだろうって」

「日本にいるのは雄の木ばかりなので、結実はしませんよ。銀杏《ぎんなん》を見たことがある人はいても、金木犀の実を見たという話は聞かないでしょう?」

「たしかに。なら、この金木犀が桂花館のはじまりなんだね。周りにいる子たちは、みんなこの木から分かれた子ども」

結実しないならば、親となった木の枝葉を使って、新しい個体を増やした。要は挿し木だ。子どもというより、正確にはクローンのようなものである。

「アドニスに、ここまで増やすつもりがあったのかは分かりませんけれどね。桂花館なんて名前をつけたのも、ずいぶんあとのことでしたから」

金木犀に触れながら、花織は苦笑する。

その横顔を見ていると、撫子は不思議な気持ちになる。外見だけならば、花織を日本人と思う人はいない。髪や肌の色、彫りの深い顔立ちは、西洋の血を感じさせた。

それもそのはずで、花織の父親はアドニスという。名前のとおりの異国人だった。

桂花館の前の主《あるじ》にして、妖精憑《ようせいつ》きのコレクターだった男。花織が嫌っている人だ。写真ひとつ残っていないのも、おそらく花織が処分したからなのだろう。

「どうして、金木犀なのかな。アドニスの故郷の花じゃないのに」

金木犀の原産は中国だ。アドニスにとって馴染みのある花ではなかったはずだ。

――桂花の下に、はじまりの記憶を埋めた。

百合香《ゆりか》から教えてもらったアドニスの遺言が、ふと脳裏を過《よぎ》った。

「似ているからでしょうね、アドニスと」

「金木犀が？」

アドニスの血筋は妖精憑きである。彼は妖精の呪いを解くことができず、三十歳で此《こ》の世を去った。似ているとは、どういう意味だろうか。

「分からなくても良いですよ、あんな男のこと。百合香さんから聞いていませんか？　女癖が悪くて、自堕落《じだらく》で、放蕩《ほうとう》者のろくでなしだった、と。綺麗なのは顔だけでした」

撫子は頬《ほお》をひきつらせた。

「そこまでは百合香さんも言ってなかったよ。……ええと、せっかくだから、百合香さんに写真送ろうかな。あっちの方だと、金木犀は咲かないんだよね？」

「百合香さんの住んでいる町には植えられていません。少なくとも、アドニスの墓をつくりに行ったときはありませんでした」

「向こうで咲かないなら、懐かしいと思うの。喜んでくれると良いな」

撫子は口元を綻《ほころ》ばせた。夏に会って以来、海外で暮らしている伯母とは、メールやネット電話で交流を続けている。

「ずいぶん百合香さんに懐いたのですね。君は物怖《ものお》じしないというか、何も考えていないというか。辻家は、杏平《きょうへい》を勘当したんですよ。思うところはないんですか？」

「勘当のことについては、正直あんまり気にしていないの。たぶん、杏平くんがひどいことしたんだと思うから」

父は気の良い人だったが、善人と言われると頷《うなず》けない部分もあった。撫子にとって良き父であっても、他人にとっても同じとは限らない。

「後腐れのない子ですね、本当」

撫子は返事に困った。褒められているようで、貶《おとし》められているようでもあった。

「だって、怒っても良いことないから。もっと楽しくて、幸せなことをしていたいの。仲直りしないままより、仲良くしていたいよ」

昔から、怒りが持続しない性質《たち》だった。杏平と喧嘩《けんか》しても、数時間後には機嫌を直しているので、よく呆《あき》れられたものだ。

花織は溜息《ためいき》をついて、乱暴に撫子の髪をかき混ぜた。

「怒りも、恨みも憎しみも。君のように割り切れる子ばかりではない。どうして君みたいな子が、僕の奥さんなんでしょう？　もっと君にふさわしい人がいるはずなのに」

撫子は唇を尖《とが》らせた。いつだって、彼は撫子を遠ざける。撫子が彼に触れようとする度、伸ばした手は空を切った。

「そういうの嫌い。花織の勝手な想像を押しつけないでよ」

「なら、君はどんな人が良いのですか？」

花織、と伝えたかった。しかし、口にした途端、はぐらかされるだろう。

「花を愛してくれる人が良いの。意地悪だけど本当は優しくて、わたしに大切なことを教えてくれる。寂しいのに寂しいって言えない人だから、大事にしてあげたい」

花織の傍にいると、彼のことを抱きしめてあげたくなる。

彼は自分を大切にしない。誰に何をされても何とも思わない、と寂しいことを言いながら、決してその寂しさを認めない。

「趣味が悪いですね」

花織は吐き捨てた。撫子からの好意は、受け取るつもりもないらしい。

「そういう花織は、どんな人が良かったの？」

「泣き顔の可愛い子。僕の初恋でした」

胸のうちに靄《もや》が広がっていく。花織に想われる初恋の人が羨《うらや》ましかった。

夏、蓮之助《れんのすけ》は教えてくれた。花織は自分以外の人間を、別の生き物だと認識している。だから、あらゆる欲求を抱かない。誰かの心を求めず、誰かの温もりも望まない。

花織にとって、初恋の女の子だけが特別なのだ。

これ以上、その子について聞きたくなかった。春には感じることのなかった嫉妬《しっと》が、心の奥底でくすぶっている。

「撫子？」

名を呼ばれた、その瞬間のことだった。

吹き抜けたのは、強いつむじ風だ。砂埃《すなぼこり》が舞って、撫子は目を閉じる。

瞼《まぶた》の裏で光が弾《はじ》けた。太陽の光ではない。夜空に瞬《またた》く星のような輝きだった。

噎《む》せかえるほどの甘い香りがする。さきほどまで感じていた金木犀の匂いではなく、種々の花々が混ざり合ったような、馥郁《ふくいく》たる花の香《か》だ。

瞼を開けば、そこはもう桂花館の門ではなかった。

色鮮やかな花々が咲き誇る、果て無き花園である。

立ち尽くすは、灰色の髪をした少年だった。

彼の手を握るのは、此の世のものとは思えぬほど美しい女性だ。煌《きら》めく白金の髪、足元に広がる花弁のようなドレス、人ならざる者の証《あかし》である翅《はね》。染みひとつない肌をした彼女は、少年をきつく抱きしめた。

彼女は笑っていた。欲しくて堪《たま》らなかったおもちゃを手に入れた、子どものように。

女性の腕のなかで少年がもがく。顔は恐怖で青ざめて、瞳には涙が滲んでいる。

絶叫が撫子の耳をつんざく。帰して、という少年の叫びが大地を揺らす。絶望を閉じ込めた慟哭《どうこく》に、足もとが崩れていくようだった。

「撫子！」

肩を揺さぶられて、撫子は我に返った。花織が安心したように息をつく。

だが、こちらを心配してくれる夫より、いまの撫子には気がかりなことがあった。

美しい花園に響いた悲鳴は、足もとから響いて、撫子に助けを求めているかのようだった。撫子は屈《かが》みこんで、桂花館のはじまりとなった金木犀の根元に触れた。

「スコップ貸して」

花織の腰には、庭仕事のための道具を収めたウエストポーチがある。撫子は小さなスコップを受け取って、金木犀の根元に突き立てた。

花織は何も言わなかった。黙って、土を掘り返す撫子を見ている。

やがて、土中から一冊の本が現れる。土に埋まっていながら、一切汚れていない。まるで時を止めたかのように、その本は綺麗な状態を保っていた。

ただ、装丁や紙の質から、相当古いものに感じられた。開いてみると、最初の一ページにだけ異国の文字が綴《つづ》られており、あとは白紙である。

――桂花の下に、はじまりの記憶を埋めた。

撫子の頭を過ったのは、アドニスの遺言だった。

△▼　▲▽　△▼　▲▽

朽野《くだらの》花織。緑を愛する撫子の夫は、庭を設計する造園家としての顔のほか、もうひとつオカルト染みた職を持つ。

彼は妖精憑き――妖精に呪われたモノにまつわる厄介事を解決する。

実際、撫子が押しかけるように同居してからも、彼のもとには依頼が舞い込んでいた。彼は苦労することもなく妖精の呪いを解いて、依頼主の希望どおりの結果を出した。

花織は、庭と妖精のことは間違えない。だが、そんな彼をしても、自身にかけられた呪いを解くことができずにいる。

花織は妖精憑きだ。十月三十一日、三十歳になった日の夜、彼は死ぬ。

「もう、時間がないのに」

花織を呪っている妖精を知るために、あちこちに車を走らせて、民話や伝承を調べた。だが、雲を摑むような話で、時間ばかり過ぎていく。

唯一、まともな手がかりとなったのは、花織の父親であり妖精憑きのコレクターでもあったアドニスの遺言だ。

「桂花の下に、はじまりの記憶を埋めた」

撫子の眼前には、街灯に照らされた金木犀がある。

この金木犀の根元に埋まっていた本こそ、アドニスの語ったはじまりの記憶なのだろう。

撫子に幻を見せた本は、間違いなく妖精憑きだった。

帰して、という少年の悲鳴が木霊《こだま》する。あの場面と重なるお伽噺を知っていた。

妖精の国に攫われた王子――撫子の先祖の物語だと、十年前、教えてもらった。

撫子は首を横に振って、桂花館の郵便受けを開いた。

珍しく、今日は中身が入っていた。見覚えのある封筒は、春、夏と届いたものと同じだ。封を切れば、カミソリの刃と、朽野花織と離婚しろというメッセージカード。

「ぜったい、離婚なんてしないから」

撫子はメッセージカードを破る。くだらない脅迫状に構っている暇はなかった。

「おい、こんな遅い時間に何やってるかと思えば。どんな手紙が入っていたのか知らねえけど、破くなら帰ってからにしろ。ゴミが飛ぶ」

「蓮さん？　珍しいね。眼鏡じゃないなんて」

辻家の軒《のき》先に立った蓮之助は、知らない人のようだった。細いシルバーフレームの眼鏡がないと、ずいぶん印象が違う。

「昼寝していたら、寝ぼけて眼鏡割ったんだよ。客が来る予定だったから、とりあえず見えるようにってコンタクト入れた。大学のときのが残っていて助かった」

「なんだか、目つきが悪く見えるね」

眼鏡をかけているときは気にならなかったが、蓮之助の顔立ちには甘さがない。顔の造作が整っている分、なおさら目つきの鋭さが悪目立ちしていた。

「さっそく悪口かよ。ま、客が客だったから、眼鏡の方が印象は良かったのかもな」

「保護者さんでも来ていたの？」

蓮之助は学習塾と習字教室を営んでいる。夕方になると子どもたちが集まってくる光景が、撫子は嫌いではなかった。

「いや、小学校の教師。俺のとこも、子どもを預かっているからな。あんまり遅い時間に授業をしないでほしいっていう、お願いだ、お願い」

「最近、日が暮れるの早くなってきたもんね」

「あー、日が短くなったのもあるけど。夏に出ていた不審者、憶《おぼ》えているか？　また現れるようになったらしい」

「ニュースになっていたやつ？　女の子に声をかけて、追いかけまわしていたって。まだ捕まっていなかったの。犯人も暇なんだね」

夏の頃、加茂市の周辺地域では不審者が出没していた。早々に捕まったものと考えていたのだが、鳴りを潜めていただけらしい。

「まったく怖がらないんだな。肝が据《す》わっているというか、図太いというか。そういうところ、杏平とそっくりで嫌い。なっちゃんが本当に怖いことってあるのか？」

「花織が死んじゃうこと」

即答すれば、蓮之助は苦虫を噛《か》み潰したような顔になる。

「死なせてやれよ」

「蓮さんは、それでも良いの？」

「良くない。でも、あいつの望みが穏やかな死なら、叶《かな》えてやりたいとも思っている。花織とは長い付き合いだから、心の整理もついている。……杏平が新潟に戻らなかった時点で、こうなるのは分かっていたんだよ」

撫子の父——辻杏平は、花織の親友だった。しかし、彼らは二十年近く前に絶縁し、杏平が死ぬまで仲直りすることはなかった。

「蓮さんは、杏平くんのこと嫌いだよね」

「大嫌いだよ、あんな男。あいつは花織を裏切ったから」

「ずっと気になっていたの。裏切ったって、どういうこと？」

二十年近く交流がなかったことは分かる。だが、死の間際にも気にかけて、心残りに思うほど、杏平は花織に情を残していた。勝手に結婚させるという非常識な手段ではあったが、撫子に花織を託して死んでいった。

「なっちゃんを選んだこと。それが裏切りだよ」

「わたし？」

蓮之助は肩を竦《すく》めた。それ以上を語るつもりはないらしい。

「今から出かけるつもりなら、さっさと済ませてこい。夜の運転は苦手だろ？」

「……買い物は、行かなくちゃだけど」

もともと、郵便受けを確認したあと、比較的遅くまで営業しているドラッグストアに行くつもりだった。ちょうどラップやティッシュ等の日用品が切れたのだ。

また、遅い時間ではあるものの、杏平の墓にも寄ろうと考えていた。杏平を嫌っている蓮之助の前では、口が裂けても言えないが。

「気をつけろよ。この頃、加茂市では幽霊が出るらしいから」

去り際に、ずいぶん物騒な忠告だった。


夜の寺は静かで、木々のざわめきだけが聞こえる。住職に遅い訪問を詫《わ》びてから、懐中電灯を片手に、辻家の墓まで登った。

墓前で手を合わせて、この半年を振り返る。

父が亡くなり、花織と暮らすようになってから、それだけの時間が流れたのだ。たった半年とは思えなかった。花織と出逢ってからの日々は、撫子にとってかけがえのないものであり、父と暮らした十九年と同じくらい大切なものだった。

このまま花織が死んでしまったら、二度と立ち直ることはできないだろう。死にゆく父を見送ったときと同じように、花織を見送ることはできない。

「杏平くん」

死後の世界など知らない。花織は妖精の国に渡るようなものと言ったが、ここではない別の世界など想像もできなかった。だが、もし妖精の国——死後の世界に杏平がいるならば、どうか花織を拒んで、追い返してほしい。

撫子は背負っていたリュックから本を取り出す。金木犀の下に埋められていたこの本は、撫子に夢のような景色を見せた。

花園に攫われた少年と、美しい妖精の女。

あれが、すべてのはじまり。植物を枯らす撫子の指、三十歳で死ぬ花織の呪い、すべてはあの出来事からはじまったのだろう。

本を開けば、瞼の裏で星明かりが弾ける。撫子の視界は歪《ゆが》んで、やがて幻想的な風景を映し出した。

そこは美しい花園だった。夜と星々の光に満ちた妖精の国には、尽きることのない果実があり、いたるところで妖精たちが舞い踊っていた。

花園の外れ、たわわに赤い実をつけた果樹の下で、少年が膝《ひざ》を抱えていた。

妖精に攫われた頃より成長しており、美貌《びぼう》にも磨きがかかっていた。しかし、瞳は濁《にご》って、血の気の失《う》せた顔をしている。

愉《たの》しげな音楽、せせらぎのような妖精たちの歌声を拒むように、彼は耳を塞ぐ。帰りたい場所、会いたい人たちの名を、頭のなかで繰り返しているのかもしれない。

少年の頭上に影が落ちる。花弁のようなドレスを纏《まと》った女が、彼の前に跪《ひざまず》いた。

彼は目を見開いて、頭を振り乱す。消えろ、消えろ、と拒む声が、直接、撫子の頭に響くようだった。

妖精は耳を塞ぐ少年の手に、自《みずか》らのそれを重ねた。そのまま自分より小さな彼を抱きしめると、優しい声で歌いだす。

どれほどの時間が流れただろうか。少年の頬に涙が伝う。彼はすがりつくように、妖精の肩に額《ひたい》を押しつける。

その泣き声を最後に、場面は途切れてしまった。

すべてが夢のように消えて、撫子の前には辻家の墓があった。

「文字、が」

白紙だったページに新たな文字が刻まれていた。撫子には読むことができない文字だったが、何が書かれているのかは明白だ。

さきほどの場面――攫われた妖精の国で泣いた少年と、彼を抱く妖精。

撫子には分かる。撫子の先祖だった王子は、妖精を憎みながらも拒み切れずにいた。優しく抱きしめられて、自分の心が分からなくなった。

自分を攫った妖精を赦《ゆる》せない。だが、妖精の好意を知り、どうしようもなくなった。

星明かりに照らされた花園には、尽きることのない果実と美しい歌声があった。妖精の国には、苦しみも哀しみも必要ない。

傷つき、苦しんでいた少年も、やがてはあの世界を受け入れるのだ。

妖精の国は悪い場所ではない、と花織は言う。死は恐ろしいものではない。それが妖精の国に渡るようなものならば、待ち受けているのは楽園でもある。

「でも。わたしは、ここで幸せになりたいんだよ。花織と一緒に」

苦しみも哀しみもある。遣る瀬無いことも溢《あふ》れている。しかし、ここではない何処かではなく、此の世で花織と幸せになりたい。

墓参りを終えて、ドラッグストアに寄る。桂花館に戻る頃には夜も更《ふ》けていた。

「花織？　どうしたの、こんな時間に」

門前では、薄手のトレンチコートを着た花織が立っていた。

「君こそ、こんな夜になってから出かけるなんて」

「心配してくれたの？　ごめんね。急いで買いたいものが……」

言いかけて、撫子は小さなくしゃみをした。

「そんな薄着をしているからですよ。お金は渡しているでしょう？　コートの一着くらい買ってください」

ワンピースにカーディガンを羽織っただけの撫子を見て、花織は溜息をつく。

「必要な分は買っているよ。でも、こだわりがあるわけじゃないし、すごく良くしてもらっているから」

「僕は、いちおう君の夫なんですよ。奥さんがみすぼらしい格好をしているのは嫌です。

だから、僕のために綺麗にしてください」

花織は自らのコートを撫子の肩にかけた。

「やっぱり、花織は優しいね」

コートからは甘い香りがした。季節を問わず、彼はいつも花の香《か》を纏っている。

ずっと包まれていたいようで、すぐさま離れてしまいたい矛盾《むじゅん》した気持ちがある。花織と接するほど、日増しにその想いは大きくなっていた。

「僕が優しく見えるなら、それは君が優しいからですよ」

何気ない優しさを向けられる度、胸がいっぱいになる。少しでも撫子のことを気にかけてくれるならば、どれほど嬉しいか。

△▼　▲▽　△▼　▲▽

十月三日。

朝からあいにくの雨だった。この頃は天気が崩れやすく、憂鬱《ゆううつ》な空模様が多い。

撫子は日課のランニングを諦《あきら》めて、朝食の準備のため広間に向かう。

広間には明かりがついていた。花織が仕事をしているのかと思ったが、聞こえたのは話し声だった。

まるで言い争うような激しさだ。慌てて、撫子は広間に飛び込む。テーブル越しに向かい合っていたのは、花織と蓮之助だ。撫子に気づいた途端、彼らは顔を背けて、口論を止《や》めてしまう。

「お、おはよう？　今日は蓮さんも一緒かな。桂花館でご飯食べるの、珍しいね」

蓮之助はテーブルを指で叩いた。苛立《いらだ》ちを隠しきれていない。

「俺は届け物だけして帰るつもりだった。最近、花織はこっちに来ねえし、なっちゃんだって同じだろ。いい加減、取りに来いよ」

テーブルには手紙の束や郵便物があった。宛先《あて》は、すべて有限会社常若《とこわか》の国《くに》だ。花織の会社宛《あ》てのものは、すべて辻家に届くことになっている。

「ごめんね。しばらく取りに行けなくて」

妖精について調べるため、あちこちを車で走りまわっていた撫子は、辻家に行く頻度も減っていた。

「別に隣だから良いけどな。朝飯、食べていって良いのか？　手間になるだろ」

「手間なんかじゃないよ、いつもお世話《にんじん》になっているから。昨日の残りでごめんね」

台所に立った撫子は、ほうれん草と人参の中華風スープ、厚揚げと根菜の煮物を火にかけた。合わせて、ラップに包んでいたキノコの炊き込みご飯を電子レンジに入れる。

一品くらい、おかずを追加した方が良いだろうか。

「卵焼きくらい足しませんか？　昨日とまったく同じはちょっと」

同じことを考えていたのか、花織が冷蔵庫を開いた。卵を取り出した彼は、慣れた様子で計量カップに割り入れる。

「出汁《だし》巻き？」

「出汁巻きより、砂糖で甘くしたいです。ああ、君はオムレツにしますか？　玉ねぎとひき肉をたっぷり入れて。僕は苦手ですけど、君は好きでしょう？」

「……花織が自分から台所に立ってんの、はじめて見た。ぐうたらで何もやらなかったくせに、変われば変わるもんなんだな」

蓮之助が心底驚いたように目を丸くしていた。

「僕、あなたより年上ですからね。一通りのことはできますよ」

「やろうと思えば、だろ？　やる気ねえじゃん、昔から」

「そう？　たまに、ご飯作ってくれるんだよ」

夏を過ぎたあたりから、撫子が食事の支度をしていると、花織が現れるようになった。はじめは見ているだけだったが、次第に盛りつけの手伝い、おかずの一品、最近では一食まるまる作ってくれることもある。

撫子の生活はすべて花織に依存している。養ってもらって、なおかつ造園の勉強までさせてもらっているので、家事はすべて引き受けるつもりだった。食事を作ってもらうのも最初は遠慮していたのだが、言い包《くる》められて今に至る。

「へえ。俺には作ってくれなかったくせに。俺が生まれたときからの付き合いだっていうのに、薄情だよな、本当」

蓮之助は面白くなさそうにつぶやいた。

「いい年して拗《す》ねないでください。あなたの塾に通う子どもではないのだから。忙しさは落ちつきましたか。蓮先生？」

「お前の先生じゃねえ。落ちついたよ、いい加減。夏休みはとっくに終わったし、毎年、秋は余裕があるからな。長めの休みもとった」

「ああ。それでは、旅行でもしてきたのですか？　去年までは、よく東京とかに行っていたでしょう。大学のときの仲間に会うとかで」

蓮之助は頷いた。花織の言うとおり、塾を休んで旅行していたのだろう。

「そうなの？　蓮さん、いつも新潟にいるイメージだったけど」

「今年はなっちゃんがいたから、春も夏も家を空けるのが不安だったんだよ。花織は頼りにならねえしな」

蓮之助はぶっきらぼうに答えた。どうやら撫子のことを心配してくれていたらしい。

「そっか。旅行、ゆっくりできた？　何処に行ったの？」

撫子は土産話をねだった。植物を枯らす呪いのせいで、撫子には旅行の経験がほとんどない。自分が行けない代わりに、人の話を聞くのが好きだった。

「横浜《よこはま》。大和《やまと》の実家、そっちなんだよ。とりあえず中華街とか、赤レンガ倉庫とかランドマークタワー行ってきた。男二人で観光なんてしたくない、なっちゃん連れてきてほしかった、って大和がすげえ文句言ってたけど。そうそう、中華街で土産も買ってきた」

蓮之助はテーブルに小さな酒瓶を載せる。

「桂花陳酒《ちんしゅ》！　杏平くんも飲んでいたことあるよ、金木犀のお酒だよね」

「俺は嫌いだけど、花織は好きそうな味だから買ってきた。そのうち金木犀も満開になるし、ちょうど良いだろ？　夜に花見酒ってことで。柳の下じゃねえが、今なら幽霊に会えるかもしれねえな」

撫子はおかずを大皿に盛りつけて、茶碗《ちゃわん》に取り皿、箸《はし》を配る。湯飲みにほうじ茶を淹《い》れれば、久しぶりの三人での朝食がはじまる。

「こないだも言っていたけど。幽霊って？」

杏平の墓参りに行くとき、蓮之助は幽霊に気をつけろと忠告してきた。

「加茂山に夜な夜な鬼火が出るって話。生徒たちが言ってたんだよ。夏休みの最後に肝試しをしたとき、みんな暗がりで変な光を見たんだと。余所《よそ》からも似たような話を聞いたし、案外、本物の幽霊かもな」

「最近、なんだか物騒だね。幽霊もだけど、夏の不審者、また出てきたんでしょ？」

幽霊のことは蓮之助に聞くまで知らなかったが、幽霊とは別に、不審者の件もある。この頃は、どうにも嫌な話が多かった。

「幽霊騒ぎはともかく。夏の不審者、まだ解決していなかったのですか」

「もともと被害者も少ねえし、追いかけられたって言っても、怪我《けが》したわけじゃない。いったん現れなくなったから、警察も放置したんじゃねえの？」

花織は目を伏せて、少し考えるような素振りを見せる。

「案外、幽霊と不審者が同じだったりするのかもしれませんね。加茂山、住もうと思えば住めますよ。公園みたいなものですからね。飲み水もありますし、屋根のある建物もありますから、それなりに雨風はしのげます」

「はあ？　なんで不審者があんなとこに住むんだよ。意味分かんねえ。だいたい、幽霊と不審者が同じなんて、そんな偶然あるか？」

二人の会話に耳を傾けながら、撫子は煮物の大根に箸を寄せる。面倒くさがらず、出汁をとって正解だった。一晩置いたことで、味がよくしみ込んでいる。

「事実は小説より奇なり、と言うでしょう？　もちろん、幽霊は幽霊でいてくれた方が良いのですが。幽霊などより、人間の方がよほど恐ろしい生き物ですから」

「本当に怖いのは人間だって言うもんね」

「ええ。だから、気をつけてください。撫子みたいな女の子、どうにかするのなんて簡単なのですから。幽霊ならまだしも、人間相手だとろくに抵抗できないでしょう？　ひどい目に遭っても助けませんよ」

撫子は一瞬だけ声を詰まらせた。何気ない花織の言葉が、思いのほか胸に刺さる。

「……花織は、わたしがひどい目に遭っても気にならないの？」

撫子と花織の間には、高くそびえる壁がある。いくら撫子が彼を想っても、同じだけの想いを返してくれるわけではない。分かり切っていたことだが、今になって少しだけ落ち込むことがあった。

「ひどい目に遭っても良いなら、気をつけてなんて言いません。それくらい分かっているでしょう？　いつもの君なら」

花織は手を伸ばして、撫子に触れた。安心させるように頭を撫ぜる掌に、泣きたくなるような切なさを覚えた。

「やっぱり、なっちゃんにだけは優しいんだな」

「蓮之助にも、優しくしてきたつもりですよ」

「嘘《うそ》つけ。……ああ、そうだ。なっちゃんに頼みがあって。今日、飲み会だから、夕方になったら車で送ってくれないか？　自分の車で行くと酒飲めねえだろ」

「わざわざ桂花館に来た目的は、それですか？　やっぱり郵便は口実だったのですね。郵便物くらい、桂花館の郵便受けに入れておけば済みますし」

「仕方ないだろ。お前もなっちゃんも、俺に連絡先教えねえからな」

言われてみれば、隣に暮らしているため、蓮之助とは連絡先のひとつも交換していなかった。

日が暮れる頃、撫子は車のハンドルを握った。幸いなことに雨はあがっており、視界はさほど悪くなかった。

「運転、ずいぶん慣れたんだな」

蓮之助の言葉に、撫子は小さく頷いた。

「調べ物をしたくて、あちこちに行ったから。高速だって乗れるよ」

「ふうん。そういや花織も外出することが多かったな。珍しく」

「外に出ていたの？　花織」

一緒に暮らしているとはいえ、互いの行動すべてを把握しているわけではない。そもそも、花織はほとんど外出しないので、彼が出かけているとは思わなかった。

「なっちゃんが不在のとき、いろんなところに出かけていたみたいだな。……あ、もう山が赤くなってきているな。どうりで寒くなったわけだ」

窓の外を指差して、蓮之助は子どものように声をあげた。横目で見れば、山が紅葉で染まり始めていた。

「栗ヶ岳《あわがたけ》だっけ？　辻家の庭からも見える山」

辻家の庭は、借景《しやっけい》――庭の背景として山を取り入れている。それが栗ヶ岳だ。

「そ。紅葉の季節ってことは、ようやく秋って感じだな。稲刈りだって終わったし、コスモスも弱っている」

道路脇の水田は、稲刈りを終えて黄色く染まっているか、刈ったあとの稲が伸びて青々としている。田んぼの淵に咲いたコスモスも散りかけていた。

草木や花々は、季節の移り変わりを意識させる。

芽吹いた命が花を咲かせ、いつか枯れゆくように、季節は巡り巡っていく。大きな流れのなかですべてが循環している。

「忙しいのに、送ってもらって悪かったな」

「送るくらい良いけれど。飲み会なんて珍しいね。お友達？」

「そんな感じ。今まで、花織がいたからそういう集まりは断ってたんだ。あいつ、放っておくと何もしないから心配で。単純に仕事が忙しかったこともあるけどな」

蓮之助は、基本的に塾も習字教室も一人で切り盛りしている。繁忙期には学生バイトを雇っているようだが、日常的に人を入れているわけではなく、余暇《よか》は少なそうだった。

「蓮さんって、いつも花織のこと気にしているよね。新潟に戻ってきたのも、花織が心配だったから？」

大学時代、蓮之助は東京にいた。そのまま就職し、新潟に帰らない道もあった。

「家族みたいなもんだからな。ろくに家にいなかった母さんや死んじまった父さんより、一緒にいる時間が長かったんだ。お節介だとしても、放っておきたくなかった」

撫子は黙って、蓮之助の話に耳を傾けた。撫子には立ち入ることのできない思い出が、彼らの間には積み重ねられている。

「なっちゃんと結婚したときも、本当は認めたくなかった。俺の家族なのにって、子ども染みた嫉妬もした。……その手の呪いが、俺にもあればって思ったんだ」

蓮之助の視線は、撫子の手に向けられていた。黒いレース編みの手袋の下には、触れた植物を枯らす呪われた手がある。

「つらいことも、たくさんあるよ」

「それでも、その手があれば花織のいちばん近くにいられた」

植物を枯らす呪いは、撫子にとって人生の枷《かせ》だった。若くして父が亡くなったのは、撫子の呪いによる心労が原因だったのではないか、と疑う心もある。

「いちばん近くにいたいなんて言うくせに、花織の呪いを解こうとしないんだね」

「そっちこそ、我儘《わがまま》ばっか言って花織を困らせんなよ。何が不満なんだ？　花織は自分の後始末くらいつける。なっちゃんに苦労させないために、金だって遺していくだろ」

撫子は眉をひそめた。蓮之助も花織も、いつも撫子の気持ちを無視する。

「苦労したくないなんて、誰が言ったの？　一緒に苦労させてよ。どうして、ぜんぶ背負おうとするの。わたしにも分けてほしいって思うのは、そんなに変なこと？」

「おい、こんなとこで泣くなよ？　運転中だぞ」

「だいたい、花織も蓮さんも勝手なの。わたしは人形じゃないんだから、わたしのやりたいことはわたしが決める。物分かりの良い大人みたいな顔して、むかつく！」

「ばか、真っ直《ます》ぐ運転しろ！　蛇行すんな！」

「花織に死んでほしくないの！」

「分かったから、落ちつけ！　もう、時間がないからな。焦る気持ちもよく分かる」

「分かっているなら協力して！　辻家のご先祖様のこと、知っているよね？」

「……あの胡散《うさん》臭い、王子と妖精のお伽噺か」

「アドニスの持ち物で、そのお伽噺に関係する本があるの。アドニスは遺言で、はじまりの記憶って言った。お願い。アドニスが死んだときのことを教えてほしいの」

「憶えてねえよ。あの人が死んだとき、いくつだったと思ってんだ」

「憶えていなくても、調べたことくらいはあるよね？」

夏のとき、蓮之助からアドニスについて聞くのは難しいと思っていた。彼らの年齢を考えれば、重なり合う時間が少ないことは明白だ。

だが、花織のことを気にかけていたならば、蓮之助はアドニスについて調べたことがあるはずなのだ。

「サウィン」

　蓮之助は額に手をあて、嫌そうにつぶやいた。

「十一月一日。一年のはじまりを告げる、ケルトの祭日なんだと。サウィンに先立つ晩は、旧年と新年の狭間――此の世と異界の境目がなくなる夜だ。人間は妖精の国へ迷い込み、妖精は人間界に姿を現す」

　サウィンに先立つ晩とは、十一月一日の前夜だ。つまり、十月三十一日の夜となる。

「ハロウィンのこと？」

「そ。日本じゃ、単に騒ぐためのイベントになっているけどな。もとを辿《たど》ればきちんと起源があり、意味があるわけだ」

　この季節になると、ハロウィンに因《ちな》んだ商品が並び、街中でも飾りつけが目立つ。日本におけるハロウィンは、楽しく過ごすためのイベントであり、製菓会社や百貨店にとっては商戦のひとつに過ぎない。

　本来の意味でのハロウィンは、日本には浸透していないのだ。

「アドニスは死ぬ数年前から、十月になると同じ行動をとった。ハロウィンに向けて、毎晩、同じ本を開いていたらしい。不思議な本だった。最初は白紙なのに、いつのまにか文字が綴られていくんだ。……アドニスはそれをはじまりの記憶と呼んだ。その本の呪いを解くことで、すべてが解ける。辻家の血に遺った呪いも、花織の呪いも」

「……でも、妖精がいくつも呪いを遺すなんて」

考えられるだけで、三つもの妖精憑きが生まれている。赤い指を持つ撫子、三十歳で死ぬ花織、そして勝手にページが埋まる本。

撫子の知る妖精憑きは、ひとりの妖精に対して、ひとつの妖精憑きだった。桂花館に持ち込まれる妖精憑きの代物とて変わらない。

「それだけ恨みが深かったんじゃねえの？　なっちゃんが花織の呪いを解きたいなら、アドニスの持っていた本が鍵なんだろうよ」

あの本は、攫われた王子と妖精のお伽噺だ。二度ほど、撫子は過去の情景を見ている。見終わった光景が、白紙のページに文字として記されていった。

撫子は知りたい。妖精憑きの本に書かれた、お伽噺の真実を。

妖精の呪いは、妖精の未練。

叶わなかった願いを叶えることができれば、花織は死なない。撫子と父を苦しめた赤い指の呪いも解ける。

△▼　▲▽　△▼　▲▽

十月六日。

その日、朝から花織は外出していた。

極度の機械音痴である彼は、メールもネットもできず、化石みたいな携帯電話をひとつ持っているだけだ。それも、使い方はよく分かっていない。案の定、広間に書き置きがあるだけで、充電切れの携帯電話がソファに転がっていた。

「いつ帰ってくるつもりなのかな。晩御飯、どうするつもりか聞いていないし」

一通りの庭仕事と家事を済ませた撫子は、桂花館の門で溜息をつく。時刻は五時になるが、花織が帰ってくる気配はない。

うつむくと、夕焼けが撫子の足もとで揺れていた。

夕暮れの光を、炎のようだと思うときがある。瞬く間に燃えあがって、やがて消えゆく炎は、命の灯《ひ》にも似ている。炎が燃え尽きて、死んでしまうことを認められる人間が、いったいどれほどいるのだろうか。

どうして、花織は自分の死を運命として受け入れるのか。

彼が三十歳を迎えるまで、残された時間は少ない。

「こっちも、ぜんぜん反応しなくなっちゃった」

リュックから、妖精憑きの本を取り出す。

ページを開いても、撫子に遠い昔の記憶を見せてはくれない。すでに埋められたページはともかく、まだまだ白紙のページが残っている。

この本が記憶を語るとき、何かしらの条件があるのかもしれない。黙したまま語らぬ本に、不安ばかり込みあげる。

不安といえば、他にも気がかりなことがあった。

門前の郵便受けを開くと、この頃、よく見るようになった白い封筒があった。宛名にはあいかわらず朽野撫子と印刷されている。

いつもの脅迫状を取り出そうとして、撫子は咄嗟《とっさ》に手を引っ込めた。

秋風にうっすら悪臭が漂う。夕日が照らすのは、郵便受けで力尽きた死体だった。

刃こぼれした鋏《はさみ》で切り裂かれたような、惨《むご》たらしい死骸《しがい》だった。黒ずんで凝固した血液や、千切れた肉が腐敗臭を放っている。

「……ねずみ、の」

撫子は口元を覆って、数歩あとずさった。

多少の残酷なもの、気味の悪いものには慣れている。庭仕事は害虫との戦いでもあり、チャドクガなどの毒虫にやられることも少なくない。人によっては苦手意識の強い芋虫やミミズも、庭では常連中の常連だ。

だが、こんなにも惨たらしい死は、なかなか見られない。

封筒を開ける気力もなかった。花織と離婚しろ、という内容だと分かっている。

これで何通目だろうか。春と夏に一通ずつ届いた手紙は、秋を迎えて、数日置きに郵便受けに届くようになった。一向に離婚しない撫子に痺《しび》れを切らしたのか、ついにはこのような惨い真似《まね》まで始まった。

手紙の差出人は、それほど花織と結婚した撫子を恨んでいるのだ。

そのとき、とても小さな足音がして、撫子は振り返った。

薄暗い道路の先には、人影ひとつない。だが、撫子は何処からか視線を感じた。誰かに見られているような、そんな不安が背筋から這《は》い上がる。

撫子は息を吸って、心を落ちつかせようとする。気のせいと言い聞かせるが、肌を舐《な》めるような不快感が拭えない。

「なっちゃん？」

撫子ははっとした。辻家の玄関から出てきたのは、蓮之助だった。

途端、身体のこわばりが解けていく。先ほどまでの視線は、もう感じられなかった。額に滲んだ汗を拭って、撫子は何でもないように取り繕おうとした。

「郵便受け、どうしたんだ」

蓮之助の表情が、見る見るうちに険しくなった。

「悪戯《いたずら》みたい。暇な人がいて困っちゃうね」

「笑っている場合じゃねえだろ。花織はどうした？　放っておくつもりなのか」

「花織は知らないの。お願い、余計なことで心配かけたくないの。言わないで」

「は？　何かあってからじゃ遅い……」

「蓮先生！　カボチャの飾りないよ！」

塾に通う子どもたちが、玄関から飛び出してくる。彼らは蓮之助を手招きして、口々にその名を呼んでいる。

蓮之助は、子どもたちから鼠《ねずみ》の死骸を隠すよう、郵便受けを閉めた。

「飾りは籠のなかだって言ったろ。ちゃんと探したのか？」

「なかったもん。あ、なっちゃんだ！　こんばんは」

こんばんは、と続く子どもたちの声に、撫子は手を振った。

子どもは物怖じしない。撫子の灰色の髪や紫がかった黒目を不思議に思っても、そのうち気にしなくなるのだ。辻家に出入りするうちに顔を覚えられ、今では撫子と仲良くしてくれる子も多かった。

「こんばんは。今日は授業じゃないの？」

「もうすぐハロウィンだから、教室の飾りつけ！　授業が始まるまで、まだ時間あるから。なっちゃんも来る？　みんな教室にいるよ」

「そりゃいいな。なっちゃんも連れてくから、お前らは教室で待ってろ」

「はーい」

「蓮さん、もう桂花館に戻るから良いよ」

「ダメだ。花織、いま外に出てるんだろ？　さっきのなっちゃんは様子が変だったし、独りにはさせられない。何に悩んでいるんだ？　まさか鼠の死体なんかに参っていたわけじゃないだろ、図太いから」

「……誰かに、見られている気がしたの。気のせいだと思うんだけれど」

「へえ。本当に気のせいか？　あんまり楽観的に考えんなよ。何か恨まれることでもしたんじゃねえの、普通の神経していたら鼠の死骸なんて入れねえから」

蓮之助は引き下がらず、強引に撫子を辻家に入れた。

畳張りの教室は賑《にぎ》やかだった。窓辺のカーテンは黒とオレンジのツートンカラーに変わって、長机には蝙蝠《こうもり》やミイラ、魔女のシールが貼られていた。子どもたちは思い思いに教室を飾りつけていく。

「あー、カボチャの飾り、そういや買い忘れてた。レシート見たら一個もなかった」

面倒くさそうに頭をかきながら、蓮之助が教室に入ってくる。

「ほら、やっぱりなかった！　蓮先生の嘘つき」

「はいはい、嘘つきで悪かったな。代わりに、こっちで我慢しろ」

机に載せられたのは、スーパーに売っている緑のカボチャだ。台所から持ってきたらしい。蓮之助は小型のノコギリで、あっという間に固いカボチャを刳《く》り貫《ぬ》く。

キャンドルを入れたら、定番のジャック・オ・ランタンの完成だ。

「それ、普通のカボチャじゃん。黄色いやつが良い！　緑って意味わかんない」

「我儘な奴らだな。本番までに用意しておけば良いんだろ」

子どもたちと飾りつけをしていた撫子は、ワンピースの袖《そで》を引っ張られる。一緒に作業していた男の子が、心配そうに撫子を見ていた。

「どうしたの？」

「なっちゃん、平気？　嫌なことされているんじゃないのか。蓮先生とのお話、ちょっと聞こえたから。誰か、なっちゃんのこと見ているの？　フシンシャがいるんだろ」

夏に現れた不審者は、少女ばかり狙って声をかけていた。一度は姿を消したものの、秋口になってからまた現れるようになったと聞いている。

「ありがと。心配してくれたんだね」

「はやく捕まっちゃえば良いのに。遅くまで遊ぶなって、俺も怒られるし。塾もな、自転車で行くの止めなさいって。車で送ってもらうのつまんないから嫌い」

「つまんなくても、送り迎えはしてもらえ。お前のことが心配なんだろ、親御さんも。

――花織が戻ってきたら、なっちゃんも迎えに来てもらえよ」

「でも、すぐ隣だから。飾りつけが終わったら一人で帰るよ」

「なっちゃん、先生と一緒に住んでいるんじゃないのか？　ママたちだって、蓮先生に彼女ができたって言ってたのに」

「止めろ。花織に殺される」

「ええと、わたしと蓮さんはイトコだから。わたしの旦那《だんな》さんは別の人で、隣の家で一緒に住んでいるの」

「隣？　旦那さんって」

男の子は首を傾《かし》げる。他の子も、撫子が結婚しているのが信じられないらしい。

「指輪していないよ？」

「……手袋しているから、指輪はちょっと」

結婚指輪はないが、あったとしても、手袋の上から指輪をするつもりはない。結婚生活のはじまりがはじまりだったので、今まで指輪について気にしたこともなかった。

だが、今になって思う。花織はあえて、指輪を用意しなかったのかもしれない。

花織が迎えに来てくれたのは、ハロウィンの飾りつけも授業も終わった真夜中のことだった。スマートフォンのアラームが、就寝時間である夜の十二時を告げていた。

夜空には丸い月が浮かんでいる。今宵《こよい》は満月のようだ。

「迎えに来てもらって、ごめんね」

「お気になさらず。誰かに見られていた、と聞きましたけれど。大丈夫でしたか？　最近の不審者でしょうか」

撫子が願ったとおり、蓮之助は鼠の死骸と脅迫状については黙っていてくれたらしい。血だらけの郵便受けも、彼が片づけてくれたのか、元通りになっていた。

「もしかしたら、気のせいだったのかも。それか、人間じゃなくて、うわさになっている幽霊とか？」

冷静になってみると、撫子の勘違いの可能性もある。郵便受けにあった鼠の死骸で、神経が過敏になっていたのだろう。

「人間でも幽霊でも、君を傷つけるならば許せません。撫子が傷つくなら、その理由は僕でなければ」

撫子は苦笑した。とてつもなく捻《ひね》くれた言葉だった。

「心配してくれたなら、そう言ってよ」

撫子が傷つくならば、その理由は花織でなくてはならない。つまり、撫子が見知らぬ誰かに傷つけられないか、と彼は案じている。

「能天気な子ですね。僕が何を言っても、自分に都合の良いようにしか受け止めないのですから。そこにどんな悪意が籠められていたとしても、君には通じない。……たぶん、君は妖精に好かれる性格なんでしょうね」

「呪われている人間に、それを言うの？」

「呪われているのは君の血であって、人格ではありませんから。妖精はね、綺麗なもの、美しいもの、嘘偽《いつわ》りのないことを愛します。もし、君が妖精の国に攫われたくないなら、もっと汚くなった方が良い。君はただでさえ妖精に近い、サウィンに先立つ夜に生まれたから」

サウィンとは、ケルトの祭日であり、新年のはじまりを意味する。サウィンに先立つ夜とは、十月三十一日の夜――現在で言うところのハロウィンであり、此の世と異界が混ざり合うのだと言う。

ハロウィンは、撫子と花織の誕生日でもある。

「でも、もう妖精の国は遠くなったんだよね？　お伽噺は語られなくなった。妖精のような不思議なモノは信じられなくなった。今さら、妖精の国に攫われるものなの？」

遠い昔、妖精の国は身近なものだった。古今東西で語られる物語や神話が、不思議なモノが存在したことの証左だった。

だが、お伽噺はもう語られない。何十年先か、何百年先か分からないが、いつか妖精の呪い――妖精憑きさえも此の世から忘れられていく。

「そうですね。たとえ十月三十一日になったところで、此の世と異界が繫《つな》がるようなことは、もうないのでしょう。昔ならば、サウィンどころか、今みたいな逢魔《おうま》が時《とき》になれば妖精たちに出逢えたのでしょうけれど」

撫子は目を白黒させた。

「逢魔が時って、夕暮れ時のことだよね？」

昼と夜の境目である夕暮れ時は、人の顔が見えなくなり、たそがれ（黄昏・誰《た》そ彼《かれ》）と昔から呼ばれる。さらに言えば、災禍《さいか》の起こる大禍時《おおまがとき》であり、魔物と出逢う逢魔が時なのだ。

「日本でいうところの逢魔が時は、西洋だと少し違うんです。同じように、妖精のような不思議なモノに出くわす時間帯ではあるのですが」

「違うの？」

「月が満ちる真夜中のことを、そう呼びます。そもそも、夜そのものが妖精の時間ですからね。妖精は太陽の下で笑うのではなく、月の下で踊るもの。夜こそ、最も妖精に出逢える時間でした」

夜こそ妖精に出逢える時間ならば、此の世に取り残されてしまった妖精憑き――妖精の呪いが高まる時刻でもあるのだろうか。

思い返してみると、妖精憑きの本が過去を見せてくれたのは、いつも夜だった。金木犀の根元から本を発見したときも、杏平の墓で本を開いたときも、日が沈んでしばらく経《た》ったあとだ。

「ありがと、花織」

「何に対するお礼か、さっぱり分からないのですが」

「なら、いつもありがとうってことで。花織に出逢ってからね、良いことばっかりなの。……東京にいたとき、緑と一緒に生きたいなんて言っても、どうすれば良いか分からなかった。この呪いのことも、妖精のことも分からなくて。分からないままだったら、きっと恨むだけだったよ」

妖精憑き――妖精たちが呪うのは、叶わなかった願いがあるからだ。その願いに寄り添って、その願いを叶えてあげたいと思う心が、いまの撫子にはある。

そして、呪われた自分であっても、いつか美しい庭を造ることができると信じられる。

「花織が教えてくれたの。庭を造ることは、楽園を造ることなんだって。……こんなわたしでも、緑と一緒に生きることができるって。これからも、ずっと教えてほしいの」

だから、どうか死なないでほしい。呪いを運命として受け入れないでほしかった。

花織は困ったように唇を閉ざしたまま、撫子に応《こた》えることはなかった。


桂花館に戻った撫子は、自室の照明をつけた。机の近くまで移動して、広げていたノートを手に取った。

「そっか。今日の分、書いていない」

花織の勧めで、桂花館に暮らすようになってから日記をつけている。今日の出来事を書くのではなく、庭の素敵なところをノートに綴るのだ。

ペンを走らせながら、ふと撫子は疑問に思った。

あの妖精憑きの本は、過去を語る度、白紙のページが埋まっていく。ページを埋めているのは、果たして誰なのだろうか。

撫子が日記をつけるように、遠い昔、王子と妖精の物語を綴った人がいる。まるですべてを見てきたかのように。

そこに妖精が憑いたとしたら、それは――。

「王子を攫って、王子に殺されちゃった妖精？」

ノートを閉じて、撫子は妖精憑きの本を撫ぜる。そっと開けば、まなうらで星の光が弾けた。夜は妖精の時間だ。この本が過去を語る鍵は、やはり夜という時間にある。

撫子の先祖である王子と、彼を攫った妖精の記憶が紐《ひも》解かれる。

星明かりが照らす花園には、たわわに赤い実をつけた果樹がある。妖精の女は実をもいで、木陰《こかげ》にいる少年に渡した。

彼はためらいながらも、恐る恐る、その実を咀嚼《そしやく》した。

途端、幼子《おさなご》のように笑った妖精は、少年の手をとった。妖精に手を引かれた王子は、戸惑いながら花園に飛び込んだ。

花々の間を縫うようにして、彼女はステップを踏む。拍子も何もない、不格好な踊りだったが、楽しげな妖精につられたのか、王子が微笑《ほほえ》む。

ふと、二人を見守る影に気づく。それは妖精の同胞《はらから》なのかもしれない。

妖精の国に攫われた王子は、ようやくこの地の住人となったのだ。

王子はもう、妖精を憎んではいない。彼女の好意を受け入れて、美しい妖精に心を開きつつある。

しかし、二人の物語は幸福な結末で終わることはない。

ここから悲劇の幕はあがるのだ。

△▼　▲▽　△▼　▲▽

十月十五日。

辻家の座敷では、バラエティ番組の再放送が流れていた。馴染みのない関西弁を耳にしながら、撫子は卓袱台《ちゃぶだい》に本を置く。

卓袱台に片肘《ひじ》をついて、蓮之助は嫌そうに顔をしかめた。

「やっぱり。アドニスの持っていた本、なっちゃんのとこにあったんだな。この前、心当たりがあるみたいだったから、そうなんだろうとは思っていたけど」

「この本は物語を見せてくれるの。王子と妖精の話。最初は仲が悪かったんだけど、そのうち二人は恋に落ちるの。でも、最後、妖精は王子に殺されるわけだよね？　どうして殺されたのかな」

辻家の先祖だった王子は、妖精を殺した。結果、撫子たちの血は呪われたのだ。

「本に教えてもらえよ。開いたら勝手に教えてくれるんじゃねえの？」

「毎晩開いてるけど、必ず王子と妖精について教えてくれるわけじゃないの」

花織の言葉から、夜に開くことが、過去が語られる条件だと思っていた。だが、違うのだ。夜に開くだけでは、うまくいくときと失敗するときで揺れる。

白紙のページはなかなか埋まらない。まるで語るべき過去などないように。

「ふうん。でも、予想くらいはついているんじゃねえのか？」

「……これは妖精憑きの本だけど、この物語を書いた誰かがいるはずなの。誰かが書いた物語を、本に憑いた妖精は見せている」

おそらく、この本は最初から白紙だったわけではない。妖精が憑いたことによって、呪いが遺されて、ある限定的な状況でしか読めない本になった。

「アドニスは、ハロウィンに向けて、毎晩この本を開いた。一息に読むことができないから、毎晩、開き続けたんだろ」

「日記みたいなもの？　もしかして」

毎晩、撫子は庭の素敵なところをノートに記す。同じように、この本の作者も物語を綴ったのかもしれない。毎日ではなくとも、ハロウィンの夜にかけて、妖精と王子の物語を記していった。

この本は、作者が物語を書いたときと同じ日の夜にしか、物語を見せてはくれない。

「もし、そうなら。十月三十一日にならないと、結末が分からないよ」

アドニスは、ハロウィンまで本を開き続けた。物語の結末が語られるのは、十月三十一日のことなのだ。

「待っていたら、花織が死んじまうな」

「だから、その前に呪いを解かなくちゃ。蓮さんは、どうしてだと思う？　どうして、王子は妖精を殺したの」

王子と妖精がまったくの他人ならば、まだ理解できる。美しい妖精に魅せられて、その命を奪いたかったならば、それはそれで説得力があった。

だが、好き合っていた相手を殺したとなると話は別だ。深い理由がなければ、恋人を手にかけたりしない。

「俺は王子じゃねえから分かんねえよ」

「好きだった人を殺したいときって、どんな理由があるのかな？　殺したいときじゃなくても良いの。別れたときの話でも良いから、何か聞かせてよ」

「失礼な従妹《いとこ》だな。いま、俺に彼女がいるとは思わねえのかよ。そういうのは俺より適任がいるから、ちょっと待ってろ」

蓮之助はスマートフォンで何処かに連絡をとりはじめる。しばらくもしないうちに、聞き覚えのある声がした。

「先輩？　こんな昼間から何の用ですか」

「大和。なっちゃんが相談したいことがあるんだと。いま大丈夫か？」

蓮之助のスマートフォンには大和が映っていた。ビデオ通話にしたらしい。

「久しぶり。元気にしていた？　俺に相談って何かな」

撫子が事のあらましを話すと、大和は頬を指でかいた。

「言っておくけど、俺は姉さんが四人もいるから女性に慣れているだけで、べつに男女の仲に詳しいとかじゃないからね？　ねえ、先輩」

「口が上手《うま》くて、彼女の途切れなかった奴が何を言うんだか」

「あの、彼女さんと別れたとき、どんな理由でした？　今まで」

「……ええ？　いっぱいあるから何とも言えないけど。蓮先輩は、いつも同じ理由でしたよね。私より大切な人がいるんでしょって」

「高校のときは花織の世話していたら振られて、大学のときは長期休みの度に新潟に戻っていたら振られたからな」

「蓮さん、やっぱり花織のこと大好きだよね」

「誤解するなよ。家族として、だからな」

「ちょっと質問しても良いですか。撫子ちゃんの持っている妖精憑きの本って、幸せな思い出も教えてくれるんですよね？　それって、おかしくないですか。憎らしくて恨んでいるだけなら、幸せな思い出なんてゴミみたいに捨てちゃうと思うんですけど」

大和の言うとおりだ。幸福だった恋人時代の思い出まで、教える意味はない。憎悪する相手との記憶など、誰かに語る必要も、後世に遺す道理もない。

「殺されたのに恨んでいないなら、何が未練なのか分からなくなっちゃいます。どうやって叶えてあげれば良いのかも」

「そもそも、妖精の未練とか願いって、絶対に叶うものなの？　叶わなかった願いがあって、呪うっていうのは分かる。でも、どうしたって叶えられない願いもあるよね」

座敷に沈黙が落ちる。大和の指摘した可能性を、撫子はまったく考えていなかった。

「余計なこと言ったかな、もしかして。その妖精憑きの本の呪い、そんなに解かないとまずいものなの？」

大和には、妖精憑きの本について教えたが、それがどんな呪いを遺しているのかは伝えてない。だからこその質問なのだろう。

「……うん。これだけは、ぜったいに解かないと」

「花織さんに相談するのはダメなの？　専門家なのに。夫婦仲うまくいっていない？」

「花織はダメ。あと、夏のときから、いろいろ気にしてくれるのはありがたいですけど、仲良しですよ。少なくとも、わたしはそう思っています。花織も、たぶん」

赤の他人として切り捨てるならば、花織はとうに撫子を見捨てている。遠い土地に追いやって、金銭だけの援助をすれば良い。

彼は撫子のことを憎からず想ってくれている。

だからこそ、歯がゆかった。好意をもってくれているならば、どうして呪いを解いて、一緒に生きようとしてくれないのか

「そう。好きで一緒にいるんだね。……あのさ、撫子ちゃんって、東京にいたときはどのあたりに住んでいた？　その髪って染めているんだよね？」

「え？　いえ、これは地毛です。ずっと、この色で」

撫子は長く伸ばした灰色の髪に触れる。染めることも考えたが、髪が傷《いた》むという杏平の反対で、ずっと地毛のままだった。

続けざまに大和が何かを言おうとしたとき、突如、画面が真っ黒になる。

「充電切れた」

「……蓮さん」

「大和にはあとで謝っておく。俺もこれから習字教室だし、ちょうど良いだろ。桂花館に戻るなら花織に渡してくれ」

蓮之助は郵便物の束を押しつけてくる。時刻は、午後三時を過ぎていた。庭仕事をしていた花織も、そろそろ館に戻っているだろう。

いつのまにか外は雨だった。雨雲が太陽を隠して、昼間でありながら薄暗い。

桂花館の門前では、オレンジ色の花々が濡《ぬ》れ落ちていた。立ち並ぶ金木犀は、まだ咲かずにいるものもあれば、すでに満開近くになっている個体もあった。地面に散りゆく花は、土や砂と交じって見るも無残である。

この小さくも可憐《かれん》な花は、すべて徒花《あだばな》である。実を結ばずに朽ちていく。

金木犀は雌雄異株だ。日本に植えられた金木犀は雄ばかりで、花を咲かせても結実することはない。ある意味、とても孤独な木なのだ。

白薔薇の庭で、背を丸めて眠っていた花織を想う。彼はいつだって独りきりで、どれほど近しくても心が遠かった。

金木犀と同じように、花織もまた孤独な人だ。

桂花館に戻った撫子は、蓮之助から預かった郵便物を確認する。ほとんどが有限会社常若の国宛ての手紙だったが、まぎれるように真っ白な封筒があった。

宛名はない。だが、撫子には見覚えのある封筒だった。

封入されていたのは、複数枚の写真だ。車を運転する横顔、桂花館の郵便受け前に立つ背中、辻家で子どもたちと飾りつけをする姿。

すべて撫子の写真だった。ピンボケすらしておらず、はっきりと判別できる。

東京で暮らしていたときを思い出す。

父の病気が悪化し、入退院を繰り返すようになった頃から、それは届くようになった。郵便受けに投函《とうかん》される封筒には、図書館で本を捲《めく》る姿、病院を歩く横顔、スーパーやコンビニにいる背中など、撫子の写真が詰まっていた。

「どうして」

東京のストーカーは、撫子が新潟に引っ越したことを知らないはずだ。

だから、今まで届いていたカミソリ入りの脅迫状を、ストーカーと同一人物とは考えなかった。花織が好きで、撫子を恨んでいる誰かの仕業だと感じていた。

だが、再び盗撮写真が送られてきた今、自信が持てなくなっている。

花織に伝えたら、彼は撫子のために何かしらの対策をとるだろう。しかし、時間の残されていない彼を、どうして煩《わずら》わせることができるだろうか。

大和とのビデオ通話がよみがえる。

妖精の未練が、どうしたって叶えられないものなら、誰も幸福になれない。撫子の赤い指も、花織の死に至る運命も、あの本にかけられた呪いも永久に解けない。

いてもたってもいられず、撫子は館のなかを駆けた。

ただ、花織に会いたかった。彼が生きていることを確かめたかった。

サンルームの扉を開いたとき、目に飛び込んできたのは痩《や》せた背中だった。

振り返った花織は、不思議そうに瞬《まばた》きをする。

庭で雨に降られて、着替えるところだったらしい。剝《む》き出しになった肩甲骨《けんこうこつ》のあたりに、色の変わった傷痕がふたつ並んでいた。

「どうしたんですか、そんなに慌てて」

目の奥が熱くなった。まだ、彼はここで息をしている。ここではない何処かではなく、撫子の手が届く場所にいる。

ふらつきながら花織のもとに向かって、彼の背にある傷痕に触れた。

「撫子？」

冷たくて、氷のような膚《はだ》をしている。その下にある鼓動を知りたくて、彼の背中に頰をすり寄せてみる。

夏、蓮之助は教えてくれた。花織は自分以外の人間を、異なる生き物として認識している。だからこそ、彼は誰に対しても欲を抱かない。

それは人間としては悪でなくとも、生物の本能としては間違っている。

花が実を結んで、種を次に繋げていくように、人間とてその繰り返しを生きてきた。庭の命が巡り巡っていくように、人の世も変わらない。

撫子も、花織に触れたい、いちばん近くに行きたいと思うときがあった。この淡い想いも、突きつめたら生物としての本能であろう。

「君、僕のこと化石か何かと勘違いしていませんか？」

次の瞬間、撫子は床に押し倒されていた。

高窓に嵌《は》められたステンドグラスから、光が零《こぼ》れている。淡い輝きは神々しく、天上の世界から降る光のようだった。

光をまとった花織は、穢《けが》れを知らぬ天使のような顔をしていながらも、毒を滲ませたような淫靡《いんび》な空気を持っていた。

もし、地上に天使が堕《お》ちたなら、きっと彼のような姿をしている。肩甲骨に残ったひきつれた傷痕が、翼をむしられた傷のようだと感じた。

ひんやりとした掌が、撫子の首筋に触れた。くすぐったくて身をよじると、指先が鎖骨《さこつ》をつついて、そのままブラウスのボタンを引っかける。

「あまりベタベタしないでください。ひどいことをしたくなるので」

いくら鈍い撫子にも、花織の語るひどいことの意味が分かった。

「ま、待って。花織は、こういうのダメなんだよね？」

彼は微笑んで、撫子に顔を近づけた。唇がもう少しで触れそうだった。

「ダメですよ。でも、できないわけじゃない。それに、夫婦なら普通のことでしょう？

子を生《な》し、次に種を繋いでいくのは生物の本能です。花とてまぐわい実を結ぶのですから。……そういう意味では、妖精は生物として反していますね。だって、人間に恋をしたりする。すぐに死んでしまう生き物なのに」

「オシーンの、物語みたいに？」

アイルランドの英雄オシーンは、妖精の女王に見初《みそ》められ、妖精の国に攫われた。幼かった日、花織が教えてくれた妖精譚《たん》だ。

「人間と妖精の恋物語は、めでたし、めでたしでは終わりません。オシーンは妖精の国に攫われてしばらくしたあと、アイルランドに戻りたいと願うのです。けれども、戻った彼を待っていたのは残酷な現実だけ」

「残酷？」

「故郷に帰った彼は、見知らぬ土地に迎えられた。妖精の国で過ごしているうちに、何百年もの年月が経っていたのです。……仲間も家族もなく、自分だけが取り残された。これを不幸と呼ばずに、何と呼ぶのか。そして、故郷の地に足をついたオシーンは、その瞬間、急速に年老いてしまった。妖精と人の恋物語は不毛なんです」

撫子は眉根を寄せた。幼い撫子が信じた幸せなお伽噺など、何処にもなかった。異なる者たちが手を取り合った先には、哀しい結末が待っていた。

「花園の妖精と、王子様も？」

撫子は忘れない。古いオルガンを弾いた、あの日の花織を。夏に百合香が教えてくれた物語は、十年前の花織が語ってくれたお伽噺に通じるのだ。

「二人は幸せになれませんでした。異なる者たちが一緒に生きるのは難しい。そもそも、結ばれるべきではないのですから。運命に逆らった者たちの末路は悲惨です」

「だから、花織は人間が嫌いなの？　庭の子たちは愛せても」

花織は抗《あらが》うものを否定する。運命に逆らう存在を嫌っている。

春、撫子を非難した理由も、おそらくそこにあった。

咲かない花に意味を見出《みいだ》そうとする撫子は、さぞかし苛立たしい存在だったろう。死にゆく花織にとって、自分の命は価値あるものではなかった。

「庭の子たちは運命に抗わない。芽吹き、蕾《つぼ》んで、花を咲かせたあとは散る。途中で絶えても同じこと。決められた命を全うし、決して運命に逆らいません。それこそ自然でしょう？　……運命に抗おうとする愚《おろ》か者なんて人間だけです。手に入らないものを求めるのも、戻らないものに意味を見出すのも」

朽野花織は、撫子とは真逆の考え方で生きている。運命を否定し、抗おうとする撫子は、彼の言うとおりの愚か者だった。

「わたしは、それが悪いとは思わないよ」

花織はまぶしいものを見るかのように目を細めて、撫子の上から退《ど》いた。

「悪ふざけはここまで。僕は少し休みます。君も昼寝でもしたらどうですか？　この雨ですから、おとなしく家にいた方が良いでしょう」

「眠くないから。……でも、花織が子守唄を歌ってくれたら眠れるかも」

撫子は記憶をなぞるように、歌いはじめる。

「きみは春のまぼろし　むらさきの星　きらきら光る
きみは花のはらから　しろがねの糸　ふわふわ踊る
きみはまっしろの雪　あねもねの海　しとしと沈む
きみは春のまぼろし　ぼくのみた夢　ぼくの亡くしたらくえん」

花織は不機嫌そうに、撫子の唇を指で叩いた。

「ぜんぶ忘れていたくせに。思い出したんですか？　昔のこと」

「ちょっとだけ。ねえ、この歌の本当の意味は何？　百合香さんは、王子様に食べられてしまった妖精の話だって言ったの。迷い込んだ王子が、美しい妖精に魅せられて、彼女たちを食べちゃったって。でも、真実は違うんだよね？」

妖精憑きの本が語るのは、妖精に魅せられて、妖精を食べた王子の物語ではない。

物語は、妖精の女が王子に恋をして、妖精の国に攫ったところからはじまる。やがて惹《ひ》かれあった二人の恋物語なのだ。

「真実に何の意味がありますか？　確かなのは誰も幸せになれなかったことだけ。すべてはアネモネの海に沈んだ。撫子は、妖精の血が何色か知っていますか？」

「赤？」

きみはまっしろの雪　あねもねの海　しとしと沈む
美しい妖精は、赤いアネモネ——血の海に沈められた。雪のごとき妖精の肌は、撫子たちの先祖が犯した蛮行《ばんこう》により穢された。

「冬の終わりから、アネモネは真っ赤な花を咲かせます。したたり落ちた血から咲いたような、深く哀しい赤を」

春に桂花館を訪れたとき、花織は赤いアネモネと一緒に眠っていた。そして、花織の父だった男は、その花と因縁深い名を持っていた。

神話の美少年アドニスの血から、アネモネは咲くのである。

妖精の血が赤いならば、その血からも赤いアネモネが咲くのだろうか。

△▼　▲▽　△▼　▲▽

十月二十四日。

撫子は、自分が設計した刺繍花壇《パルテール》の前に立っていた。

植え込みには参加できなかったが、図面のとおりであれば、アネモネの球根も植えてある。冬の終わり、ともすればまだ雪が残る頃、赤い花は咲きはじめるだろう。

　雪に咲くアネモネは、きっと死にゆく妖精の血のように赤い。

　庭園の東屋《ガゼボ》に移動して、撫子は一冊のノートを広げる。季節に移ろう庭の様子を書いた日記は、そのまま桂花館の花暦《はなごよみ》のようなもので、捲る度に花織との思い出が溢れる。

　ノートを閉じた撫子は、今度はスケッチブックを摑んで、図面を描く。

　東京にいた頃、庭の図面を描くときは杏平のパソコンを借りていた。さきほどの刺繡花壇《パルテール》とて、辻家にあるパソコンを借りて設計したものである。

　だが、この庭だけは、花織と同じように自分の手で描きたかった。

　庭を造ることは、楽園を造ること。

　撫子の造りたい庭は、花織のための楽園だ。彼が帰るための場所であり、生きたいと願ってくれる花園こそ、撫子の理想だった。

　十年も前から、撫子が追い求めている夢だった。

　白薔薇の庭で、撫子に魔法をかけてくれた人。顔を思い出すことはできなくとも、あの人は花織だと信じている。

「花織は？　また出かけてんのか」

　撫子は顔をあげる。園路を登ってきたのは蓮之助だった。

「最近、ずっとなの。あんまり桂花館にいなくて」

十月の終わりに近づくにつれて、花織の外出は増えた。庭にこもりきりだった姿が嘘のように、彼はあちこちに足を運んでいる。

「へえ。何やってんのかは予想つくけどな。呪いは解けそうか？　もう時間がない」

「分かっている！」

図面を描いている場合ではない。だが、どうしたって妖精の未練が分からない。

「俺は、諦めんのも手だと思う。そんなことに時間を割くくらいなら、もっと花織の傍にいてやれよ。残された時間を大切に過ごすのだって、あいつのためになるだろ」

「嫌なの。もう、家族を亡くしたくない」

「俺だって家族を死なせたくはない。でも、本人が望まないなら、どうしようもないだろ。穏やかなまま死なせてやるのが、花織のためだ。なっちゃんのは、ただの我儘」

撫子は反論しようとして、それからうつむいた。言葉が見つからなかった。

「郵便受け。お節介だと思ったけど、さっき見てきた」

「また、なにか？」

春からの脅迫状、有限会社常若の国宛ての郵便物にまぎれていた盗撮写真。花織の死が迫るほどに、撫子の周りにも不穏な気配が漂いはじめてきた。

「知らなくて良い。あれは女の子が見るもんじゃねえよ。俺は見せたくない。……花織が死んだら、とりあえず引っ越せ。いっそ、母さんのとこに行くか？　さすがに外国までは変なのもついてこないだろ」

「桂花館は、どうなるの」

「館も庭も始末する。アドニスが集めた妖精憑きも、花織が信頼できる場所に流す予定だ。だから、なっちゃんが無理に残る必要なんてない。むしろ、遠くに行ってくれるのが花織のためになる」

撫子は膝を抱える。花織の死後について、なにひとつ考えたくなかった。父が最期の準備をはじめた頃と同じで、心臓を握り潰されたような痛みがあった。

彼らは撫子を置き去りにして、遠くへ行くための支度をするのだ。

「今日は休んどけ。飯の用意とか、ぜんぶやっておいてやるから」

乱暴に頭を撫ぜられる。六つ年上の従兄《いとこ》は、撫子よりも大人で現実を受け入れていた。花織の死を認められないのは、撫子だけだった。

蓮之助が去ったあと、撫子は再び、スケッチブックを開いた。さきほどまで鉛筆を滑らせていたページを破り捨てる。

違う。こんな庭では、花織は帰りたいと思ってくれない。

スケッチブックに鉛筆を滑らせては、破ることを何度も繰り返す。頭に浮かぶ庭は、どれも美しい花園には程遠かった。

「風邪を引きますよ」

撫子の手に、背後から掌が重ねられた。美しい庭を造る、撫子の大好きな手だった。

「いつのまに、帰ってきたの？」

「一時間ほど前に。集中していた君は気づかなかったみたいですが。いったん休憩にしましょう。根を詰めても、良いものが生まれるとは限りません。君の心が荒《すさ》んでいたら、描く庭だって荒んでしまう」

撫子からスケッチブックを取り上げて、花織は手招きした。

香ばしい紅茶の香りが、広間いっぱいに広がる。テーブルにはシナモンたっぷりの洋梨のタルトがあった。

「どうしたの？　タルト」

「人を訪ねたところ、お土産に貰《もら》いました」

「ふつう逆じゃない？」

手土産を持って訪問するのは分かるが、逆はあまり聞かない。

「むかし、世話をしたことのある相手なんです。どうぞ召し上がってください。お腹《なか》が膨らめば、心も身体も元気になるものですよ。人間は単純な生き物ですから」

タルトをフォークで削ると、濃厚な甘さが舌先に広がった。

「美味《おい》しい」

「甘いもので機嫌を直すあたり、やっぱり杏平とそっくりですね。君を見ていると、懐かしいと思うときがありますよ」

花織の表情は穏やかで、声音《こわね》にも毒はなかった。

「……花織は、杏平くんを恨んでいないの？」

蓮之助は言った。杏平は花織を裏切った、と。かつて親友だった彼らは、二十年近く絶縁し、仲直りすることもなかった。

「どうでしょうね。とんでもない人だったとは思いますけれど。……落ちつきがなくて、人の言うことは聞かない。好き勝手あちこちに飛び出しては問題を起こして、いつのまにか子どもまで作って。しまいには、辻家の家財を売り払って東京に出奔《しゅっぽん》しましたからね。当時まだ赤ん坊だった君を連れて」

「それは、勘当されるのも分かるね」

どの程度の家財を、どれだけ売り払ったのか分からないが、かなりの額であろう。撫子の生まれた頃、杏平は二十を過ぎたばかりの若者だった。赤子だった撫子の世話をしながら、東京での生活基盤が整うまで、まとまった資金が必要だったはずだ。

「つい昨日のことのように思い出せるのに、遠い昔だなんて嘘のよう。去年、あの人から連絡が来たとき不思議で、でも嫌ではなかったんです」

「身勝手だと思わなかった？　二十年も絶縁していたのに、娘の面倒を見ろなんて」

金銭的な負担も含めて、人間一人の世話をするのは並大抵のことではない。

「僕にだって多少の情はありますよ。それに、僕はたぶん君に会いたかったんです」

追憶《ついおく》する花織の表情は、つらく苦しいものではなく、凪《な》いだ海のようだった。

二人が過ごした日々は、悪いものではなかったのだろう。仲直りできないまま死に別れてしまったが、二人にも優しい過去がある、と撫子は信じていたかった。

「朽野花織の最期には君が必要だった。——僕の名前、杏平がつけたものなんですよ。だから、僕を終わらせるのは君が良かった。同じ人に名付けられ、同じように妖精に呪われた君が」

花織。やたら綺麗な響きをした名前を、撫子は口にしようとする。けれども、舌がもつれて、その名を口にできなかった。

遠い昔から、花織は諦めている。呪いを解くことを、誰かと生きるということを。

寂しげな彼を抱きしめてあげたいのに、手を伸ばす度に込み上げる虚《むな》しさは何なのだろう。一歩近づいては一歩離されて、どれだけ近しい距離にあろうとも心が遠い。

「最期の日は、一緒にいてくれますか？　君の行きたい場所に行きましょう。思えば、一緒に出かけたこともなかったですから」

微笑んだ彼は、そのまま姿を消した。

涙を堪えていると、鼻の奥がつんと痛む。

視界の端に、古びたオルガンがあった。もう二度と開かれることはないオルガンだ。遠い日のように子守唄が響くことはないだろう。

おぼつかない足取りで、撫子は自室に戻る。ベッドで膝を抱えていれば、無為《むい》に時間ばかり過ぎて、スマートフォンのアラームが十二時を告げた。

撫子は唇を噛んで、妖精憑きの本を開いた。

瞼の裏に星明かりを見たとき、意識は美しい花園に攫われる。

もう、王子は少年とは呼べないほど成長していた。しかし、青年となった彼の手を引く妖精は、少しも姿かたちが変わっていない。

王子と妖精を包むよう、つむじ風が吹いた。瞬きのうちに景色は変貌し、星明かりに満ちた花園にいた二人は、いつのまにか夜の町にいた。

当惑する王子に向かって、妖精は微笑んだ。

飽きてしまったから、帰してあげる。あなたなど愛していなかった、と鈴の鳴るような声が語る。いっそ残酷なほど、その声は愉しげだった。

そして、まるで空気に溶けるようにして、妖精は消えてしまった。取り残された王子は路地に立ち尽くす。

彼は妖精を探しながら、夜の町を歩きはじめた。しかし、彼女の姿は見当たらない。やがて、彼はここが自分の生まれた人間界だと気づく。遠くに見える山から、故国に戻ってきたのだと知る。

しかし、それは彼にとって救いにならない。

町並みは変わり果て、記憶にない物が溢れている。まるで自分だけが時間に取り残されて、周りの世界が進んでしまったように。

崩れ落ちた彼は、妖精の名を叫んだ。だが、応える者はいない。

王子の絶望が流れ込んできたとき、妖精への憎しみが溢れたとき、撫子は現実に引き戻された。

人の心を得た人ならざるものは、愛《いと》しい男を人間の世界に帰した。もともと無理やり攫ってきた相手だったから、彼を想って、人の世に帰すべきだと考えたのだ。

けれども、妖精には時の流れが分からない。

楽園に暮らしていたが故《ゆえ》に、人の寿命の儚《はかな》さも無常さも知らず、ただ王子を人間の世界に帰せば良いと考えた。

花園での王子との日々は、妖精にとって幸福だったのだろう。幸福だったからこそ、彼女は終わりにしようとした。

それがどんな悲劇を引き起こすのかも、彼女は気づかなかった。

彼女こそ、この本に憑いた妖精であり、撫子や花織を呪った元凶だとして――。

彼女はいったい何を未練にしたのだろう。それが王子にまつわるものだとしたら、大和の言うとおり、その願いは叶わないのかもしれない。

人の命は短い。とうの昔に、撫子の先祖だった王子は死んでいるのだから。

△▼　▲▽　△▼　▲▽

十月三十一日。

撫子と花織の誕生日は、呆気《あっけ》ないほど簡単に訪れてしまった。

「出かけましょう、と誘ったのは僕ですけれど。よりにもよって、加茂山なんて。良かったのですか、こんな近場で。もっと行きたい場所があったのでは？」

加茂山は、駅からほど近い公園である。春先に加茂市を訪れたときも、駅には大きなポスターが張られていた。

「ずっと気になっていたの。蓮さんにも行ってみたら、って言われていたし、花織も来たことがあるんだろうなって思っていたから。……教えてほしかったの、花織が生まれ育った場所のことを」

「僕の？」

「花織も小さいとき、来たことがあるんじゃないの？　蓮さんは、亡くなったお父様に連れてきてもらったって」

そのとき花織も同行していたのではないか。蓮之助が花織を家族と呼んだように、二人はそれだけ長い時間を過ごしている。

「雪椿《ゆきつばき》の季節になると、何度か一緒に来ました。春になって花がたくさん咲く頃に」

遊歩道を歩きながら、花織は背の低い木々を指差した。近くにもっと大きな樹木が生えているので、ずいぶんと小柄な印象を受ける。今は花をつけていないが、春になれば、いくつもの美しい花が咲くのだろう。

「雪椿って、加茂市の花だよね？」

「新潟県の木でもあります。このあたりでは馴染みの深い花ですね。雪融けを待って、春を告げる花ですよ」

「アネモネと同じ？」

赤いアネモネも、まるで春を告げるように咲く花だった。

「ええ。足下、気をつけてくださいね」

雪椿の群生する一帯を抜けると、見えてきたのは大きな神社だった。そういえば、夏に蓮之助が神社もあると言っていた。

平日ということもあって境内に人影はなく、木々のざわめきだけが響いている。

「夏に子どもたちが肝試しをしたのは、おそらくこのあたりでしょうね」

「そういえば、あの子たちが見た幽霊、何処にいるんだろうね」

蓮之助の生徒たちが肝試しをしたとき、現れたのは本物の幽霊だったのか、それとも別の何かだったのか。

「まだ山にいるのかもしれません。とはいえ、僕は幽霊ではないと思いますけれど。……このあたりは夜になると真っ暗になります、歩くのにも苦労するほど。肝試しのとき子どもたちが見た光は、他の人間が使っていた明かりなのではありませんか?」

「夜の山に、誰かがいたってこと?　変じゃない、それ」

「ここはだいぶ人の手が入っています。水場があり、屋根のある建物も点在しているので、一晩二晩くらいは簡単に過ごせるでしょう。ずっとここにいるのではなく、たとえば加茂市に用事があるときだけ、ここを宿にしていた、とか」

「待って。何のために?」

「さあ?　電車も動かない真夜中や早朝、誰にもバレずに悪さをするため、とかでしょうかね。加茂市には宿泊施設が少ないので、泊まるわけにはいかなかったのでしょう。どうしたって足がつきますから」

後ろ暗いことがある者は、とても宿など利用できない、と花織は言う。

「車を使えば?　わざわざ野宿なんてしなくても」

「ナンバーを控えられたら一発ですよ。不審者騒ぎで警察も動いているでしょうし、おかしな車があれば疑われます」

撫子は身震いした。

「怖いこと言わないでよ。……あ、もう紅葉なんだね。綺麗」

神社の石段をくだって、大きな池がいくつも並んだ場所に入る。池を囲う木々は赤く染まり、ひらりひらり葉が散りゆく。水面に浮く紅葉を、我先にと鯉《こい》たちが突いていた。

「春になると桜も綺麗ですよ。もう少し登ると遊具のある場所があって、そこは桜がたくさん咲くんです。運が良ければ、さきほどの雪椿と一緒に花見を楽しめます」

「お花見かあ。来年はお花見したいな。今年はできなかったから」

春、撫子の父は亡くなり、いつのまにか結婚していたことを知った。新潟に飛び込んでからは慌ただしく、気づけば桜も散っていた。

「蓮之助に連れてきてもらってください」

「花織が良いよ」

「できない約束は、しないことにしているんです。最初から、僕は自分の死を受け入れてきました。朽野花織は、今日でおしまい。心残りもない」

「……わたしの、ことは？」

「傍にいられなくても、君に遺してあげられるものはあります。どうか僕のことなど忘れてください」

「嫌だよ。忘れたくなんかない」

「いいえ、君は忘れます。お伽噺の妖精たちが姿を消したように」

花織の手が、撫子の背負ったナイロンリュックに触れた。彼は古びた本を取り出して、そっと表紙を撫ぜた。

「妖精憑きの本。知っていました、君がこれを手掛かりに、僕の呪いを解こうとしていたことを。この本こそ、僕と君にとってのはじまりだから」

「なら、どうして！」

花織ならば、本に憑いた妖精の未練を晴らし、呪いを解くことができたかもしれない。

「僕は、庭と妖精のことは間違えません。呪いは解けませんよ、決して。春や夏のときのように、君の同情では。……自分がどんなにひどいことをしているのか、撫子は分かっていません」

「ひどいこと？」

「気づいていないのですか？　君の思いやりは、すべて憐《あわ》れみから来ている。安っぽい同情です。以前、君は僕のことを寂しい人だと言いました。それは君が僕のことを可哀《かわい》そうだと思って、憐れんでいるからでしょう？」

「可哀そうだなんて、そんな！」

一度も思ったことはない、と続けようとして、撫子は口を噤《つぐ》んだ。

分け合うことは幸せで、孤独ではない証。

そう花織に訴えたのは、それを知らない彼を憐れんだからではないのか。

本当は寂しいのだろうと決めつけて、一緒にいれば幸福になれると思ったのは、花織の境遇を可哀そうなものと感じていたからだ。

「本当に傷ついたことも、裏切られたこともない。当たり前のように愛されて、当たり前のように大切にされてきた君に、何が分かるのですか？　僕には君の言う綺麗事が、とても薄情に聞こえるときがありました」

「そんな、つもりは」

「君があまりにもばかだから、世界は綺麗なもので溢れていると信じて、それを押しつけるから苦しい。撫子も、僕のように汚れてくれたら良いのに」

汚れたら、一緒にいることを赦してくれる。撫子のことを好きになってくれるのか。

だが、汚れるとは、どういうことなのだろう。花織が汚れているならば、彼を汚してしまったのは誰なのか。

花織を苦しめたいわけではなかった。ただ、心から笑ってほしかっただけだ。

——撫子の気持ちが、ずっと彼を傷つけていたのだろうか。

以前までの撫子だったら、撫子には撫子の信じるものがあると胸を張った。しかし、それが花織を傷つけていたとしたら、誇ることなどできない。

「余計なことを言いましたね。……誕生日、おめでとうございます」

渡されたのは、厚紙で綴られた冊子だ。ページを捲れば、名前や住所、連絡先がいくつも連なっている。

「君が緑と生きたいなら、何処でも良いから連絡してください。花織から紹介されたと言えば、何処だって君を受け入れてくれるでしょう。それだけの恩は売ってきた」

「……ねえ、止めて」

「君の造る庭を見れないことだけが、少し残念です」

撫子はついに涙を堪え切れなかった。大粒の涙を零しながら、花織に背を向ける。欲しかったのは、形ある物ではなかった。ただ、約束がほしかった。一緒に生きたい、と望んでほしかったのだ。

撫子の庭――撫子の造りたい楽園は、花織のための楽園だったから。

△▼　▲▽　△▼　▲▽

どのようにして加茂山を出たのか、記憶になかった。

あてもなく市内をさまよっているうちに、冷たい雨が降りはじめる。秋の雨は、まるで冬を連れてくるように冷たくもの悲しかった。

傘もなく雨に打たれて、撫子は目を閉じた。

瞼の裏には哀しげな花織がいた。ずっと、彼は撫子のせいで苦しんでいたのか。それを知らず、彼を慕い、彼に纏わりついていた。自分が信じることだけを貫いて、自覚もなく、花織の心に何度も血を流させた。

激しい雨が容赦なく体温を奪っていく。足が重たくて仕方がない。いっそ、このまま気を失ってしまいたかった。

途方に暮れていると、雨音にまぎれて足音がした。

振り返った先に、黒い影があった。まだ二十代の前半といった男だ。幼さの残る顔立ちに反して、目の下には色濃い隈《くま》があり、血走った恐ろしい目つきをしていた。

男は撫子を凝視している。立ち尽くす撫子に、真っ直ぐ近づいてくる。

気づけば、撫子は走り出していた。本能的に逃げなければならないと感じた。

逃げる撫子を追いかけて、男も走りはじめる。

勢いよくアスファルトを蹴りつけても、濡れたワンピースが絡みついて、思うように走ることができない。

焦った瞬間、撫子は足を滑らせてしまう。右肩から勢いよく転ぶ。ワンピースの袖《そで》が破けて、できたばかりの傷口に砂利《じゃり》と雨が沁《し》みた。

痛みを堪えて起きあがると、すでに男は近くに迫っていた。

「やっと会えた！」

遠くにいる恋人と会えたような、甘ったるい声だった。しかし、知らない声で、知らない顔の男だった。

「ずっと、ずっと探していたんだよ。急に消えてしまったから！　お父さんが死んで哀しかったなら、俺が慰めてあげたのに。父親しかいなかったのに、独りになって。いままでどんな風に過ごしていたの。もう苦労させないから」

撫子は歯を鳴らす。この男の正体に気づいてしまった。

東京に暮らしていたとき、アパートの郵便受けには盗撮写真が届いた。その犯人こそ、目の前にいる若い男なのだ。

彼はスマートフォンを取り出すと、ＳＮＳの画面を見せつけてくる。男の個人ページのようで、プロフィールには喧嘩別れした彼女を探している、とあった。

身に覚えのない《彼女》は、灰色の髪に黒い手袋をしているのだという。

ふと、大和との遣り取りを思い出す。夏の頃から撫子と花織の仲を心配していたのは、これが理由だったのかもしれない。

呪われた撫子は、外界との繋がりを最低限にしていた。ネットの世界のことも疎《うと》い。自分が探されているとしても、気づくことすらできない。

たとえば、善良なる匿名《とくめい》の誰かが、善意をもって撫子の情報を教えていたとしても、防ぐこともできないのだ。

「新幹線で目撃情報があったから、新潟に行ったのは分かったんだ。でも、なかなか居場所が摑めなくて。ようやく情報が集まって、ここに来れたんだよ。まさか、こんなところにいるなんて。それも、あんな男と一緒に！」

座り込んだままの撫子は、無理やり肩を摑まれて、地面に押し倒される。からからに渇いた咽喉《のど》は、悲鳴ひとつあげることができなかった。

「ひどいだろ。何も言わずに結婚するなんて。裏切るなんて、俺を」

雨に溶けだした土で、生成り色のワンピースが汚れていく。浅黒い手が首筋に触れて、生臭い吐息が頰をかすめたとき、撫子は絶望の足音を聞いた。

目を閉じる。瞼の裏に浮かんだのは、独りきりで立ち尽くす花織だった。寂しげな背中を抱きしめて、もう大丈夫だよ、と言ってあげたかった。

撫子はただ、花織を——。

「撫子！」

はっとして目を開けば、男の手首を捻った花織がいた。細身からは想像もつかないほどの力で、彼は男を地面になぎ倒し、押さえつける。

「怪我は？」

撫子は歯を鳴らしながら首を横に振った。転んだ拍子に腕や足を擦りむいたが、幸いにも男によって負わされた怪我はない。

「蓮之助、警察は」

「もう呼んでいる」

駆けつけた蓮之助が花織と代わって、ストーカーを押さえる。

「放せよ！　おい、お前。俺の撫子に近づくな！」

ぶつぶつと繰り返す彼の脳内では、撫子は彼の恋人なのだ。だから、何をしても構わない、とひどい目に遭わされるところだった。

「お前のものじゃない。この子はずっと、もう十年も前から僕のものだった」

「ふざけんな！　俺は、俺はずっと見ていたんだ。消えろよ、消えろ！　うるさい。うるさい、うるさい、うるさい！　ちくしょう。なんで裏切ったんだよ、撫子。俺はこんなにもお前を愛しているのに。探していたのに」

「撫子。耳を貸さなくて良いですよ」

「病院で優しくしてくれただろ！　ベンチで泣いていたら、ハンカチをくれた。俺に笑いかけてくれた！」

覚えがなかった。悲しんでいる人や泣いている人にハンカチをあげるくらいのこと、この人が相手でなくともしてきた。

証拠に、撫子は男の顔など憶えていなかった。単なる日常であり、憶えている価値もないほど些末《さまつ》なことだったのだ。

「大学の図書館で見かけたとき、会いに来てくれたんだって。たまに物陰から俺を見て、笑ってくれただろ!?　病院ですれ違ったときだって、大丈夫だよって、言うみたいにこっちに会釈《えしゃく》してくれた」

東京にいるとき、独学で造園の勉強をしていた撫子は、複数の私立大学の図書館も利用していた。専門書も多く、一般開放もされているので、区立や都立の図書館よりも利用する頻度は多かったかもしれない。

この青年が何処かの大学の生徒ならば、すれ違っていても奇妙ではない。

しかし、一度たりとも彼のような人に話しかけられたことはない。

「ぜんぶ、気のせいです。あなたが愛していたのは、撫子ではありません。ただの偶像です。自分に優しくしてくれる、都合の良い女の子が欲しかったのですね？　あなたの夢のなかでは、さぞかし撫子は優しかったのでしょう。——でも、夢は醒《さ》めなくては」

花織は膝を折って、撫子と目線を合わせた。彼の手には、妖精憑きの本がある。

「恋とは儘ならないものです。一方的に寄せた好意が叶わないこともあれば、両想いになったあと悲劇が待っていることも。撫子は、お伽噺の結末を知っていますか？」

めでたし、めでたし。

そんな風に終わるお伽噺が、撫子の理想だった。だが、いま、それを口にする勇気がなかった。本を抱えた花織は、ふらふらと道路を歩きはじめる。雨の向こう側へと、花織の姿が消えていく。

遠くで聞こえるパトカーのサイレンだけが、やけに強く響いた。

「いや。……っ、嫌だよ」

このまま、花織を見送ることができない。

撫子の想いは、いつだって彼を傷つけた。何気なく伸ばした手が、甘えるような言葉が、彼の心を引き裂いていた。

それでも、撫子は花織と一緒に生きたい。

撫子は震える足で立ちあがった。腕時計が告げる時刻は、もう日付が変わるまでそれほど残されていない。

「なっちゃん」

咎《とが》めるような蓮之助の声には、何の温度もなかった。

「ごめん。わたしには、やっぱりできないよ」

「そうやって、自分の願いばっかり押しつけんのか？　いつもそうだ。なっちゃんは、なっちゃんのしたいようにしかしない。自分のことばっか」

蓮之助の言うとおりだ。春に加茂市を訪れたときから変わらない。撫子はただ、撫子の願いと我儘だけで、この季節まで歩んできた。

「一緒にいたいの。楽しいことも、嬉しいことも。……悲しくて、苦しいことだって！

わたし、花織と分けていきたい。あの人のぜんぶを、分けてほしかったの。独りじゃないよって、教えてあげたかった」

撫子は降りしきる雨のなかを駆け出した。街灯も少ない夜道は、たまに走り抜ける車のライトだけが頼りだった。

ひたすら桂花館を目指せば、門前に並んだ金木犀が見えてくる。

一番大きな金木犀の下で、花織が雨に濡れていた。

彼は妖精憑きの本を開く。すべてのはじまり、撫子と花織を繋ぐ因縁を。

おそらく、花織は何もかも知っていた。この本のことだけではない。春と夏の件も、手を出さなかっただけで、すべて見透かしていた。

朽野花織は、庭と妖精のことは間違えない。その人生を妖精によってくるわされた彼にとって、妖精とは息をするように理解できることだった。

「お伽噺には終わりが必要でしょう？　君には結末を見届ける義務があります」

本が語る真実には、何の救いもない。だから、最後のページを開くのが怖かった。

撫子は花織に近寄って、そっと本に手を伸ばした。

舞台は、長い時間が流れて変わり果てた、王子の祖国ではなかった。

少年から青年になるまで過ごした花園に、美しい王子は立っていた。ただし、そこはもう妖精たちの楽園ではない。

咲き誇っていた花々は、折り重なる妖精たちの骸《むくろ》で潰された。彼らの屍《しかばね》から流れた血が花園を穢した。

王子の腕に抱かれていたのは、白金の髪を血に染めた女だ。愛おしくて、同じくらい憎らしかった妖精の骸に口づけた王子の唇は、真っ赤に染まっていた。

妖精の血は赤い。まるでアネモネの花のように。

そして、花園に声が響いた。脳みそをかき混ぜられるかのような慟哭だった。怨嗟《えんさ》の声は鳴りやまず、心臓が痛いほどに早鐘《はやがね》を打つ。

王子の声だろうか。違う。これは殺しつくされた妖精の、王子を呪う悲鳴だ。

「撫子」

名を呼ばれたとき、視界が開けていく。

もう血染めの花園はなかった。代わりに、哀しそうに虚空《こくう》を見る花織がいた。

「妖精は、人間とは違う倫理観を持っています。欲しいものを欲しがって、攫うことだってためらわない。そんな妖精が人間に恋をしたならば、どうなると思いますか」

人間の心を得た、人ならざる者の末路。彼女は攫ってしまった王子に罪悪感を覚えて、人の世に帰そうとした。

あなたなど愛していない、と嘘をついて。

人の想いを覚えた妖精は、相手の未来を潰すならば、身を引くことを選んだのだ。

だが、王子は裏切られたと感じた。自分勝手に攫って、自分勝手に愛しさを教えたというのに、今さら捨てるのか、と。人間界に帰された彼を待ち受けていたのは、残酷な現実だ。祖国はとうに滅び、彼を知る者たちは誰もいない。

妖精の国と人間界では、時間の流れる速さが異なった。

王子は何もかも奪われた末、捨てられたと思い込む。愛は憎しみに変わり果て、その矛《ほこ》先《さき》は自らの運命を捻《ね》じ曲げた妖精に向かう。

殺された妖精と、殺してしまった王子を想って、撫子の頬を涙が伝った。

道理に逆らって、運命に抗った結果が、これなのか。実ることのなかった恋は枯れて、すれ違いの末に生まれた悲劇は哀しいばかりだ。

泣く泣く王子を人間界に帰した妖精は、心からそう願っていたわけではない。本当は王子と一緒にいたかった。だから、この本に彼女は憑いた。

「独りにしないでほしい、ずっと共に在《あ》りたかった。そう願いながら王子を手放した妖精の愛が、悲劇を引き起こした。花園を奪い、同胞を虐殺《ぎやくさつ》される結末を」

愛は綺麗なものばかりではない。愛していたから別れを選ぼうとした妖精と、愛していたから妖精を殺した王子。

どちらも、なんて身勝手で報われない想いだったのだろう。

数多《あまた》の妖精の屍が、彼らの恋の結末であり罪だった。

「妖精は、愛する人に殺されました。王子のために身を引いたのに、愛しているからこそ手放そうとしたのに、その愛に殺された」

「でもっ……、だけど。それ、でも」

二人は出逢わなければ良かったのだろうか。最期と同じように、ずっと不幸だったとでも言うのか。

「それでも過去に意味はある。実を結ばなかった花にも意味はある、と君は言うのでしょう。でもね、撫子。それは君が独りではないからだ。君を愛し、君のために戦ってくれる人がいたからです」

かつて、撫子を愛し、自分よりも大事にしてくれた人がいた。亡き父は、撫子のために理不尽な現実と戦ってくれた。

撫子の両手には、はじめから溢れんばかりの綺麗なものが与えられていた。優しくて、美しいものだけで世界ができていると疑いもしなかった。

「君を大事にしたいのに、同じくらいひどい目に遭わせたかった。笑ってほしいと思った心で、僕と同じくらい絶望して、襤褸《ぼろ》切れみたいになれば良いとも願っていました。君を踏み躙《にじ》ることができたなら、……僕は、君を可哀そうだと憐れんで、好きに、なれるのでしょうか」

花織は雨に散らされていく金木犀を見上げる。

「金木犀は孤独な木。日本に連れられてきたとき、愛しい女《ひと》と引き離された。連れてこられたのは男ばかりで、花を咲かせても実を結びません」

雌雄異株。植物のなかには雄と雌に分かれる木がある。淡いオレンジの花は散るばかりで、次の命を遺すことなく朽ちてゆく。

「こんな綺麗なのに、ぜんぶ徒花《あだばな》」

花織は祈るように金木犀に触れた。彼の頬を伝ったのは、雨かそれとも涙か。

「そう、僕と同じ。僕は実を結ばない花なんです。何も遺せない、次に繋げられない命なのに、こんな僕に何の意味があるのですか。僕は世界に独りきり。誰も本当の僕を知らない、知ってほしくなかった」

二人を隔《へだ》てる見えない壁を突き破るように、撫子は花織の胸に飛び込んだ。震える花織の姿に、胸が締めつけられた。

「独りなんかじゃない。そんなこと、ない。わたしでは、だめ？　あなたの独りに、寄り添えないの？　嫌だよ、花織」

寄り添いたいのだ、彼の孤独に。傷を癒《いや》すことはできなくとも、幸せな未来に繋がっていくための助けとなりたかった。

触れたい。この人の一番奥にある柔らかな場所を、強く抱きしめてあげたかった。

「好き。あなたを、わたしに分けて。……死なないで、花織」

喜びや嬉しさだけでなく、痛みも苦しみも分け合って、独りではない幸福を共にしたいと思っていた。

知らない感情だったから、これが恋と気づくことができなかった。手を伸ばしたいのにためらってしまう矛盾《むじゅん》した気持ちが、恋しさだと分からなかった。

きっと、出逢ったときから花織を想っていた。花に愛された特別な彼を、撫子が渇望していた花に囲まれながらも寂しそうな彼を笑顔にしたかった。

笑ってくれたら、どんなに撫子も幸福になれるだろう。

花織の指先が、撫子の首筋をなぞった。雨に濡れた冷たい指は、撫子の体温と混ざっては溶けていくように儚い。

「撫子」

宝石のような紫の瞳に魅入られて、瞬きもできなかった。花織は苦しげに眉根を寄せてから、そっと撫子に唇を重ねた。

雨の味、それとも悲しみの味だろうか。

柔らかな唇が触れ合っても、心は遠く離れていくようだった。手の届かない場所に花織が行ってしまう気がして、身体を千々《ちぢ》に切り裂かれたような痛みがした。

「ばかだね。どうして、こんなろくでなしを好きになったの」

十二時にセットしていたスマートフォンのアラームが鳴り響いた。それは花織との別れを告げる哀しい音になるはずだった。

されど、花織は死なない。今もまだ息をしていた。

「妖精は呪いをかけた。永久《とわ》に解けぬ呪いを。俺は、ずっと故郷を滅ぼした人間が赦せなかった。花園を奪った王子の血が憎かった」

あらゆる緑を、花を枯らす指に遺された呪いの元凶。お伽噺に隠された真実は、撫子が知らなかっただけで、ずっと傍にあった。

はじめから、すべて嘘だった。花織は死なない。彼は妖精憑きではないのだから。

撫子の黒い手袋が解けて、赤く呪われた指があらわになる。優しい魔法が解けるように、幸せだった日々が零れ落ちていく。

白薔薇の庭で、魔法をかけてくれた人は言った。大人になるまでに呪いを解くことができたら、この手袋の魔法は本物になると。

撫子の呪いは解けない。なぜならば、彼の未練は晴れず、いまだ願いは叶っていない。

お伽噺に閉じ込められた妖精、その生き残り。

冥府《めいふ》のザクロを食べたペルセフォネのように、人の世に馴染み過ぎたが故に、彼はもう妖精の国には帰れない。ただ独りきり、此の世をさまよっていたのだ。

気の遠くなるような昔から、お伽噺が消えゆく今に辿りつくまで。

妖精の骸が折り重なる花園で生まれた、憎悪と呪いだけを抱えて。

「あなたが、わたしを呪ったの？」

金木犀が噎せかえるほど強く香るなか、花織は微笑む。

「どうか永久《とわ》に苦しんで。……ずっと、お前の泣き顔が見たかった」

花織が姿を消したのは、この夜のことだった。

アネモネは
冬野に笑う

その庭園には、まばゆい太陽の光が満ちていた。木々は天に向かって枝を伸ばし、風に緑の葉が揺れている。

「今日は何するの？」

九歳の撫子《なでしこ》の手を引いて、花織《かおる》は園路《えんろ》をくだっていく。

「植え込みだな」

「そこに植えるの？」

目の前にあるのは、土が耕されているだけの場所だ。広い庭園のなかで、この一角だけ緑がなく、物寂れた印象を受ける。

「ああ。春になったら花が咲くように」

花織は地面に膝《ひざ》をついて、スコップで土を掘り返す。繋《つな》いでいた手が離れたことを残念に感じていると、彼は撫子に空いている手を差し出した。

いつのまにか、その掌《てのひら》には球根がひとつ載っていた。

「触ってみるか？」

「でも」

撫子の手は呪われている。触れた植物を枯らしてしまう。

花織は意地悪そうに唇をつり上げてから、撫子の掌に球根を落とした。思わず、撫子は目を瞑《つむ》ってしまう。

「ばかだな。魔法をかけたと言っただろう？」

恐る恐る、目を開く。魔法の手袋のおかげか、球根は枯れることなく掌にあった。

喜びのあまり涙が滲《にじ》んだ。もう、あの白薔薇《ばら》の庭のように、哀《かな》しい光景をつくりだすことはないのだ。撫子が触れても、植物は痛い、痛いと泣くことはない。

花織のかけてくれた魔法が、これからの撫子を生かしてくれる。

「この球根。どんな、お花が咲くの？」

「アネモネ。寝る前に読んでやっただろう？　花の女神の物語に出てくるニンフだ。そうだな、お前の言うところの妖精さんだよ」

「眠たかったから、あんまり憶《おぼ》えていないの」

花織は呆《あき》れたように肩を竦《すく》めた。

「むかし昔、アネモネは花の女神の世話をする侍女だった。あるとき、アネモネは風の神ゼピュロスに愛されるようになるが、それが花の女神の怒りを買う。憐《あわ》れなアネモネは見捨てられた。ゼピュロスは花の女神と喧嘩《けんか》したくなくて、アネモネを捨てた」

花の女神に仕えていたアネモネ。彼女は風の神ゼピュロスの寵愛《ちょうあい》を受ける。

しかし、ゼピュロスの恋の相手は自分だと思っていた花の女神は、アネモネのことを知って激怒する。結果、ゼピュロスはアネモネより花の女神を選んだ。

「すてられちゃったアネモネは、どうなったの？」

「花に変えられてしまった。だから、この花の名前はアネモネだ」

「ひどい」

幼心に理不尽だと感じた。アネモネの何処《どこ》に非があるのか。

「恋とは、ひどく理不尽なものだよ。風の神に愛された乙女の花だからか、春風に咲いて春風に散る花だからか。アネモネは《風の花《ウィンド・フラワー》》とも呼ばれる。アネモネという名前ですら、ギリシア語のanemos《風》が由来だ」

「ギリシア……。ねえ、前にもアネモネの話をしてくれた？」

眠る前に花織が教えてくれる物語は数が多く、いくつも聞いているうちに眠たくなってしまう。ただ、アネモネという花の名を聞いたことがある気がした。

「アドニスの物語だな。ギリシア神話のアフロディテ、ローマ神話で言うところのウェヌス、美の女神に愛された少年だ」

「イノシシに殺されちゃったんだっけ？」

女神の忠告を聞かずに狩りに出て、イノシシに突き殺されるのだ。

「殺されたアドニスの血から咲いたのが、アネモネの花だ」

「怖い。血と同じ色なの？」

死者の血から咲いたならば、その花の色も赤いのだろうか。

「そう、アネモネは血のように赤い花を咲かせる。まるで命を吸い取ったかのようだと思わないか？　風の神に愛されたアネモネの物語にせよ、アドニスの物語にせよ、どちらも犠牲のもとに咲いた花であることに変わりはない」

風に流れる花のように、花織は儚《はかな》げに笑っていた。

△▼　▲▽　△▼　▲▽

灰色の空から、雪が舞い降りていた。

桂花館《けいかかん》の庭に立って、撫子はかじかむ指に息を吹きかけた。新潟の冬は恐ろしいほどに気温が低くなり、あたり一面は真白に染まる。

去年までの撫子ならば、想像もしなかった冬景色だ。

思えば、ずいぶん遠くに来てしまった。父が亡くなってから一年も経《た》っていないことが嘘《うそ》のようだ。

顔も知らない夫を探して新潟を訪れたことも、その人と一緒に暮らしたことも、すべてが夢だったのではないかと疑ってしまう。

膿《う》んでしまった傷口のように、繰り返し、繰り返しよみがえる光景がある。雨に濡《ぬ》れた金木犀《きんもくせい》の下で、花織は誰よりも深く傷ついていた。

視線を落とせば、剝《む》きだしになった赤い指がある。もう優しい魔法の手袋はない。ここにあるのは、触れた植物を枯らす呪われた手だけだ。

花織が姿を消したのも当然だ。

出逢《であ》ったときから、撫子は息をするように花織を傷つけていた。呪われたこの手は、悪気もなく告げた好意の数々は、いつだって彼の心を抉《えぐ》った。

涙を堪えて、撫子は庭の一角につくった刺繍花壇《パルテール》を見下ろした。

雪を被った土から、わずかに顔を出していたのは緑の芽だ。土中で眠っていた球根が、冬の訪れからしばらくして、ようやく芽を出した。春になれば花々が咲いて、撫子が設計した幾何学《きかがく》模様の花壇ができあがる。

しかし、一緒に刺繍花壇をつくってくれた人は、もう隣にいない。

「引きこもりは終わりにしたのか？」

園路の雪を踏みしめる音がした。振り返った先に、傘を差した蓮之助《れんのすけ》がいる。彼はまるで親の仇《かたき》を見るような、そんな険しい顔をしていた。

「今夜はひどい雪になる。こんな寒いところで、なにやってんだか。生きているみたいで安心したけど」

蓮之助と最後に顔を合わせたのは、いつのことだったか。

まともに会話したのは、秋のストーカーの件で事情聴取を受けるとき、警察まで付き添ってもらったのが最後だ。

花織が去ってからというもの、蓮之助との関わりも急速に薄くなった。従兄妹《いとこ》同士を繋いでいたのは、血縁ではなく、花織という存在だったのだ。

「ここにね、刺繍花壇《パルテール》を造ったの。花織と一緒に」

「へえ。俺は庭のことなんて分かんねえけど、これは何の芽なんだ？」

「たぶん、アネモネ」

設計図のとおりであれば、ちょうどアネモネの球根を植えているあたりだ。

「ああ。春風と一緒に咲くんだろ、たしか。風の花だって、花織は言っていたな」

知っている。撫子とて、花織から教えてもらったことがある。

風の神に愛されて、花に変えられてしまった乙女の花であり、そして——。

「アドニスの花でもあるよ」

神話の美少年アドニス。彼の血から咲いた花だった。

かつて、桂花館にいた同じ名を持つ男は、花織の父などではない。戸籍上は親子とされていても、二人は同一人物でしかなかった。

アドニスは花織であり、花織はアドニスである。人ならざる彼は、名前を変えながら、ずっと此《こ》の世をさまよっていた。

「蓮さんは、ぜんぶ知っていたんだよね」

花織が姿を消してから、一度も問うたことはない。だが、蓮之助の態度を見れば、彼がはじめから事情を知っていたことは明らかだ。

「何も知らなかったのは、なっちゃんだけ。最初から最後まで、余所者《よそもの》だった。当然だよな。いちばん花織に憎まれて、いちばん花織を傷つけてきたんだから。いつまで桂花館に居座るつもりだよ。花織がいないなら、こんな場所に意味はないだろ」

「……今は、いなくても。何処かに行ってしまっても。花織は戻ってくるよ。春になったら、きっと、ここで、また」

堪《たま》らず、撫子は声を詰まらせた。春になれば花織はこの庭にいる。彼が愛し愛された庭園に戻ってくると信じていたかった。

「朽野《くだらの》花織なんて男は存在しない」

撫子はきつく拳《こぶし》を握った。そうしなければ、立っているのも精一杯だった。

「花織は、ここにいたよ！」

「いない！　なっちゃんが追い出したんだろ。杏平《きょうへい》もなっちゃんも、自分のことばっかりで、あの人を傷つけるだけだった。……あの人は悪くない。故郷も、仲間も、帰る場所も奪われて！　それでも、誰も恨むなって、憎むなって言うのかよ」

植物を枯らす呪われた指は、父を傷つけて、撫子に不自由を強《し》いた。若くして父が亡くなったことも、撫子の呪いによる心労なのではないか、と疑う心もある。

しかし、呪いの理由が、哀しいお伽噺《とぎばなし》にあるならば——。

どうして呪った、と花織を責めることができない。まして、姿を消してしまった彼は、撫子に遺された唯ひとりの家族だ。

「俺は、花織に幸せになってほしかった。……子どもの頃から、あの人を追いかけてきた。いつのまにか追い越してしまって、遠ざかっていくだけだとしても！　もうこれ以上、傷つかないよう大切にしたかった」

蓮之助は屈《かが》んで、刺繍花壇《パルテール》に手を伸ばす。アネモネの芽に触れる手は、大事な宝物をあつかうかのように優しかった。

「風の神に愛されて、花に変えられたアネモネ。女神の恋人だったアドニスの血から咲いた花。風と一緒に咲いて、風と一緒に散る儚い花なのに、とても血なまぐさい恋の花でもあるって、花織は言った。それも、実を結ぶことなく悲しい結末を迎えた恋の」

アネモネの別名を《風の花《ウインド・フラワー》》という。風に咲いて風に散る花は、実を結ばぬ恋の花でもあった。

撫子が自覚するよりも早く、蓮之助はこの恋心に気づいていたのだろう。花織に恋をする撫子を、誰よりも近くで見てきたのが彼だった。

「人生には叶《かな》わないことの方が多い。実を結ぶ花より、実を結ばない花の方が多いんだ。なっちゃんじゃ、花織を繋ぎとめられなかった」

涙が止まらなかった。嗚咽《おえつ》を殺そうと唇に手をあてるが、殺しきれず、情けない声が洩《も》れた。

「わたしが、花織を傷つけたから？」

雨に散らされる金木犀の香りとともに、花織の悲しい笑顔がよみがえる。触れた唇の近さに反して、心は何処までも遠かった。

「ここは花織の庭だった。あの人のために存在する、あの人を傷つけない場所だった」

撫子は恐る恐るあたりを見渡した。

いつも生を謳《うた》っていた庭だ。花織が育てる子たちは、彼の愛に懸命に応《こた》えて、より美しく在《あ》ろうとした。天高く枝葉を伸ばし、風に花弁を揺らしながら庭園を彩っていた。

いま、ここにあるのは色褪《あ》せた光景だ。悲しいばかりの冬枯れの庭だった。

雪の重みで生垣が潰《つぶ》れて、折れた枝が雪に突き刺さっていた。冬を越すことができたはずの草木も枯れて、ただ死にゆくばかりである。

たとえ雪融《ど》けを迎えたとしても、この庭に春が来るとは思えなかった。

この庭の主《あるじ》――花織は消えた。ここにいるのは、庭の命を奪う呪われた娘だけだ。

撫子たちの祖は、遠い昔に罪を犯した。妖精を喰《く》らい、彼女たちの花園を赤い血で穢《けが》してしまった。

同じことを、撫子は繰り返した。花織のための楽園を造りたいと願った身で、真逆の蛮《ばん》行《こう》を、始祖《しそ》の罪を繰り返すように花織の庭を壊した。

無理やり押し込めていた嘆きや悲しみが、荒波のように押し寄せた。

冷たい目をした蓮之助。彼が大事にしていた人を、この庭から追い出してしまったのも撫子だ。好きな人を見失っただけではなく、他の人たちからも奪った。

花織は何処にいるのだろう。今も傷ついたまま、独りきりでさまよっているのか。まるで風に流される花のように、何処にも根を下ろすことができずに。

撫子は蓮之助に背を向けて、桂花館へと逃げ帰った。

人気《ひとけ》のない広間の照明をつければ、カチコチ、と古びた時計の音がするだけだった。併設された台所は綺麗《きれい》なままで、冷蔵庫はほとんど空っぽだ。ゴミ箱にはレトルトやインスタント食品の袋が捨てられている。

花織と並んで調理をした記憶も、一緒に食べた料理の味も、もう思い出せなかった。

否《いな》、思い出せないのは、この一年弱の記憶だけではない。

撫子は両手を強く握り合わせた。指先から付け根、掌まで、まだらに赤く染まった手には、もう魔法をかけてくれた手袋はない。

思い出せない。十年前、魔法の手袋を貰《もら》うまで、どんな風に生きていたのか。

ワンピースのポケットに入れていたスマートフォンが、メールの受信を告げた。知らないアドレスだが、添付されている写真から、蓮之助からのメールだと分かった。百合香《ゆりか》から撫子のアドレスを聞いたのだろう。

本文もなく添付された写真は、夏の日本庭園にいる少女だった。

場違いな白いドレスを着て、彼女は笑っている。後ろに粟ヶ岳《あわがたけ》を置いた辻《つじ》家の庭で、ただ独りきり。

あのとき隣には花織がいた。しかし、写真に写っているのは撫子だけだ。

「花織」

すべてが夢幻のようだった。撫子は消えてしまった彼の面影を探して、ずっと足を踏み入れていなかったサンルームに飛び込む。

まだ花織がここにいるかのように、サンルームは変わらなかった。イーゼルに張られた画布《カンヴァス》、使い古したパレット、床に散らばったいくつもの図面もそのままだ。

ただし、イーゼルの前に置かれた丸椅子《いす》に、花織の姿はない。代わりに分厚い茶封筒がいくつか置かれている。

封筒を開ければ、見覚えのある書類が出てくる。似たような書類の数々を、一年ほど前に目にしたことがあった。

これは身内が亡くなったとき、あらゆる手続きを進めるためのものだ。

一番上にある死亡届は、撫子が記入するだけで完成する。死亡届と繋がった死亡診断書も、医師である百合香が記入済みだった。

これで、親族――撫子が死亡届を提出すれば、朽野花織という男は死ぬ。

他にも、生命保険やら土地の権利、税金にまつわること、丁寧にひとつひとつが準備されていた。なかには撫子名義の通帳まで入っている。すべての手続きが終わったとき、撫子のもとには花織の遺産が渡り、何不自由ない生活が約束されるのだろう。

「ばか。こんなの、要らなかったのに」

彼が撫子を呪ったことが真実だとしても、大切にしてくれたことも真実だった。

この赤い指を、撫子の人生に苦悩を与えたのが花織ならば、いつか緑と生きるという夢を、人生に希望を与えてくれたのも彼だった。

どんな思いで、撫子を妻に迎えたのだろう。

どんな覚悟で、庭のことを教えてくれたのか。

撫子は桂花館を出て、車に飛び乗った。いつのまにか時刻は夜の十時を過ぎて、除雪された道路には新しい雪が積もりはじめている。消雪パイプから噴き出した水も、この夜のうちに凍りついてしまうだろう。

慣れない雪道のため、到着までいつもの倍近い時間がかかった。

真冬、それも夜の寺だ。さすがに墓参りに訪れている人はいない。年配の住職に非常識な訪問を詫《わ》びると、彼は足下に気をつけるように、と懐中電灯を貸してくれた。

そんな優しさに、泣きたくなるような気持ちになった。

石段の雪に足を滑らせながら、撫子は緩《ゆる》やかな山の斜面を登っていく。

今宵《こよい》は満月だ。月光が降り続ける雪を、一面白くなった墓地を照らしている。

辻家の墓に辿《たど》りついたとき、糸が切れた人形のように、撫子は膝から崩れ落ちた。身体《からだ》に力が入らない、足が鉛《なまり》のように重たい。

――本当は分かっている。いつまでも不幸のままではいられないことを。

生きている限り、生きていかなければならない。出口のないトンネルを歩いている気がしても、何事もなかったかのように世界は進んでいく。撫子の絶望など知りもせず、時間は流れていくのだ。

それでも、父が眠る場所を前にした途端、また哀しみが溢《あふ》れてしまった。

「ごめん、ね」

死にゆく父が、最期《さいご》まで気にかけていたのが花織だった。父は撫子に花織を託して、帰らぬ人となった。

父の願いすら叶えられなかった。父が遺してくれた家族を、ただ不幸にしただけだ。

寒風に吹かれながら、どれほどそうしていたのか分からない。

ふと、うなじや手の甲《こう》に落ちていた雪が止《や》んだ。顔をあげた撫子は、自分の目に映ったものに絶句する。

夢なのだろうか。夢ならば、なんて残酷な夢を見せるのだろう。

「杏平、くん？」

父はもう撫子の隣にいない。こんな風に、撫子に傘を差してくれることはない。

「泣くのは止めろ。ブスになるから」

杏平はしゃがみ込んだ。黒い傘は二人を隠し、外の世界から切り離した。

月の光さえ届かぬ傘のなか、杏平は困ったように目を細めた。青紫の唇、こけた頰《ほお》、瘦《や》せ細った身体は、病室に閉じ込められていた最期を思わせる。

「花織と喧嘩したのか？　はやく仲直りしろよ。意地なんか張ってないで」

「……もう、いないの。何処かに消えちゃった」

「なら、こんなとこいるんじゃねえよ。墓なんて来る暇あるなら、はやく探せ。二度と会えなくなっても良いのか？」

俺のときみたいに、と杏平は零《こぼ》した。だが、花織を探しだしたところで、どんな言葉をかければ良いのか分からない。

「放っておいて。独りにしてよ」

父に合わせる顔がない。彼の託してくれた花織を守れなかった。

「こんな状態で独りになんてできるか。心配なんだよ、分かれよ」

「誰が心配してなんて言ったの。死んじゃったくせに。……っ、わたしを、置き去りにして！　呪われた娘のお守りなんて止めて、好きにすれば良かったのに。ばかみたい、苦労ばっかりして！　杏平くんには、自由な人生があったのに」

娘のために生きて、死んでいった人だ。あれほど若くして亡くなった原因に、撫子が入っていないとは思えない。

この人は、どれだけのものを諦《あきら》めて、撫子を選び続けたのか。

杏平が諦めてきたものは、きっと撫子よりも価値あるものだった。誰かと恋をして、幸せな家庭を築くこともできただろう。自分のやりたいことに打ち込んで、名誉を得ることもできたはずだ。

彼は若かった。撫子さえ捨てれば、選び取ることのできた幸福があった。

「俺が、いつお前のせいで苦労したって？　そんなこと一度だって言ったことないだろ。心配くらいさせろ。大事なんだよ、お前が」

暴言を吐かれてもなお、彼は撫子の家族であろうとしていた。やはり、撫子は恵まれている。花織と違って、自分を愛してくれる人が傍《そば》にいた。

だからこそ、撫子は花織に拒絶された。

「大事にして、なんて誰が言ったの？　大事になんてされるべきじゃなかった！　捨ててくれたら良かった！　……そうすれば、きっと」

きっと、花織の痛みを分かってあげられた。傷つけたりしなかった。

瞬間、頬に鋭い痛みが走った。

「今、なんて言った」

生前の杏平は怒ることも稀《まれ》で、手をあげられたことは一度もない。熱くなった頬を掌で押さえながら、撫子は心ここにあらずに杏平を見る。

「大事になんてされるべきじゃなかった？　ばか言うなよ。それは、お前を大切にしたかった、俺を侮辱《ぶじょく》しているのと同じだろ」

「そ、んな、そんなつもりじゃや。だって」

「だってじゃねえよ！　俺がお前を大事にしたことが、間違っているって？」

杏平の言葉は正しい。あれだけ大事に育てられて、惜しみない愛を注いでもらいながら、撫子はすべてを否定した。

しかし、撫子は止まることができなかった。

「でも、わたしが悪かったから、嫌いだったから、花織は消えた。わたしが彼のこと、分かってあげられたら！　傷つけたりしなければ、花織はここにいてくれたよ。分かってあげるためには、わたしだって、彼と同じに、ならなきゃ」

孤独を知らないから、愛されないことに苦悩したことがないから、花織の気持ちを分かってあげられない。本当の意味で裏切られたことも傷つけられたこともない娘では、花織の心には触れられない。

撫子は最初から愛されて、溢れんばかりの美しいものを与えられてきた。甘やかされて守られてきたからこそ、襤褸《ぼろ》切れのように踏み躙《にじ》られたことはない。

汚れて、堕《お》ちて。花織と同じにならなければ、彼には届かない。

「そうしたら、花織は、わたしを」

撫子を、好きになってくれるかもしれない。今も隣にいてくれた。

「同じになってどうするんだよ。一緒にダメになるつもりか？　ばかじゃねえの」

「ばか、じゃないよ」

「ばかだよ。……花織が独りだっていうなら、幸せじゃないっていうなら、お前がぜんぶ分けてやれば良いだろ。俺たちは、ずっとそうやってきた」

分け合うことは幸せだと、杏平は教えてくれた。独りではできないことだから、と。

呪われていても、呪われていなくとも二人は家族だった。それは、たくさんのものを共有してきたからだ。喜びや嬉《うれ》しさだけでなく、痛みも哀しみも分け合い、独りではない幸福を嚙《か》み締めてきたからだった。

撫子は、同じことを花織にしてあげたかった。彼が幸福など望んでいなくとも、一緒に幸せになりたかった。

吐き気のする綺麗事と責められても、撫子にあるのはこの想いだけだ。

世界には綺麗なものが溢れていて、実を結ばぬ花にも意味はあると信じている。花織とは真逆の考え方をしたばかな娘。

それで良い。そんな娘だからこそ、できることもあるだろう。

撫子はたくさんの愛を注がれて、大事にされて、今日まで生きてきた。父の愛情を否定することは過去を拒むことと同義で、それはもう撫子ではない別の誰かだ。

「あんな捻《ひね》くれた男の言葉なんて、まともに受け止めんな。素直じゃねえんだよ、昔から。どうして、花織は姿を消したと思う？」

「わたしが、彼を傷つけたから」

「だとしても、おかしいだろ。三十で死ぬって嘘ついていたなら、撫子を騙《だま》したまま死んだってことにすれば良かった。お前に真実を告げる必要はあったのか？　それができなかったのは、あいつの甘えだ」

「甘え？」

「お前に忘れてほしくなかったんだ」

どうか永久《とわ》に苦しんで、と花織の声が頭に響いた。苦しんでほしいと告げた彼の方が、苦しくて堪らない顔をしていた。

「ま、花織の気持ちも分かるけどな。あのな、お前、すげえ無神経だからな。自覚は持っておけよ」

溜息《ためいき》とともに、指先で額《ひたい》を弾《はじ》かれた。

「……やっぱり？」

「やっぱりじゃねえよ。箱入りに育てた俺も悪かったんだろうが、お前は良くも悪くも正直すぎる。綺麗なものしか信じようとしない、人の汚いところなんて知らない顔して笑うんだ。……そんなお前を見て、惨《みじ》めになる奴の気持ちなんて想像もつかないだろ？　お前の傍にいると苦しくて、ひどい目に遭わせたくなった。だから、花織は消えた」

憶測に過ぎないが、妙に説得力があった。大事にしたいのに、襤褸切れみたいに傷つけば良いとも願っている、と花織は言っていた。

「愛《いと》しいのに憎らしい、大事にしたいのに壊したい。撫子に呪いがでたとき、俺が花織に感じたのと、おんなじ気持ち」

杏平はひどく悩ましげに目を伏せた。新潟を出るまでの父は、家族として花織を愛していたのだろう。蓮之助がそうであるのと同じように。

「今も、愛している？　花織を」

杏平は新潟を出て、終《つい》ぞ戻らなかった。それでも、彼の心に花織はいるのか。

「愛している。だけど、俺は花織のために楽園を造ってやりたいなんて思わない。あいつよりも、お前をとったんだから」

撫子が生まれたとき、杏平は葛藤の末、花織よりも撫子を選んだ。

「なら、わたしが花織を守るね」

「頼んだ。ほら、涙は花織に会うまでとっておけ。俺はもう、お前の涙を拭《ぬぐ》ってやれないんだから」

かつて撫子の涙を拭ってくれた人は、もう手を伸ばしてはくれなかった。役目を終えたかのように、晴れやかな顔をしている。

「ありがと。大好き」

「知っている。俺も大好きだったよ。お前のためにした苦労なんて、ひとつもない」

「でも、花織はもっと好き。大事にしてあげたいの」

「それも知っている。だから、負けんなよ」

撫子は何度も頷《うなず》いてから、杏平の姿を目に焼きつける。

杏平はもう、これ以上の歳《とし》を重ねることはない。

時の流れのなかで、いつか撫子は彼の享年《きょうねん》も超えるだろう。二人一緒に歩んできた道は分かれて、あの狭いアパートで暮らした日々には戻れない。しかし、それは決して悪いことではないのだ。

「幸せだったよ。あなたの娘でいられて」

いつだって撫子を愛し、撫子のために戦ってくれた人は、少年のように笑った。そうして、まるで冬風に溶けるように姿を消してしまった。

眼前には、雪を被った墓石があるだけだった。笑いかけてくれた人はいない。これからも、二度と現れることはない。

「杏平くん」

西洋で言うところの逢魔《おうま》が時《とき》とは、黄昏時《たそがれどき》ではなく、月の満ちる真夜中だという。此の世と異界が混じり合い、不思議なモノ――妖精が現れる時間だった。

死んだ父が、異界から此の世に渡ってきてくれたのか。それとも、すべては撫子の頭が作り出した妄想か。

どちらでも良かった。父が背中を押してくれた気がした。

呪われていなかった普通の人生を、想像したことがないとは言わない。

だが、呪われていたからこそ、撫子は撫子になった。杏平の娘として生まれた。この呪われた手が哀しみを連れてきたように、この呪われた手が愛しさを与えてくれた。

赤い指を見つめる。もう、この手を隠してくれた優しい魔法はない。

「大丈夫」

嘆いて足を止めるのは終わりにしよう。もう一度会いたいならば、手を尽くさなければいけない。

翌日、市役所に向かった撫子は、戸籍謄本をとったあとパスポートの申請手続きをした。戸籍謄本の配偶者欄には、まだ朽野花織の名前があった。

花織の死亡届は提出していない。彼は死んでなどいないのだから。

撫子はスマートフォンの地図アプリに、異国の住所を打つ。行程を確認し、航空会社のチケット案内に飛ぶ。運が良かったのか、チケットは苦労することなくとれた。

一年ほど前、亡くなった父は遺品をすべて処分することを望んだ。撫子を惑わせることのないように、物ではなく思い出だけを遺し、死者の国に渡った。

朽野花織としての人生を終わらせる彼も、おそらく同じ行動をとる。

花織という男が生まれたのは、戸籍に名を刻まれたときではない。本当の意味でのはじまりは、アドニスを死者に変えたときだ。秋に姿を消した花織は、まずは異国にあるアドニスの墓に向かっただろう。

花織という人生にあるしがらみを捨て、彼は新たな場所に流されようとしている。

「嫌がっても捕まえるから。花織のばか」

彼の歩んできた道を辿ろう。そこに花織の未練、願いが隠れているはずだ。二度と会えなくなる前に、必ず追いついてみせる。

△▼　▲▽　△▼　▲▽

新潟から新幹線で東京に向かい、羽田《はねだ》空港からヨーロッパの空港に飛び立つ。

到着してからは列車やバスを乗り継ぎ、陸路を駆使して、ようやく目的地についた。つたない英語だけを頼りに、よく辿りつけたものだと思う。

吹きつける風は冷たく、冬の匂いがした。石壁に囲われた町には、赤い屋根の建物が並んで、見上げた空も撫子の知らない色をしている。

「良かった、無事に着けたのね」

列車から降りた撫子を迎えたのは、車に乗った百合香だった。彼女は手招きして、撫子を助手席に座らせる。

夏に別れて以来、直接会って話す機会はなかったが、元気そうで安心した。亡くなった夫を思い出して涙する日もあるだろうが、以前より明るい雰囲気だ。

「急に来ちゃって、ごめんね」

「良いのよ。……やっぱり、アドニスは逃げたのね？　困った人」

百合香は目を伏せた。はじめからすべて知っていたかのように、あるいはこうなることを予期していたかのごとく。

「うん、逃げられちゃったの。だから、捕まえることにする」

「捕まえてしまうの？　勇ましいのね」

百合香は笑いながら、車のエンジンをかけた。車窓から見る景色は、撫子の知らないものだったが、この土地は撫子と無関係ではない。

「花織がどんな風に生きて、どんな道を辿ってきたのか知りたいの。ここにはアドニスの墓があるんだよね？　それに、ここはわたしたちの故郷だって」

辻家の血を遡《さかのぼ》れば、異国の地に辿りつく。お伽噺のはじまり、妖精に攫《さら》われて、妖精と恋に落ち、妖精を殺した王子は、この地に子孫を遺した。

「ええ。妖精を殺した王子は、ここで自《みずか》らの血を遺した。なっちゃんの瞳は、王子の血の証《あかし》ね。妖精を食べた彼の瞳は、妖精と同じ紫に染まったの」

撫子は自らの目元に触れる。紫がかった黒目は、妖精を食べた罪の証なのだ。

「アドニスのこと、教えてくれる？　花織の前の人生のこと」

朽野花織という名は、撫子の父がつけたものだ。花織になる前、アドニスだった彼について、百合香以上に詳しい人はいないだろう。

「ひどい人。自堕落《じだらく》で享楽《きようらく》的、その美しさで何人もの心を惑わせた。ねえ、なっちゃん。美しいものは、それだけで人をおかしくするの。……誰も彼も、アドニスに会った人は、みんな彼に恋をした。彼がこちらに恋をすることなんてないのに」

それは百合香も同じだろう。かつて、この人はアドニスに恋をしていた。

「ああ、杏平は例外よ？　あの子だけが、たぶん本当のアドニスを見ていたの」

「杏平くん、自分のことが大好きだったから」

美しい妖精を前にしても、心躍《おど》ることはなかったのだろう。呆れるほど自分のことが好きな人だった。それは欠点でもあり、美徳でもあった。

杏平は、良い意味でも悪い意味でも、花織を特別あつかいしなかった。

「不思議な関係だった。仲の良い兄弟に見えたのよ。どっちも兄で、どっちも弟。杏平が二十歳《はたち》になるまで、二人はいつも一緒にいた」

撫子が生まれるまでは、二人は仲の良い家族でいられた。

植物を枯らす呪いが、自分の娘に発現した。そのことで、杏平は花織を責めたのだろう。

花織が呪いの原因ならば、といますぐ呪いを解くように迫った。

だが、それは叶わなかった。故《ゆえ》に、杏平は生まれたばかりの撫子を連れて出奔《しゅっぽん》した。

以来、彼らは会うこともなく、杏平の死によって仲直りは永遠に叶わなくなった。

「二十年。わたしの人生と同じくらい、杏平くんは花織と一緒にいたんだね」

「アドニスとしての人生を終わらせたら、彼は新潟から出て行く予定だったの。そのつもりで準備をはじめていたのに、引きとめたのが杏平よ。朽野花織なんて名を考えて、新しい戸籍を作らせたのも」

何処にも根を下ろさず、風に流されては仮の住まいを転々とする。そんな花織を繋ぎとめるために、杏平は新しい名前を与えた。

朽野《くだらの》――朽《く》だら野《の》とは、草木が枯れ果てた冬の野原を意味する。

荒れ果てた不毛な大地に花が咲くように、故郷を失った花織が再び幸せになれることを祈って、杏平はその名を与えたのかもしれない。

辞書を片手に悩む少年の姿が、ありあり浮かぶようだった。やたら綺麗で作りものめいた名も、少年だった杏平がつけたと思えば腑《ふ》に落ちるのだ。

「杏平くんは、たぶん花織の傍にいたかったの。わたしも同じだから」

「追いかけたいのね？　あの人を。つらく哀しい想いをするのに」

「会いたいよ。わたしは彼を傷つけてしまったけど、もう一度、会いたい」

花織が頭から消えない。思い出して胸が痛むのは、それだけ撫子が花織を想っていた証だ。誰にも奪われたくない痛みだった。

「……アドニスに恋をしていたとき、とても苦しかったわ。何をするにも彼のことばかり考えて、あの人と話す度に死んでしまうかと思った。でも、あの人の隣にいる自分は想像できなかった。好きだったのに、最初から諦めていたの」

「分かるような、気がする」

振り返ってみれば、撫子とて踏み込むのを恐れていた。無意識のうちに、彼のことを自分とは異なる存在と決めつけていたのかもしれない。

「でも、あなたは私と違う。会いたいと素直に言える勇気があるのだもの。私はアドニスを追わなかった。優しい人と結婚して、家族を作った。そんな穏やかな幸福を、あの恋よりもとったの」

穏やかな幸福。いつか花織ではない人と結ばれて、家族を築き、老いていく日々を想像する。それは決して不幸ではなく、無数に伸びた未来に続く道のひとつだ。

「わたしには、できないよ」

だが、撫子の選ばない幸福だ。そこには撫子の望む人がいない。

「当時の私が聞いたら、なっちゃんが羨《うらや》ましくて歯ぎしりしていたわ。飛び込む勇気もなかったくせに贅沢《ぜいたく》よね？　今だからこそ、たぶんアドニスのことを語れるの」

撫子は首を横に振った。彼女が胸に秘めていたかった思い出だ。それを撫子に明かしてくれたことに、深い感謝を抱いた。

「ありがとう」

百合香は晴れやかな顔で、どういたしまして、と言った。


うっすら雪の積もった墓地には、いくつもの墓が並んでいた。分厚い雲に覆われた空のせいか、昼間なのにもの悲しく、寂れた雰囲気が漂っている。

墓石に刻まれたアドニスの名を、撫子は指でなぞった。

自分の墓を建てることで、彼はアドニスという名を棄てた。こんな風に、彼はいくつの名前を棄ててきたのだろうか。

疑問だったのは、彼が人間たちの仕組みを利用していたことだ。戸籍を偽《いつわ》り、人としての自分をつくった彼は、人間を憎みながらも人間の世と関わりながら生きていた。

まるで自らの痕跡《こんせき》を残すように、人の世に生きた証を刻んできたのだ。

だが、それも今回で終わらせるつもりなのかもしれない。

墓の隣に看板が立っていた。今から一月後の日付が書かれている。おそらく、墓を撤去する予定日だろう。

「わりと最近まで、ここにいたの？」

墓前には赤いアネモネが飾られていた。萎《しな》びているが、寒さのおかげか、それなりに花のかたちは残っている。この花を捧《ささ》げたのは、墓仕舞いの手続きをした者だろう。

花織はこの町を訪れていた。それほど昔のことではないはずだ。

墓地から出ようとした撫子は、ふと近くの邸《やしき》に視線を遣《や》った。墓地の方が高台にあるため、塀に囲われた邸の庭までよく見える。

「庭園洞窟《グロット》」

夏、花織は庭園洞窟がある庭を設計していた。近くに墓地があり、夜な夜な鬼火がさまよう場所だからこそ、彼はそれを庭に置いた。かつて、洞窟とは死者の国――時に妖精の国とも重ねられた場所に続くものとされたから。

桂花館に残された図書や庭の写真、設計図の数々を思い浮かべる。

花織の姿が見えなくとも、彼が造ってきた庭は此の世で息づいている。あの日々は夢ではなく、撫子の家族は同じ世界にいるのだ。

「百合香さんは、アドニスの墓参りには来るの？」

車に戻った撫子は、運転席に問いかける。百合香は首を横に振った。

「墓をつくるときに立ち会ったくらいで、ずっと墓参りには行っていないの。管理についても、お金を払って人に任せていたから」

「なら、やっぱり花織はここにいたんだね」

日付の書かれた看板について話せば、百合香はすぐさま管理を頼んでいる人間に電話をかけてくれた。聞き慣れない言語が鼓膜を揺らす。しばらくして、百合香は溜息とともに電話を切った。

「息子さんの希望で、墓仕舞いの日取りを決めたそうよ。二十日前のことだって。花織がこの町に来ているって、分かっていたのかしら？」

「確信はなかったの。でも、花織は自分の足跡を、此の世に朽野花織がいた証を消そうとしているんじゃないかって。それなら、アドニスの墓にも来るでしょ？」

「そう。一足遅かったのね」

「でも、これで花織が何をしているのか分かった。桂花館に帰らないと。このままだと逃げられちゃう」

花織がいま何処にいるのかは分からない。しかし、この町で墓を処分したように、各地で同じような行動をとっているはずだ。

ならば、最終的に行き着くのは桂花館だ。

花織としての晩年、人生の最期に選んだのは桂花館だ。彼が最も自分の足跡を残した場所である。その処分を終えたとき、彼は本当の意味で朽野花織の名前を捨てる。

そうして、人の世との関わりも絶ってしまうのではないか。その前に彼を捕まえなければ、二度と会えなくなってしまう。

「飛行機のチケットはとれる？　明日、空港まで送ってあげるわ。新潟に帰るにしても、今日の便はもう間に合わないでしょう」

「明日の便、確認してみる」

航空会社のホームページにアクセスして、日本に帰国するための航空券を手配する。明日の便には、まだ空席があった。手続きを終えてほっとしたとき、ずっと通知を切っていたトークアプリにメッセージが送られていることに気づく。

「大和《やまと》さん？」

秋からまともに確認していなかったので、かなりのメッセージがたまっていた。返信もなく、しばらく音沙汰《おとさた》がなかった撫子を心配していたようだ。

蓮之助から撫子が新潟を出たことを聞いたのか、最近のメッセージはしきりに居場所を尋ねる内容だ。

「なっちゃん、機械は得意？」

撫子がスマートフォンをいじっていると、百合香は怪訝《けげん》そうに眉をひそめた。

「え？　人並みには、まあ」

　ＳＮＳなどには疎《うと》いが、一通りの機能は使いこなせる。

「そう。アドニスとは大違いなのね。あの人、電話もまともに使えないから。そんなあの人が、どうやってここに来たのかしら、と思って」

「それは、普通にチケットを手配して……」

　そこまで口にして、撫子は黙った。

　正直なところ、花織にそのあたりの手配ができるとは思えなかった。彼は機械をあつかうことが苦手であり、変なところで世間知らずな部分があった。

　空港まで足を運び、窓口でチケットを手配した可能性はあるが、そもそも航空券のシステムや渡航の決まり事を理解しているのかも怪しい。

　花織が行きたい場所に行けるよう、道程を組んだ者がいるのではないか。

「なっちゃん、ひとまず明日までは休みなさい。ちゃんと空港まで送ってあげるから。焦る気持ちは分かるけれど、ここで無理をしたら肝心なときに捕まえられないわ。あのね、アドニスのことで少し付き合ってほしいところがあるのよ」

　百合香が案内してくれたのは、町にある美術館だった。古い邸宅を利用しているようで、歴史を感じさせる外観と瀟洒《しょうしゃ》な内装に目を奪われる。

　慣れた様子で館内を進んでいく百合香は、一枚の絵の前で足を止めた。

　描かれているのは、花の褥《しとね》で眠る男だった。

赤、青、緑、黄色、淡い色彩の小花たちが、美しい男を囲んでいる。画面全体にかかった靄《もや》が、男の姿をより幻想的に、現実離れしたお伽噺の住人に変えていく。

「花織？」

絵の題名は《anemos》。ギリシア語で風を意味する言葉だった。

アネモネという花の名の由来でもある。

遠い昔から、花織は風に流されるアネモネの花のように、長い旅をしている。否、それは旅などという意図的なものではなく、運命という名の風に流されるだけだったのかもしれない。

撫子が辿っているのは、花織の人生のほんの一端に過ぎない。だが、そこから彼に続くものがあるならば、ひとつ残らず拾い集めたい。

「綺麗。……とても綺麗なのに、とっても悲しい絵」

遠い過去から、花織は孤独を抱えていた。たくさんの傷を負い、時に裏切られてきた彼には、撫子には推し量れない痛みが刻まれている。

届くだろうか。この手は、花織に。

風に流される花のような人を、強く抱きしめることはできるだろうか。

いつだって、彼は実を結ばない花――自身の存在を否定していた。

他者を愚弄《ぐろう》するためではない。自分を嘲笑《あざわら》うために、彼は叶わなかった願いや想いを切り捨てた。花織の生き方は、強烈な自己否定の末に辿りついたものだ。

「愛人を描いたもの、と伝わっているの。この邸を建てた、大昔の豪商の。まともに探したことはないけれど、こんなものが各地に残っているはずよ。あの人は、この絵のことは気づかなかったみたいだけれど」

科学に追いやられた妖精たちは、カメラには写らない。だが、この絵のように、人の手を介した記録ならば、後世に伝わっていくのだ。現代にまで妖精の物語が伝わっているのと同じだ。

花織が自分の痕跡を消そうとしても、不確かな幻のように彼の存在は語り継がれた。

「花織はね、好きにして良いよ、って言ったことがあるの。どんな風にあつかわれたって、なんとも思わないからって」

彼は自分のことを蔑《ないがし》ろにして、人形のようにあつかった。求められたら何でもして、ひどいあつかいをされても、傷つかないふりを続けた。

そうしなければ、彼は生きていくことができなかったのだろう。

花織には故郷がない。帰るべき場所がないから、旅を続けるしかなかった。

誰しもが何処かに根を下ろしているのに、彼だけは違う。風に流されては、一カ所に留まることができなかった。誰かを傍に置くことも、誰かに心を寄せることもなく、彼は王子に連なる血を呪い続けた。

この赤い指の呪いに託された、花織の未練、願いとは何なのだろうか。

「ねえ、なっちゃん。蓮之助には会った？」

撫子はうつむく。蓮之助の鋭いまなざしを思い出すと、胸が痛い。

「会ったよ。怒らせてしまったけれど。わたしのせいで、花織は蓮さんの前からも消えてしまったから」

「でも、あの子はまだ新潟にいるのでしょう？　花織のことを探そうともせず」

「蓮さんは、もともと花織の好きにさせろって言っていたの」

「それを信じたの？」

撫子は押し黙った。あのときは信じたが、いまは自信がなくなっている。花織が不自由なくあちこちを旅できるよう手配した者がいるならば、それは蓮之助に違いない。

蓮之助は、花織の望みならば、なんだって叶えてあげるはずだ。

「だめよ、蓮之助は嘘つきだから。あの子を大事にしてあげられなかった私のせいでもあるけれど」

「嘘つき？」

「ええ。身体ばかり大きくなって中身は子どものまま。寂しい、寂しい、と泣いていた。小さな子どもだから、大事な宝物は独り占めしたい。誰にも奪われたくないから、嘘をついて意地悪だってするのよ。大人げないの」

「それは、どういう……」

困惑する撫子の背に、百合香のたおやかな腕がまわされた。

「頑張って、とは言わないわ。あなたはいつも頑張っているから。そのままで良いの。あなたの真っ直《ま》ぐ《す》な気持ちに、私は救われたのよ。アドニスも、きっと同じね」

まるで母が子にするように、彼女は撫子を抱いた。背を優しく撫《な》でられて、撫子は堪らず彼女に抱きついた。

「でも、傷つけたの。とても痛かったと思う」

「それでも良いの。立ち止まっていると、いつのまにか痛みも遠ざかって、大事なことも分からなくなってしまう。だから、傷を思い出すことも、忘れないでいることも、未来に進むために必要なこと。そう、あなたは私に教えてくれたのよ」

撫子は唇を引き結んだ。夏の薔薇園で伝えた想いが、百合香のなかで息づいていた。その想いが、再び撫子を突き動かす。

背を押してくれる人がいる。撫子が信じてきたものを認めて、尊んでくれる人がいることが、強い勇気を与えてくれた。

「今度は、二人で遊びに来てくれる？」

百合香のささやきに、撫子は何度も頷いた。

△▼　▲▽　△▼　▲▽

日本に帰国した撫子は、羽田空港のロビーに出る。

「大和さん！」

「お帰り。ずいぶん遠くまで行っていたんだね」

帰国前、大和に連絡をとると、用事があるから会いたいというメッセージを受け取った。ついでに車で東京駅まで送ってくれるというので、空港で落ち合うことにしたのだ。

「あの、蓮さんには」

「連絡していないよ。撫子ちゃんが新潟に戻ることも伝えてない。これで正解？」

「ありがとうございます。蓮さんは、わたしのことを何て？」

「二度と新潟には戻らない、引きとめたけれど無理だったって」

蓮之助の冷たいまなざしを思い出す。引きとめるどころか、彼は撫子を新潟から追い出したかったはずだ。

「約束どおり、昼の新幹線には間に合うように送ってあげる。……その前に、ちょっと付き合ってほしい場所があるんだ。ずっと迷っていたけれど、確かめたいことがあって」

大和は慣れた様子で車を走らせる。やがて車が停《と》まったのは、撫子にとって懐かしい場所だった。都心から少し外れた、父が治療を受けていた総合病院だ。

「撫子ちゃんのお父様、病気で亡くなっているんだよね？　蓮先輩から、前に聞いたことがある。入院していたの、この病院だったんじゃない？」

「どうして、知っているんですか？　病院のことは蓮さんにも教えていないのに」

親戚である辻家について知ったのは、父が死んだあとのことだ。父が入院していた病院について、蓮之助に話す機会もなかった。

心臓が早鐘《はやがね》を打つ。今になって思い返すと、最初から蓮之助には奇妙な点があった。

――春、彼はどうして杏平が死んだことを知っていたのか。

花織は話していないだろう。百合香は夏まで杏平の死を知りもしなかった。撫子が連絡できるはずもない。ならば、蓮之助は自ら杏平の死に辿りついたのだ。

「俺はね、ここに来るの初めてじゃないんだよ。用事があったのは、俺じゃなくて蓮先輩だったけれどね。このあたりって、俺たちの大学からだと電車の乗り換えが不便で、車を出してほしいって頼まれたんだ。親戚が入院しているから、見舞いに行きたいって」

撫子は眉根を寄せた。

「杏平くんの。わたしの、父のお見舞い？」

「三階の大部屋だった。他の患者さんは検査中で、病室には男の人がひとり。……俺は外にいたから、内容は聞こえなかった。でも、先輩とその人は口論になっていたんだよ。言い合いは終わらなくて、他の見舞客が来るのと入れ違いに、先輩は病室を出た」

必死に記憶を手繰《たぐ》り寄せる。この病院には、父の病気が発症した頃から末期まで世話になった。ここで過ごした記憶は膨大で、ストーカーにハンカチをあげたときのように、憶えていないことの方が多い。

「……金髪の人を、病院で見かけたことがあります。杏平くんのお見舞い、いろんな人が来ていたから、はっきりとは憶えていませんけど」

うっすら場面が浮かんでくる。顔は思い出せないが、病院での金髪は目立っていたので、頭の片隅《かたすみ》には残っていた。

たしか、大学生の頃の蓮之助は金髪で、今のように眼鏡もかけていなかった。

「ずっと忘れていたんだ、もう四年も前のことだから。その頃には、撫子ちゃんのお父様は病気になっていたんじゃない？　ここに入院していた」

否定することはできなかった。杏平が調子を崩しはじめ、短期入院を繰り返していた時期と重なる。あのときの病室は、たいてい三階にある大部屋だった。

「蓮さん、そんなこと一言も」

春、彼は十年ぶりに撫子に再会したかのように振る舞った。しかし、実際は都内の病院でも顔を合わせていたのだ。杏平が闘病中であったことを把握し、見舞いにまで訪れておきながら、彼は素知らぬふりで過ごしていた。

「春にも言ったけれど、先輩は身内に甘い人なんだ。一度でも懐《ふところ》に入れたら、ずっと守ってくれる。でもね、そうじゃない相手には容赦のない一面があった」

大和はスマートフォンの画面を見せてきた。ＳＮＳのプロフィールで、撫子にも見覚えがあった。東京から新潟まで追ってきた、あのストーカーのＳＮＳだ。

「これは画面をスクショしたやつだから、もう彼のアカウントはないよ。これのこと、知らなかったんだよね？」

「は、はい。まさか、こんなことになっているなんて。もう捕まっていますし、正直、思い出したくないんですけれど」

秋が終わってからの警察との遣り取りは、正直なところあまり記憶に残っていない。たいていのことは蓮之助が付き添って対処してくれたうえ、ストーカーを裁くのも許すのも、司法の仕事だと感じていた。

そんなことよりも、花織のことで頭がいっぱいだったのだ。

「なら、この写真に見覚えは？」

ストーカー宛《あて》のリプライに、一枚の写真が添付されていた。

日本庭園に立った白いドレスの少女。灰色の髪を風にあそばせて、独りきりで笑っている。夏に蓮之助が撮ってくれた結婚記念写真だ。

背後に粟ヶ岳がはっきり写っており、見る人によっては何処の山か分かるだろう。

「ＳＮＳのリプはすぐ消された。でも、別のところで、この写真をもとに情報を集めていたみたいで、ネットの片隅でほんの少し盛り上がっていた。……撫子ちゃんが新潟にいることは、夏の頃には分かっていたみたいだけどね。決定的な居場所を突き止めたのは、この写真がきっかけだと思う」

大和の言うとおり、撫子が新潟にいることは早くに気づかれていたのだろう。この髪は目立つので、簡単に情報が集まったはずだ。あるいは、アパートの大家から聞きだした可能性もある。住所は教えなかったが、新潟の親戚のもとに行くことは伝えていた。

夏に現れた不審者は、近隣都市に出没したものの、加茂《かも》市には辿りつけなかった。この男は、SNSに送られた写真により、撫子が加茂市にいることを突き止めた。

「もしかしたら、写真の提供者は、もっと細かい情報も伝えていたのかもしれないね。自分には足がつかない形で、とても上手に誘導した。そういう悪知恵の働く人だから」

大和は吐き捨てた。遣る瀬無さを誤魔化すように、その拳は強く握られていた。

撫子に悪意を向けて、意図的にストーカーを呼び寄せた者がいる。撫子を心配するふりをしながら、彼はずっと陰《かげ》で糸を引いていたのだ。

「東京駅まで、送ってくれますか」

撫子は顔をあげて、真っ直ぐに大和を見つめた。

「新潟に帰るの？　本当は、怯《おび》えて逃げてくれた方が良かったんだけれど、そんな顔じゃないね。この写真を撮った人は、俺の想像どおりで間違いないかな？」

紙のように白くなった顔で、撫子はひとつ頷いた。

「ごめんね、俺にとっての先輩は良い人だったけれど、君にとっては違ったみたいだ。正直、こんなひどいことをするなんて思いたくなかった」

「宝物は誰にも奪われないように独り占めしていたい。そのためなら、蓮さんは嘘つきにもなれますか？」

「そうだね。嘘つきで、ひどい人にだってなれる」

花織という宝を守るためならば、蓮之助は嘘をつく。はじめから、彼は花織の行方を把握していた。だからこそ、新潟に残ったまま、花織を探そうともしなかった。

ただ、撫子という邪魔者を、花織から永遠に引き離したかっただけだ。

「先輩は、誰のために嘘つきになったの？」

「花織の……、ううん、大和さんにはアドニスって言った方が分かりますよね」

大和は片手で顔を覆って、長い溜息をついた。

「そういうことかあ。好きなの？　花織さんのこと。撫子ちゃんの結婚って、何か訳があったんでしょ？　だって、あのときの君たちは他人みたいだった。ぜんぜん仲が良さそうじゃなかったよ」

はじまりは歪《いびつ》だった。杏平の非常識がなければ、まとまることのなかった婚姻である。結婚を知ったのも杏平の死後なのだから、思い返してみてもひどい話だ。

「大好き。誰よりも大切にしてあげたいの」

だが、心から感謝している。花織に出逢わせてくれたことを。

△▼　▲▽　△▼　▲▽

新潟県加茂市。

撫子が出国する前より、雪は少なくなっていた。うっすら積もった雪が融ける頃には、きっと春が来るのだろう。市の中心部を流れる川も、上流からの雪融け水のせいか、いつもより勢いがあった。

一年近く前、撫子はこの地を訪れた。いつのまにか結婚していた男、父が遺してくれた家族に会いたくて、その想いだけで新潟に来た。

蓮之助に責められたとおり、撫子はとても自分勝手だ。自らの願いと、想いだけで花織の庭に居座った。

地図アプリに住所を打つ。しばらく歩けば、見慣れた平屋で道案内は終了した。

「やっぱり」

春に新潟を訪れたときも、地図アプリは辻家を示した。

おそらく、桂花館には住所がない。

戸籍や住民票にあるものは、そもそも存在しないデタラメな住所なのだ。そのため、地図アプリは桂花館を探すことができず、限りなく近い辻家で案内を止めた。

ありもしない住所が、さも当然のように行政には受理されている。しかし、その違和感に気づくことができる者は、極わずかなのだ。

塾の子どもたちが、まるで桂花館に触れなかった理由も分かる。本来であれば、子どもが、あの洋館に興味を持たないはずがない。また、都会とは言えないこの土地で、あれほど立派な建物が放置され、誰の話題にもあがらないことは不自然だ。

人々の意識から外されていた桂花館は、此の世でありながらも、少しだけズレた場所にあった。妖精にまつわる者しか、あの館を認識できなかった。

思えば、会社宛《あ》ての郵便物も、花織はわざわざ辻家に届けさせていた。デタラメな住所にある桂花館に、郵便物が配達されることはないからだ。

つまり、桂花館の郵便受けに脅迫状を入れられる者も限られていた。

撫子は辻家の敷居をまたいで、いつもの座敷に向かった。本を読んでいた蓮之助は、少しだけ目を丸くしたあと、満面の笑みを浮かべた。

「大和とのデートは楽しかったか？」

「……楽しかったよ、とても」

「最低、なんて連絡が来た。最低も何も、そんなん出逢ったときから知ってるだろうに。

ばかな奴だろ」

　蓮之助は唇をつり上げた。その表情は、もう撫子が慕った従兄《いとこ》ではなかった。

「春から秋の脅迫状も、東京にいたストーカーを焚《た》きつけたのも。ぜんぶ、蓮さんがやったんだね」

　ことあるごとに撫子を助けてくれた人は、その実、撫子を憎み続けていた。

「ふうん、鈍い鈍いと思っていたのに、正解には辿りつくんだな。まあ、俺が望むようなひどい目には遭ってくれなかったが」

　悪戯《いたずら》がばれた子どものような物言いだった。

　蓮之助の所業を赦《ゆる》すことはできない。彼自身も、赦しを請《こ》うことはないだろう。彼は後悔していないので、口が裂けても謝罪することはない。

「花織に会わせて。行方を知っていたくせに、ずっと隠していたんだよね？」

　撫子を憎み、蔑《さげす》み、誰よりも許さずにいた男は肩を竦めた。

「隠していたわけじゃない。聞かれなかったから、答えなかっただけだ。会ってどうするんだよ。花織は俺たちとは違うって、もう分かってんだろ」

「違っても良いの。花織なら、どんな存在でも。わたしの大好きな、大事にしてあげたい人ってことは変わらない」

　たとえ、花織がお伽噺に閉じ込められた存在だとしても、彼への想いは変わらない。

「綺麗事だな。どうしたって同じにはなれないのに、よくそんな無責任なことが言える。俺たちはあの人に寄り添えない。必ず、あの人を置き去りにして死ぬ」

「そうだね。わたしは花織を置いていく」

分かり切った事実は、言葉にしたらなおさら重く圧《の》しかかる。

「分かってんなら、なんで戻ってきた。花織の一瞬は、なっちゃんの一生だ。いつか思い知る。小さな頃から追っていた人を、いつのまにか追い越してしまった痛みを。近づくために駆け寄ったはずが、時間が経てば経つほど遠くなる虚《むな》しさを」

蓮之助は、幼子《おさなご》を宥《なだ》めすかすよう、撫子に忠告する。

百合香と同じだ。彼らは、駄々をこねた撫子と違って、花織がそういう存在だと諦めている。それが悪いとは思わないが、撫子のなりたい姿ではなかった。

「わたしは、何も残らないことの方が怖いよ。傷だって、痛みだって。花織がそこにいてくれるなら受け止めたい」

一番恐ろしいのは、追い越すことでも先に逝《い》くことでもない。

花織に忘れ去られることこそ、撫子が最も恐れることだ。彼の過ごす長い時間のなかで、顔のない人形にはなりたくない。誰でも代わりとなれる存在ではなく、他でもない撫子として花織に求めてほしい。

「それで傷つくのが、花織だとしても？　なっちゃんを傷つけてしまったことに、あの人は傷つく。あの人にとって、お前だけは特別だったから」

花織の悲しげな顔が浮かんで、心臓を鷲掴《わしづか》みにされたような気分になる。だが、撫子は引き下がるつもりはなかった。

「それでも、会いたいよ。会って、伝えたい気持ちがある」

花織が傷ついたのであれば、それは撫子に心を傾けてくれていた証だ。何とも思っていないならば、傷にはならない。

「そういうところが自分勝手だって言ってんだよ！　どうして分からない？　なっちゃんは自分の望みを叶えて満足だろうが、花織はどうなる。自分勝手な我儘《わがまま》で、あの人を傷つけるつもりか」

蓮之助は声を荒らげる。外側を繕うことに長《た》けていた彼は、憎しみを笑顔の裏に隠し、撫子に覚《さと》らせることはなかった。そんな人が、花織のために怒りをあらわにしていた。

「あの人は、ひとつのところには留まれない。いつか何処かへ行く。そんな風に生きることでしか自分を守れなかったあの人のために、俺たちにできることはひとつだけ。深入りすることなく別れを受け入れて、笑顔で送り出してやることだろ！　花織の心に不用意に踏み込むな！　中途半端な優しさが、いつだって、あの人を傷つけた！」

「そんなの、分かっているよ！　だけど、たとえ傷になったとしても。その傷を負った理由を、過ごした日々を支えにしてくれるって、信じたい。悲しいばかりの思い出なんかない！　幸せな記憶だって、一緒につくってあげられる」

　傷を負わずにいるために、何も得られず風に流されていく。自らの心を守るために、花織は今の生き方を選んだ。

　だが、それでは屍《しかばね》と変わらない。物言わぬ人形と同じだ。

　生きていくためには、愛しいと思える記憶が必要になる。

　優しい思い出をたくさん作ってあげたい。撫子が死んだあとも、ふたり過ごした日々が花織を支えるように。果てのない時間のなか、撫子と生きた道が彼を勇気づけるように。

　思い出して胸が痛んでも、優しい想いを一緒に振り返ってくれたならば、きっと彼は孤独ではない。

　蓮之助の胸倉を掴んで、撫子は頼りない腕に力を込めた。

「諦めたくない！　諦めたら、花織はずっと独りのまま。いつまでも哀しくて、寂しくて、あてもなくさまよい続けるの。そんなの、わたしは嫌」

　青臭くて洗練されていなくて、道理を弁《わきま》えた人からしてみれば、子どもの戯言《たわごと》だ。

　しかし、撫子は考えずにはいられない。誰もが諦めてしまったからこそ、花織は孤独になってしまった、と。

「愛しているの。だから、もう独りにはしたくない」

　撫子まで諦めたら花織は変わらない。いつまでも風に流されていってしまう。その背を黙って見送ることはできない。

同じ時を生きることが叶わなくとも、彼の独りに寄り添えると信じている。花織には幸せな記憶をたくさん抱いて、何度季節が巡ろうとも笑っていてほしい。

蓮之助は、撫子の手を振り払った。

「どうして、諦めないんだよ」

撫子は唇を嚙んだ。大きな身体に幼さはないが、表情は泣くのを堪える子どものようだった。百合香の語った、寂しい、寂しいと泣いていた子どもだ。彼の寂しさを埋めていたのが誰なのか察して、撫子は胸がつかえた。

同じ人を想っていながら、撫子と蓮之助の道は分かれた。

蓮之助は、ずっと撫子が憎らしくて堪らなかっただろう。撫子のことを、大事な家族を傷つけて、奪う者だと感じていたのかもしれない。

「わたしは、あなたにはならない」

きっと、誰もが花織に手を伸ばそうとして、届かない不毛な距離に嘆いた。

皆が、花織に深い愛情を抱いた。実を結ばない想いと諦めながらも、美しい人を想わずにはいられなかった。その孤独を溶かしてあげたいと願いつつ、身を引いてきた幾人もの人間がいた。

「引きとめたいなら、さっさと行け。桂花館の整理がついたら、すぐにでも発《た》つはずだ。

お前が出て行こうとしねえから、ずっと戻れなかったんだと」

「ありがと」

「ばかじゃねえの、お礼なんて。俺は今でもお前が憎いし、死ぬほど羨ましいし、ひどい目に遭えば良いって思ってんだから。……あの人を裏切るなよ。すべてを懸けて幸せにしろ。独りには、しないでくれ」

　蓮之助は血を吐くようにつぶやいた。


　桂花館の庭には、はらはらと雪が舞い降りていた。

　館の傍にある刺繡花壇《パルテール》で、アネモネが真っ赤に咲きはじめている。うっすら被せられた晩冬《ばんとう》の雪に、まるで血だまりのような赤を落としていた。

　実を結ばなかった恋の花は、血なまぐさく、遠い昔に起きた悲劇を思わせる。

「妖精の血は、何色をしていると思いますか？」

　冬風がひときわ大きく吹いた。振り返った先には、ずっと探していた男がいる。

「赤。血の赤で、戒《いまし》めの赤。二度と繰り返さないために刻まれた、傷の色」

　どんな傷も想いも、刻まれてきたすべては歩んできた証に他ならない。

　たとえ過去が覆《くつがえ》らなくとも、未来で同じ過《あやま》ちを繰り返さぬようにはできる。二度と哀しい赤で花園を穢したりはしない。

花織は笑う。控えめな笑みは、自らを嘲《あざけ》るようでもあった。

「いつも、そう。どんなに悪いことも、どんなに苦しく悲しいことも、君は認めようとします。悲しいばかりではない、意味があるのだと。……僕は、その度に苦しかった」

花織の声は小刻みに震えていた。

「……うん。ずっと、わたしがあなたを傷つけてきた」

「君は、まるで春のまぼろしのように僕の前に現れた。素直な、とても良い子。嘘が下手だから、好意を隠そうともしない。僕のことが好きだと全身で語りながら、ばかな雛《ひな》鳥みたいに後ろをついてくる」

花織は誰よりも早く、撫子の好意を理解していた。だからこそ、撫子を遠ざけた。これ以上、撫子が踏み込んでこないように。

「大好きなのは、本当だよ」

恋と気づくまで時間はかかったが、隣で過ごした春も夏も秋も、離れてしまった冬も。いつだって撫子は彼を慕っていた。

「好きですよ、僕も。――でも、綺麗な君が愛しくて、同じくらい憎らしかった。君は、僕の失《な》くしたすべてを持っていたから」

愛をささやく唇に反して、眼光の鋭さは撫子を突き放すかのようだ。

花織の淡い赤髪が風に揺らぐ。その髪は、本来であれば白金に輝いていた。殺された妖精の血を浴びて、悲しみの色が離れなくなってしまったのだ。

花織は故郷と同胞《はらから》をなくした。彼が大事にしていたものは、すべて掌から零れ落ちて、取り返しがつかなくなった。

「だから、わたしの前から、姿を消したの？」

好きなのに、憎む気持ち。撫子には分からない花織の心が、彼が行方を晦《くら》ました理由となったのか。

「どのみち、もうここにはいられないと思っていました。次の居場所を、風の流れを見つけなくてはいけなかった。君に出逢わなくとも、朽野花織としての人生が終われば、僕はここから去るつもりでした」

花織は淡々《たんたん》と、自らに言い聞かせるかのように言う。

「花織は、それで良いの？」

自分の意志を持たず、ただ風に流されるまま過ごす。まるで春風に連れ去られてしまうアネモネのような、儚い生き方だった。

「僕が望む場所は失われた。そこではないなら、何処にいても変わりません」

花織の望む場所が何であるのか、今の撫子は知っている。

「遠い、遠い昔の記憶。そこは美しい花々に満たされていました。星明かりの下で、いつまでも楽しげな歌が響いたのです。……もう、ほとんど忘れてしまった、僕の故郷。失くしてしまった楽園には、どんなに願っても帰れません」

夏の日、つらいことは忘れた方が苦しくない、と花織は語った。抱え続けるには重く、手放してしまった凄惨《せいさん》な記憶。それに押しつぶされて、美しかった故郷の風景もおぼろげになってしまったのだろう。

花織は帰るべき場所を失くした。だから、何処にも根を張ることができず、さまようことしかできなかった。

「花織は教えてくれたよね、庭を造ることは楽園を造ることだって。わたしが造りたい楽園は、花織の帰る場所が良い。あなたの帰る故郷を造りたいよ。……あなたのために、花を咲かせたい」

なんて、傲慢《ごうまん》な言葉。されど、これは撫子の誓いだった。

花織の故郷は戻らない。過去は取り返しもつかず、代わりなど何処にもない。優しい星明かりに包まれて、妖精が舞い踊った花園は永久に失われた。

だが、過去は覆らなくとも、未来は変えていけるだろう。

花織は唇を開いては、ためらうように言葉を呑《の》みこむ。溜息交じりに、困ったように眉根を寄せた。

撫子は一歩踏み出して、彼に触れようとする。

しかし、伸ばした手が花織に届くことはなかった。

彼はくるりと背を向けた。そうして、逃げるように駆け出してしまった。器用にも庭の草木を避けながら進んでいく花織に、撫子は呆気《あっけ》にとられる。

一拍置いて、撫子は我に返る。遠ざかっていく花織を追いかける。もう二度と彼を見失いたくなかった。

秋に訪れた別れに、視界が真っ暗になった。

少しずつ触れて、感じて、理解したかった花織が掌から零れていった。すべて嘘偽りであったならば、彼の何を信じれば良いのかも分からなかった。

だが、彼の過去を辿るうちに、撫子は気づいたのだ。

花織の嘘は強がりで、偽りは怯えだ。

何にも関心がないと笑うのは、誰かと関わって残る傷痕《きずあと》を恐れているからだ。彼は誰かの傷になることも、誰かを傷とすることも耐えられなかった。

撫子は息を切らしながら、ひたすらに足を動かす。前を行く花織に手を伸ばすが、短い腕は彼を捕まえるには足りない。

あと、五、六歩の距離まで迫るが、まだ届かなかった。

「花織！」

撫子は両足に力を入れると、思い切って花織の背中に飛びついた。

二人はもつれるように、雪を被った地面に倒れ込んだ。勢い余って身体中を打ちつけることになったが、撫子は決して彼を離さなかった。

荒くなった呼吸のまま、撫子は上半身を起こす。

「捕まえた。……花織？」

倒れたままの花織を覗《のぞ》き込んで、撫子は息を呑んだ。

花織は顔をくしゃくしゃに歪《ゆが》めていた。ひきつった頬と青紫の唇は、泣くのを堪えているかのようだった。迷子になって途方に暮れた子どもを思わせる姿に、撫子は彼が抱え込んでいた傷を突きつけられる。

撫子よりも大きな男の人が、とても小さく頼りなく思えた。

撫子は恐る恐る花織に手を伸ばした。柔らかな髪に、なだらかな肩に触れながら、どうしようもない切なさを感じた。

どうして、ためらい、怯えてしまったのだろう。

こんなにも簡単に触れることができた。すぐにでも、抱きしめてあげれば良かった。繰り返し、繰り返し、あなたが大事なのだと伝えれば良かったのだ。

二人を隔《へだ》てる壁をつくっていたのは、他でもない撫子の心だった。

「痛い」

押し黙っていた花織がつぶやく。

「ご、ごめんね！　もしかして、何処か打って……」

「ずっと、ここが痛いんです。君のせいで」

花織は撫子の手首を摑んで、自らの胸に引き寄せた。肋骨《ろっこつ》の奥に隠された、その心を示すように。

寒さで冷えた指先に、早鐘を打つ花織の鼓動が伝わった。

「孤独なんて、とうに慣れているつもりでした。つらく苦しい記憶を閉じ込めて、嘘を重ねれば、痛みだって遠ざかる。――それなのに、君が現れた。忘れたかった痛みが、爪を立てられたように戻ってきた。……独りが、こんなにも悲しく寂しいものだと、僕は思い出してしまったんです」

花織の指に、強い力が込められた。すがりつくような手だったので、どれほど痛くとも振り払う気は起きなかった。

嘘偽りなく、花織は真実を打ち明けようとしてくれている。幾重にも鍵をかけて閉じ込めていた彼の心を、撫子に分け与えようとしてくれていた。

ならば、撫子は彼に応えたかった。

「どうして、僕を探したのですか。せっかく逃がしてあげたのに。……僕は、君が思うよりずっとひどい男です。大事にしてあげたいのに、傷つけることしかできません。風に流されてばかりいたから、愛し方さえ忘れてしまった」

告げられた弱音に、撫子は目を瞬《まばた》かせる。

花織が恐れていたのは、撫子を傷つけること。

そんな優しいことを怖がって、彼は撫子の前から去った。傷つけられたから逃げたのではなく、撫子を自分から逃がすつもりで姿を消した。

優しい人。たくさんの痛みを知っているからこそ、誰よりも優しく、臆病《おくびょう》な人だ。

「花織」

撫子は彼の名を呼ぶと、勢い任せに顔を近づけた。

自らの唇を花織のそれに重ねる。歯がぶつかるほどの口づけに、花織は紫の目を丸くしていた。撫子はじっと、まるで宝石のような彼の眼を見つめる。

込み上げた愛しさは、決して憐れみや同情によるものだけではない。この人を幸せにしてあげたいのは、この人と幸せになりたいからだ。

撫子は晴れやかな気持ちで、花織に笑いかけた。

「傍にいるよ。どんなことがあっても、いつかわたしが死んでしまっても。……いつだって、あなたを独りにはしないから」

二人が共にできる時間は、気の遠くなるほど長い時を生きる花織にとって一瞬だ。撫子は必ずこの美しい人を置き去りにして死を迎える。花織に癒《い》えない傷を遺す。

だが、幸せな記憶だって、たくさん遺していけると信じている。

撫子は花織を抱きしめて、その胸元に頬を寄せた。触れあった場所から溶け合う熱に、遠く離れていた彼の心にようやく手が届いた気がした。

どうか傷つく覚悟を決めて、撫子を選んでほしい。

一瞬とも、永遠ともつかない長い時間だった。

まるで二人を包み込むように、柔らかな風が吹く。赤いアネモネを揺らす、やがて訪れる春の足音を告げる優しい風だった。

「君は、本当に能天気で、……敵《かな》わない」

花織はたどたどしく、撫子の背に腕をまわした。

Epilogue

いつか芽吹く楽園

　春の匂いがする。優しい風に花の香《か》が乗って、夕暮れが庭の緑を染めゆく。

　赤いアネモネの中心で、ひとりの男が眠っていた。お伽噺《とぎばなし》で眠るいばら姫のように、宝石のように美しい瞳は閉ざされている。

　撫子《なでしこ》はアネモネをかき分けて、彼のもとに近寄った。

　春風に咲くアネモネは、別名を《風の花《ウインド・フラワー》》という。花の名前も、ギリシア語のanemos《風》が由来である。

　花織《かおる》の生き方や人生は、アネモネの花とよく似ていた。春風に咲く花は、風に流されてひとところに留まることができなかった。

　帰るべき場所も分からず、ただ流されていった。たくさんの傷を負いながら。

　撫子が彼の顔を覗《のぞ》き込んだとき、かたく閉ざされていた瞼《まぶた》が開いた。

「おはよう」

「もう、夕方ですけれどね」

「良い夢は見れた？」

「遠い日の夢を見ていた気がします。もう思い出せない、幸福な花園の夢を。……妖精の国には、苦しみも哀《かな》しみもありませんでした。だから、あのときの僕には、人の感情など分からなかった。僕がそれを知ったのは、故郷を失って、此《こ》の世に取り残されてからのことだった」

かつての故郷を、花織はほとんど憶《おぼ》えていない。だが、花織の記憶が薄れても、撫子たちの祖が犯した罪も、彼に残された傷も変わらない。

撫子は自《みずか》らの体温を分け与えるように、彼の頬《ほお》に触れた。

「苦しみも哀しみもない世界なんて、わたしには想像できないけれど。いつか花織が、失ってしまったものの痛みも受け入れて、それでも幸せだって笑える未来を連れてきてあげたいな」

「未来？」

「過去は戻らないけど、なくしたものは取り戻せないけど。その記憶を、想いを抱きしめて、またはじめることはできると思うの」

いつか傷になる日が訪れるとしても、一瞬一瞬を愛することで、幸せな未来を目指していきたい。

巡る季節と同じように、終わりのあとには幾度もはじまりが待っている。

「僕は未来なんて分からなかった。過去にすがって、なくした故郷を夢見ていました」

花織の顔が見る見るうちに崩れて、透明な涙が頬を伝っていく。大粒の涙は、彼の想いを閉じ込めて、宝石のごとく煌《きら》めいていた。

「泣いているの？」

「仕方ないでしょう。どうしてか、涙が止まらないんです」

少しばかり不機嫌そうに、花織は答えた。そうしている間にも、彼の両目からは涙が溢《あふ》れていく。

「はじめて会ったときと反対だね」

花織の涙を指で払いながら、撫子は幼い日を思い出す。十年前、あの白薔薇《ばら》の庭で出逢《であ》わなければ、二人の道は交わることはなかった。

泣いている小さな撫子に、花織が声をかけなければ――。

「あのとき、本当は声をかけるつもりなんてなかったんです。でも、放っておけなかった。泣いている君が、とても綺麗《きれい》だったから。あんな風に、僕のために泣いてくれたら良いのに、と思ってしまった」

彼の言葉を理解した途端、目の奥が熱くなった。ささやかな願いだ。だが、そんなありふれた望みですら、花織にとっては難しいものだった。

「花織」

声を震わせて、名前を呼ぶので精一杯だった。

なんて愛《いと》しく、美しい響きを持つ名前だろう。彼の本当の名ではなかったとしても、撫子にとってかけがえのない名前だった。

花織は、ずっと欲しかったのかもしれない。自分のために泣いてくれる人——花織を愛して、花織のために戦ってくれる人が。

「僕を想って、僕のために泣いてくれる人。夢みたいだ」

起きあがった花織が、恭《うやうや》しく撫子の手をとった。

次の瞬間のことだった。赤くまだらに染まっていた手に、淡い光が灯《とも》った。その輝きは星々の瞬《またた》きにも似て、優しく撫子の手に溶けていく。

呪われた赤い指が、まるで魔法にでもかけられたかのように、白く滑らかなものへと生まれ変わってゆく。

そうして、撫子は理解した。春、夏、秋と関わってきた妖精憑《ようせいつ》きのモノ。そこに籠められた妖精たちの未練は、そのまま花織の未練でもあったのだ。

自分のために泣いてほしい。

ずっと憶えていてほしい。

独りにしないでほしい。

そして、撫子の赤い指に託された願いは、彼が最も強く抱いていた願いは——。

「僕は、帰る場所がほしかった。ひどい男でしょう？　僕は、君に何も与えられないのに。それどころか、人として味わうべき幸福を取り上げる。変わらぬ僕の傍《そば》にいる意味を、これから君は思い知る。でも、もう逃がしてあげられない」

撫子の存在を確かめるように、羽のように軽い口づけが顔中に降らされた。目じりに、こめかみに、頰に。くすぐったさに身をよじると、花織と目が合う。吸い込まれそうなほど深い紫に魅せられて、撫子は呼吸を忘れた。

どちらともなく互いの唇が重なる。

頰を包む彼の手は、怯《おび》えるように弱々しく、されど確かに撫子を求めていた。

花織が、撫子を望んでくれている。誰の代わりにでもなれる誰かではない。ただ、彼を大事にしたいと願った少女を。

堰《せき》を切ったように、涙が流れた。

「嘘つき。花織がここにいるだけで、わたしは、……こんなにも、幸せなのに」

花織の傍にいるだけで、撫子の世界は芽吹き、鮮やかに花開いていく。人としての幸福は得られずとも、この道には花織と生きる幸せが待っている。

「はい。僕は嘘つきです。それでも、愛してくれますか？　こんな僕にも意味があるのだと、君が教えてくれるなら。僕は、きっと独りではない。君と巡る季節を抱いて、果てのない時を生きていけます。……たとえ、僕と君が、どんな終わりに辿《たど》りついても」

言葉が見つからなかった。だから、撫子は何も言わず彼を強く抱きしめた。

愛を告げるよりもずっと、愛されていることを彼が実感してくれるように。

花織は涙を流しながら笑っていた。哀しみも憂《うれ》いも受け入れて、その先にある未来へと、彼はようやく踏み出そうとしている。

ここから、もう一度はじめよう。

悲しい過去も癒《い》えない傷も抱きしめて、愛おしみながら、繋《つな》がる明日へ共に行く。思い出して胸が痛む日が訪れようとも、二人つくりだす幸福は、いつだって花織の孤独に寄り添うだろう。

――いつか、あなたの帰る場所を花々で満たそう。

巡る季節を染めゆく花を抱いて、あなたが笑える日が来るように。

あなたのための楽園は、きっと、ここから芽吹くのだ。

参考文献

『妖精学大全』［2008］井村君江（東京書籍）
『西洋美術解読事典―絵画・彫刻における主題と象徴―』［1988］ジェイムズ・ホール　高階秀爾監修（河出書房新社）
『造園用語辞典』［2002］東京農業大学造園科学科編（彰国社）
『花を愉しむ事典　神話伝説・文学・利用法から花言葉・占い・誕生花まで』［2007］J．アディソン　樋口康夫・生田省悟訳（八坂書房）
『花の神話と伝説』［1999］C．M．スキナー　垂水雄二・福屋正修訳（八坂書房）

※この作品はフィクションです。実在の人物・団体・事件などにはいっさい関係ありません。

集英社オレンジ文庫をお買い上げいただき、ありがとうございます。
ご意見・ご感想をお待ちしております。

●あて先
〒101-8050　東京都千代田区一ツ橋2-5-10
集英社オレンジ文庫編集部 気付
東堂　燦先生

ガーデン・オブ・フェアリーテイル

造園家と緑を枯らす少女

集英社
オレンジ文庫

2018年8月26日　第1刷発行

著　者　東堂　燦
発行者　北畠輝幸
発行所　株式会社集英社
〒101-8050東京都千代田区一ツ橋2-5-10
電話【編集部】03-3230-6352
【読者係】03-3230-6080
【販売部】03-3230-6393（書店専用）
印刷所　株式会社美松堂／中央精版印刷株式会社

※定価はカバーに表示してあります

ISBN 978-4-08-680207-9 C0193

集英社オレンジ文庫

長谷川 夕

七不思議のつくりかた

幽霊に会える噂のある高校へ進学した
『僕』は、同じ部の先輩に恋をした。
彼女には同級生の恋人がいたが、
彼は不慮の事故で亡くなり…？
七不思議を巡る、切ない青春物語。

集英社オレンジ文庫

日高砂羽

長崎・眼鏡橋の骨董店

店主は古き物たちの声を聞く

パワハラで仕事を辞め、故郷の長崎に
戻った結真は、悪夢に悩まされていた。
母は叔母の形見であるマリア観音が
原因だと疑い、古物の問題を解決する
という青年を強引に紹介されるが…？

好評発売中